묵향 18
묵향의 귀환
적과의 동침

묵향 18
묵향의 귀환

초판 1쇄 발행일 · 2007년 06월 22일
초판 3쇄 발행일 · 2015년 01월 30일

지은이 · 전동조
펴낸이 · 유용열
기　획 · 김병준
편　집 · 마지현, 김민태
펴낸곳 · 도서출판 스카이미디어

주소 · 서울시 동대문구 용두동 234-35번지 대명빌딩 201호
전화 · (02)922-7466
팩스 · (02)924-4633
E-mail · skymedia62@hanmail.net
출판등록 · 제6-711호

Copyright ⓒ 전동조 2015

값 9,000원

ISBN · 978-89-92133-23-4 04810
ISBN · 978-89-92133-00-5 (세트)

※ 온라인상의 불법 복제물의 유포나 공유는 저작자의 재산권을 침해하는
　중대한 범죄 행위로 관련법에 의거해 처벌 대상이 됩니다.
※ 작가와의 협의에 의하여 인지는 생략합니다.
※ 잘못된 책은 본사나 구입하신 서점에서 교환해 드립니다.

DARK STORY SERIES II

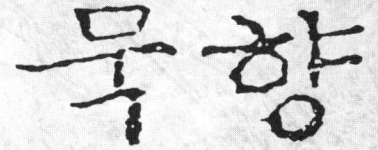
묵향의 귀환

전동조 장편 판타지 소설

18
적과의 동침

차례
적과의 동침

이건 악몽이야 ·················· 7
묵향의 유희 ·················· 26
마교와 뒷거래를? ·················· 45
검의 소리를 들어 본 적이 있느냐? ·················· 53
패력검제의 비급 ·················· 66
무림맹? 까불어 봤자야 ·················· 88
사부의 분노 ·················· 103
파문당한 화산의 장문인 ·················· 115
사형이 보고 싶구나 ·················· 138
진심은 통하는 법이다 ·················· 147

차례
적과의 동침

천일루에서의 합주 ·················160
사형의 복수 ····················180
승부의 세계는 냉정한 법 ··············202
먼지 나게 한번 맞아 볼래? ·············218
뜻밖의 방문객 ···················234
나는 빨래나 하지 ··················247
무림맹의 결의 ···················257
묵향의 제안 ····················269
양양성 전투 ····················285
적과의 동맹 ····················299

이건 악몽이야

화산 중턱에 위치한 한 작은 정자.
화산의 수려한 경관을 볼 수 있는 위치에 세워져 있었지만, 어두운 밤이어서 그런지 정자 주위는 짙은 어둠에 휩싸여 있었다.
만약 낮이었다면 주변의 경관은 물론이고 화산파의 모든 건물까지 볼 수 있었을 것이다. 하지만 지금은 총총히 빛나는 별들만이 밤하늘에 떠 있는 게 보일 뿐이다. 낮이라면 몰라도 이 늦은 밤에 이곳에 올라올 사람은 단 한 명도 없을 것이다. 하지만 예외는 있는 법. 지금 이곳에는 두 명의 사내가 얼굴을 맞대고 앉아 있었다.
정자는 등잔조차 켜지 않아 칠흑같이 어두웠지만 그 안에 자리 잡은 사내들은 전혀 개의치 않았다. 그들과 같은 심후한 내공의 고수들에게 짙은 어둠은 아무런 장애가 될 수 없었기 때문이다.
상대방을 도저히 못 믿겠다는 듯 쳐다보고 있는 사내는 화산파의 장문인 현천검제(玄天劍帝)였다. 그는 아직까지도 충격에서 벗어나지 못한 듯 멍한 시선으로 상대를 바라봤다. 선이 조금 굵긴 했지만 그렇게 미남도 아니었고, 또 특이한 인상이라고 할 수도 없는 평범한 얼굴. 하지만 저 얼굴을 어떻게 잊어버릴 수 있단 말인가.

좀 전에 사형을 만났을 때는 미처 생각하지 못했지만, 장문인실에서 이곳까지 오는 동안의 짧은 여유는 현천검제로 하여금 두 번 다시 떠올리고 싶지 않은 과거의 기억을 곱씹게 하기에 충분한 것이었다.

'이건 악몽이야.'

현천검제는 떨리는 목소리로 입을 열었다.

"정말 사형이 맞으신 겁니까?"

그렇게 묻는 현천검제의 표정은 곤혹스러움으로 가득했다. 하지만 그 질문을 받고 있는 당사자 역시 그것은 마찬가지였다.

묵향의 사부 유백은 대단히 뛰어난 살수였고, 또 현역에서 은퇴한 후에도 많은 제자를 키웠다. 물론 그들 대부분은 살수였다. 그렇다 보니 그가 아무리 뛰어난 제자를 키워 놨다고 해도 결국은 임무 수행 중에 사망할 수밖에 없는 운명이었다. 뛰어난 자객에게는 그만큼 난이도가 높은 임무가 주어졌고, 실패할 확률 또한 높아졌기 때문이다. 그렇다 보니 지금에 이르러서 그의 제자는 단 두 명만 살아남아 있었다. 그건 바로 묵향 자신과…….

하나밖에 없는 사제를 설마 이런 식으로 만나고, 또 어쩌다가 이 따위 질문을 받아야 하는 신세가 된 것인지…….

묵향의 머릿속에 과거 사제를 무자비하게 두들겨 팼던 일은 잘 기억도 나지 않는 아주 희미한 추억(?)이었다. 사실 그런 일은 피해자야 이를 갈며 분노에 몸을 떨겠지만 가해자는 그런 적이 있었나, 하며 잘 기억도 하질 못하는 법이다. 설사 기억을 하고 있다손 치더라도 한때의 실수였지 하며 웃어 버릴 수 있는 것이다.

첫 번째 만났을 때의 악몽 때문에 사제가 지금 자신과의 만남을 불편해한다는 것을 묵향은 상상조차 못하고 있었다. 단지 뭔가 불만이 있는 듯 자신을 힐끗힐끗 쳐다보며 한 번씩 숨소리가 거칠어지는 것이 조금 이상하다고 느낄 뿐이었다.

그런데 문득 묵향의 뇌리에 '세불양립(勢不兩立)'이라는 단어가 떠올랐다.

'오, 바로 그거였군. 쪼잔한 녀석. 역시 도사는 너무 소심하단 말씀이야.'

"왜, 내가 나타난 게 그렇게 곤란하냐?"

묵향의 빈정거림에 현천검제는 난처하다는 듯 대꾸했다.

"그, 그런 질문이 아니지 않습니까? 그때나 지금이나 전혀 변함이 없으셔서……. 사형의 제자라고 해도 믿을 정도니 묻는 말입니다."

"쯧, 그게 아니겠지. 정파의 거두라 할 수 있는 화산파의 장문인에게 무림의 공적이라 할 수 있는 대 마두가 갑자기 사형이랍시고 나타났으니 당연히 곤란하겠지. 하긴, 생각해 보면 자네는 사부님의 정식 제자도 아닌데, 나를 사형이라 부르기도 뭣할 테고, 나도 자네에게 사형 소리를 듣는 게 썩 기분 좋은 것도 아니고 말일세."

가만히 생각해 보니 묵향의 말에도 일리가 있었다. 그러고 보니 저 인간과 만났다는 사실이 알려지기라도 하면 자신은 파멸이었다. 그 생각까지 하자 현천검제의 표정은 더욱 차갑게 굳어지고 있었다.

"호칭 문제야 그렇다치고, 왜 저를 찾아오셨습니까?"

현천검제의 어조에는 약간의 불쾌감마저 묻어 있었다. 그의 눈은 이제 조심스럽게 주위를 살피는 데도 이용되고 있었다.

과거 묵향을 처음 만났을 때 그는 이름도 기억하기 힘들 정도의 수많은 화산파 제자 중 하나였을 뿐이지만, 지금은 그때와 처지가 달랐다. 대 화산파의 장문인, 이것이 현재 그의 위치였다.

그 모습에 묵향은 피식 웃으며 입을 열었다.

"왜? 자네가 마교 교주하고 만난다는 소문이라도 퍼질까 봐 두려운 모양이지?"

당연하다. 만약 그렇게 된다면 그가 장문인직에서 쫓겨나는 것으로 끝날 일이 아니다. 수십 년 동안 쌓아온 무림에서의 명예가 송두리째 날아가 버릴 것이다. 아니, 똥물을 뒤집어쓴다고 해야 맞을지도 몰랐다. 그뿐만 아니라 어쩌면 정파의 배반자로 몰려 목숨마저 위태로울 수 있었다.

그 말에 현천검제는 다시 한 번 주위를 둘러봤다. 화경에 다다른 그의 오감(五感)은 주위에 인기척이 없음을 알리고 있었지만, 그것만으로는 안심할 수 없었던 것이다. 일단 주위에 그 누구도 없다는 것을 재차 확인한 후, 그는 강공으로 나왔다.

"그래서 저를 협박하시려고 오신 겁니까?"

상대의 얄팍한 위협 따위는 하나도 겁나지 않았다. 아무리 상대가 현경의 고수라고 하지만 자신 또한 화경의 고수가 아닌가. 죽기를 각오하고 싸운다면 절대 일방적으로 밀리지 않을 자신이 있는 현천검제였다. 무의식중에 그의 손은 허리에 매어진 보검의 손잡이를 더듬고 있었다.
그런 현천검제가 가소롭다는 듯 묵향이 이죽거렸다.
"호오, 내 대답이 마음에 들지 않으면 살인멸구라도 하겠다는 모습이군."
"설마요. 현경의 고수를 앞에 두고 그런 재롱을 떨 담량은 없습니다."
말은 겸손하게 하고 있었지만, 현천검제의 눈을 보면 전혀 그 말이 사실이 아님을 알 수 있었다.
묵향은 주먹을 불끈 쥐었지만, 곧 힘을 풀었다. 성질 같아서는 몇 대 패고 대화를 하는 것이 어떨까 하는 생각이 들었지만 저 녀석은 사부께서 남긴 유일한 사제가 아닌가.
'좀 싸가지가 없기는 하지만 오랜만에 만났으니 내가 참아야겠지.'
그렇다고는 해도 기분이 언짢았기에 묵향의 말투에는 가시가 돋쳐 있었다.
"제법 대가리가 컸다 이거로군. 예전에 처음 만났을 때, 엉엉 울면서 제발 살려 달라고 할 때가 아직도 눈에 선한데 말씀이야."
수양이 깊기로 소문난 현천검제였지만 그 말에는 참을 수가 없었는지 안색이 새하얗게 변하며 화를 벌컥 냈다.
"누가 빌었다고 그러시는 겁니까? 과거의 기억을 날조하지 마십시오!"
흥분한 현천검제를 보면서 묵향은 약간 눈을 크게 뜨며 대꾸했다.

"그랬었나?"

"물론이죠. 저는 지금껏 살아오면서 살려 달라고 빈 기억은 단 한 번도 없습니다."

그 말에 언뜻 떠오른 게 있었는지 묵향은 씨익 미소 지으며 말했다.

"호오, 그래? 도를 닦은 자네가 하는 말이니 믿어 주지."

여기까지 말한 묵향은 더욱 미소를 짙게 지으며 이죽거렸다.

"그럼 제발 죽여 달라고 빌었던 것을 내가 착각했던 모양이군."

그때의 악몽이 지금까지도 눈에 선한지 현천검제는 입을 꽉 다물었다. 하지만 그의 분노에 가득 찬 마음을 대변이라도 해 주는 듯 검의 손잡이를 꽉 쥐고 있는 그의 손이 부들부들 떨리고 있었다.

그런 상대의 반응을 아는지 모르는지 묵향은 능청스런 어조로 말을 이었다.

"자자, 예전의 일이야 그렇다 치고, 자네 이따위 허접한 문파에서 고리타분하게 살지 말고 내 밑으로 들어오는 게 어때? 내 수하들 중 예전에 정파랍시고 깝죽거렸던 놈들도 꽤 있거든. 지금은 아주 만족스러운 삶을 살고 있지. 역시, 뱀 대가리보다는 용꼬리가 훨씬 멋있지 않나? 번쩍번쩍하니 때깔도 좋고 말이야. 그러니……"

묵향의 딴청에 드디어 현천검제의 인내심도 바닥을 드러냈는지 화를 버럭 내며 외쳤다.

"지금 그따위 농담이나 하시려고 저를 찾아오신 겁니까? 도대체 뭣 때문에 여기까지 오신 겁니까?"

묵향은 빙글빙글 웃으며 대꾸했다.
"한 가지 부탁이 있어서 찾아왔지."
현천검제는 냉담하게 외쳤다.
"그놈의 용꼬리 얘기하러 오신 거라면 거절하겠습니다. 전 뱀 대가리로 만족하니까요."
"그게 아닐세. 이제 농담은 그만 두고 좀 진지해져 보세나."
'젠장, 말도 안 되는 소리만 하다가 갑자기 무게를 잡기는…….'
현천검제는 울화를 억누르며 묵향을 노려봤지만, 묵향은 전혀 신경도 안 쓰고 느긋한 어조로 말하기 시작했다.
"얼마 전에 화산파가 누군가하고 시비가 붙었을 텐데?"
현천검제는 그제야 안심한 듯 표정을 누그러뜨리며 말했다. 사제가 화산 장문인이 된 것을 이용하기 위해 찾아온 것은 아닌 듯했기 때문이다.
"아, 겨우 그 일 때문에 오셨습니까? 아무리 천마신교가 10만 사파를 이끈다고 하지만, 사파의 작은 한 문파와 화산파의 다툼에 교주께서 직접 나서시다니…, 놀랍기 그지없군요."
묵향은 짐짓 인상을 찡그리며 퉁명스럽게 대꾸했다.
"그놈들이 본교가 하고자 하는 일에 밀접한 관계가 있거든."
"예? 그건 무슨 말씀이십니까?"
"본교에서 분타를 건설하는 데 그 떨거지들을 동원했기 때문이지."
그제야 전후 사정이 어느 정도 이해되는지 현천검제는 고개를 작게 끄덕였다.
"그렇게 된 것이었습니까?"

"자네 쪽에서 억류하고 있는 본교의 일꾼들을 돌려줬으면 하는데 말이야. 작업을 하는 데 그놈들이 꼭 필요하거든. 그리고 그곳이 비록 화산파의 세력권이긴 하지만 거리가 꽤 떨어져 있으니 이 일은 그냥 묵인해 줬으면 좋겠어."

"그렇게 말씀하셔도 제 단독으로는 결정하기 힘든 일입니다. 모든 권력이 교주에게 집중되어 있는 천마신교에 적을 두고 계신 분께서는 이해하시기 힘드시겠지만, 그런 중대한 사안을 화산파에서는 장문인 혼자 처리할 수 없습니다."

순간 묵향의 눈이 흉폭하게 번쩍였다.

"정녕, 피를 보고 싶다는 말이냐?"

"예? 그건 무슨 말씀이십니까?"

"화산파를 쓸어버리고 여기에 본교의 분타를 만들 수도 있음이야. 그걸 잊지 말라구. 알겠어?"

묵향의 말에 현천검제는 눈을 실쭉하게 뜨고 맞받았다. 그도 검이라면 자신이 있었다.

"지금 협박을 하시는 겁니까?"

"협박? 협박이 아니라 진실을 얘기해 주고 있는 거야. 장문인이 네 녀석만 아니었어도…, 젠장!"

그 말을 들은 현천검제의 뇌리를 번쩍 스치는 것이 있었다. 그의 눈이 더욱 차갑게 굳어졌다.

"오호라, 바로 그것 때문이었군요. 웬일로 갑자기 저를 찾아오셨나 싶었지요. 게다가 만나자마자 칼부림까지 한 이유가 뭔지 아주 궁금했었습니다. 그러니까 원래 목적은 저를 죽이려고 오신 거였군요."

묵향은 아무런 대답도 하지 않았다.

현천검제는 그제야 모든 것이 이해된다는 듯 고개까지 끄덕이며 따지고 들었다.

"어쩐지 이상하다 했어. 그것 때문에 팔자에도 없는 태극혜검법(太極慧劍法)까지 익히신다고 아주 고생하셨겠군요. 그래, 어설프게 배운 태극혜검법으로는 저를 죽이기 힘들다는 것을 깨달으셨을 테니, 이제는 어떻게 하실 겁니까?"

이번에는 대답이 있었다.

"죽기 직전까지 두들겨 팬 후에 최후의 일검은 태극혜검으로 할 예정이닷!"

순간 묵향의 검이 절반 정도 쑥 뽑혔다. 설마 사형이 이렇게까지 나올 줄은 예상하지 못했던 현천검제는 바짝 긴장하며 마주 검을 뽑아 들 뻔했다.

하지만 그렇게 하지는 못했다. 왜냐하면 묵향이 마음을 고쳐먹었는지 곧바로 검을 다시 집어넣었기 때문이다.

한동안 거친 숨을 뿜어내던 묵향은 이윽고 마음을 정리한 듯 나직한 목소리로 말했다.

"물론 선택은 네 자유다. 대신 한 달간의 말미를 주겠다. 그 안에 그놈들을 석방한다면 이번 일은 없었던 것으로 하겠다."

진심은 통한다고 했던가. 현천검제도 바보가 아닌 다음에야 묵향이 자신을 위해서 상당히 많은 양보를 하고 있다는 것을 알 수 있었다. 마교가 지닌 무력을 총동원한다면 화산파는 며칠 버티지도 못하고 쑥대밭이 될 것은 자명한 사실이었으니까 말이다.

물론 무림맹이 도와주기는 하겠지만, 그것은 화산파가 멸문당한 후가 될 것이다. 무림맹의 정예들이 준비를 갖추고 화산까지 출동하는 데 걸리는 시간이라는 것이 있으니 말이다.

더군다나 상대는 설사 무림맹 전체라고 해도 마음에 들지 않으면 당장에라도 검을 뽑아 들 묵향이었다. 그런데도 말을 빙빙 돌리다 결국 한 달이라는 말미를 준 것은 자신을 생각해서 배려해 주는 것이라는 것을 노련한 현천검제가 모를 리가 있겠는가. 그래서인지 현천검제의 말투도 처음과는 달리 많이 누그러져 있었다.

"사형께서 하신 제안, 충분히 심사숙고해서 고려해 보겠습니다."

일단 여기에 온 목적은 달성했다고 여겼는지, 묵향은 어둠의 장막을 쓰고 있는 화산으로 시선을 돌렸다. 한동안 말이 없던 묵향은 조용한 어조로 말했다.

"아주 아름다운 곳이로군."

'분명 사부님이 마지막으로 터전을 잡고 싶어 하실 만한 곳이야. 하지만 사부님이 과연 이곳에서 생을 마감하고 싶으셨을까? 사실 그분이 원하셨던 곳은 십만대산이었을 게 분명해. 모든 마도인(摩道人)들의 고향이니까 말이야. 하지만 사부는 왜 십만대산을 떠나 중원을 떠도셨던 것일까? 이 못난 제자 때문이었을까? 아니면 또 다른 이유가 있었던 것일까?'

묵향의 머릿속에는 여러 가지 의문이 교차하고 있었다. 하지만 묵향이 무슨 생각을 하고 있는지 알 리 없었던 현천검제는 조용한 어조로 대답했다.

"예, 화산은 정말 아름답지요. 이곳에 있다 보면 계절마다 바뀌는 화산의 아름다움에 제가 마치 신선이라도 된 듯한 기쁨을 맛볼 수 있을 정도니까요."

하지만 현천검제의 시야에 들어온 묵향의 뒷모습은 화산을 내려다보며 절경에 취해 있는 자의 것이 아니었다. 유난히도 그 모습이 쓸쓸해 보인다고 느꼈을 때, 그의 뇌리를 스치고 지나가는 것이 있었다. 이곳은 사부께서 세상을 등진 곳이기도 했다.
현천검제는 멀리 보이는 한 지점을 손으로 가리키며 말했다.
"사부님께서는 저 나무 아래를 무척 좋아하셨습니다. 저곳에 묻어 드렸는데 잠시 가 보시겠습니까?"
일순간 묵향의 몸이 격동으로 인해 부르르 떨렸다. 하지만 그것뿐이었다. 잠시 후 묵향은 공허로운 웃음을 지으며 중얼거렸다.
"살아 계실 때 제대로 못 해드렸거늘, 이제 산소에 찾아뵈면 무엇 하겠느냐. 사부께서는 계시지 않고 백골만이 묻혀 있을 텐데……."
묵향은 밤하늘로 시선을 돌리며 내뱉듯 말했다.
"다 부질없는 짓이야."
슬픈 표정으로 밤하늘을 올려다보고 있는 묵향을 보며 현천검제는 가슴 한구석이 아려오는 것을 느꼈다. 말은 안 했지만, 그가 얼마나 스승을 사랑했는지 그 감정이 전해져 오는 듯했기 때문이다.
자신은 사부와의 인연이 박하여 사형만큼이나 오랜 시간 가르침을 받지는 못했지만, 지금도 가끔씩 그분과의 추억이 떠오르곤 했다. 인자하게, 하지만 필요할 때는 매섭게 자신을 가르치던 그분의 모습. 문득 현천검제는 잠시라도 좋으니 그런 사부가 이곳에 계셨으면 좋겠다는 생각이 들었다. 당신의 제자들이 이렇게 성장한 모습을 보셨다면 얼마나 좋아하실까.
"사형, 술 한잔 안 하시겠습니까?"

"술?"

"예, 간혹 들르는 좋은 객잔이 있습니다."

"허헛, 별일이군. 화산파는 도가 계열이라고 들었거늘, 자네도 술을 하는가?"

"화산은 무당이나 청성, 점창 등과는 달리 아주 자유로운 편입니다. 너무 도에 얽매이다 보면 오히려 그것이 발목을 잡아 도를 깨닫는 데 방해가 된다고 생각하거든요."

"자네 말이 일리가 있는 듯하군. 무공도 너무 익히려고 발악을 하다 보면 오히려 더욱 익혀지지 않는 구석이 있지. 좋아, 술이나 한잔하세. 오랜만에 사제를 만났는데 술이 없다면 말이 안 되겠지."

하지만 묵향은 몇 걸음 걸어가다가 돌아서서 고개를 가로저으며 침중한 어조로 말했다.

"아니, 그만 두는 것이 좋겠어. 혹여 나를 알아보는 자가 있다면 자네한테 해가 될 걸세."

자신을 배려하는 묵향의 말에 사형의 정이 따뜻하게 묻어 있는 듯하여 현천검제는 미소를 지었다.

"방금 전 본문에 난입하실 때는 그런 생각 안 하셨습니까? 염려 놓으십시오. 사형께서는 워낙 오랫동안 칩거하신 뒤라 알아볼 사람이 단 한 명도 없을 테니 말입니다. 그 예로 화산에 수많은 식객이 있었음에도, 그 누구 하나 사형을 알아본 사람이 없었지 않습니까? 제가 가끔씩 가는 객잔이 있는데, 이 시간이면 손님이 거의 없어 여유롭게 한잔하실 수 있을 겁니다."

규모가 대단히 큰 객잔임에도 술을 마시고 있는 사람들은 별로 없었다. 아무래도 너무 늦은 시간이라 그런 듯했다. 사람들은 술을 마시며 담소를 나누고 있었는데, 그들의 대화 내용의 대부분은 얼마 전에 벌어졌던 요와 금의 전쟁이었다.

객잔의 2층 한구석에 있는 탁자에서는 상인으로 보이는 사내 셋이서 근심 어린 목소리로 이야기를 나누고 있었다.

"이번에도 금이 버틸 수 있을까?"

"아마 힘들 걸세. 전에는 겨우 3만이 침공했으니 어떻게 막을 수 있었겠지만, 이번에는 그 세 배가 넘는 10만이라고 하지 않나? 요 황제도 이번에는 금을 확실히 박살 내려는 모양이야."

그들 중 잠자코 말을 듣고 있던 사내가 10만이라는 말에 놀랍다는 듯 중얼거렸다.

"허어, 10만이나! 금이 잘 버텨 내야 할 텐데 걱정이군."

처음에 말을 꺼낸 사내는 답답한지 술을 벌컥벌컥 들이켰다.

"글쎄 말일세. 지금이야 오랑캐들끼리 싸우고 있지만, 요가 만약 금을 멸한 뒤 이곳까지 쳐들어오지는 않을까? 생각만 해도 오싹하군."

"설마, 그럴 리야 있겠나. 황실에서는 요 황제에게 해마다 막대한 재물을 가져다가 바친다는 소문이 있네. 아마도 이곳까지 화가 미치지는 않을 게야."

"허허, 이 사람 보게나. 그 금수만도 못한 오랑캐 놈들을 믿는다는 말인가? 금을 멸하고 더욱 힘이 강성해지면 쳐들어올 게 뻔해. 아, 이건 내가 소문으로 들은 건데 말일세……."

그러면서 사내는 주위를 한 번 슬쩍 둘러본 후 소곤거리기 시작했다. 아마도 어디선가 떠도는 유언비어 한 토막을 주워들은 모양이다.

모두들 금과 요의 전쟁에 관심을 쏟고 있는 이유는 아주 간단했다. 요와 금의 전쟁은 먼 산의 불구경이 아닌 것이다. 전쟁의 결과에 따라 자신들의 삶에도 어떤 형식이든 간에 영향이 미칠 것이 분명했기에 그들이 관심을 기울이는 것이다.

하지만 그들의 옆 자리에 자리 잡은 한 쌍의 남녀는 남들이 뭐라 떠들건 신경도 안 쓰고 은밀한 눈길을 주고받기에 여념이 없었다. 그들은 바로 옥대진과 능비화였다. 이 객잔은 능비화의 사문인 화산이 멀지 않았기에 그들은 다른 사람들의 눈을 의식해서 2층 구석진 곳에 자리를 잡았다. 그것도 모자라 출입문이 잘 보이는 위치에 앉았다. 혹시라도 자신들을 아는 사람들이 객잔에 들어오면 빠르게 대처를 하기 위함이었다.

그들과 함께 강호 유람을 시작했던 초미는 지금 제령문에 있었다. 초씨세가의 가주 초우가 마교 교주에게 당한 부상이 매우 심각했기에 그 근처 의원에서 장기간 치료를 받아야만 했던 데다, 당시 옆에 있었던 패력검제가 제령문이 가까우니 한동안 몸을 추스르고 돌아가시라는 청을 하는데, 받아들일 수밖에 없는 상황이었던 것이다. 당연히 초미는 부상당한 아버지와 함께 패력검제를 따라 제령문으로 가 버렸다.

그렇게 되다 보니 이 청춘 남녀는 단 둘만의 유람을 할 수밖에 없는 처지가 되어 버렸다. 이런 절호의 기회를 그냥 놓쳐 버릴 옥대진이 아니었다. 적극적으로 능비화를 꼬시기 시작한 옥대진의 노력이 그 빛을 발한 것인지, 유람이 끝난 이 시점에서 그들은 꽤나 다정한 연인이 되어 있었다.

매화검 옥대진의 사문은 무림맹주를 배출한 명문 중의 명문이었다. 게다가 그의 할아버지도 지금 무림맹의 장로가 아닌가. 그런 명문의 자제가, 그것도 7룡에 끼었을 정도로 뛰어난 후기지수인 그가 능비화를 유혹하는 것은 매우 손쉬운 일이었을 것이다.

옥대진은 그윽한 눈길로 능비화를 바라보며 말했다.

"소저와 함께한 강호 유람도 오늘로 끝이라고 생각하니 섭섭하기 그지없구려."

옥대진의 말이 싫지 않은 듯 능비화는 곱게 미소 지으며 대답했다.

"무슨 말씀을 그렇게 하세요? 다음에 또 기회가 있겠지요."

"물론 그렇소. 하지만 이번이 소저와 함께한 첫 유람이 아니겠소? 아마도 나는 죽을 때까지 이번 강호행을 잊지 못할 것 같구려."

"소녀도 그렇답니다."

옥대진은 살며시 손을 뻗어 능비화의 손을 감싸 쥐며 그윽한 음성으로 말했다.

"조금이라도 더 그대와 단 둘이 있고 싶구려."

능비화와 함께 화산파로 돌아가면 이 유람은 끝이 나게 된다. 그러면 장래를 약속한 사이든 아니든 그녀를 화산파까지 바래다준 이상 옥대진은 무림맹으로 돌아가야 되는 것이다. 그렇기에 이들은 아쉬움을 달래며 그들만의 시간을 보내고 있는 중이었다.

물론 늑대 같은 옥대진의 마음이야 그녀를 데리고 어디 으슥한 곳으로 향하고 싶었을 것이다. 하지만 이 일대는 화산파의 영역이었다. 화산의 수많은 속가제자들이 요소요소에 박혀 있는 곳인 것이다. 그들의 눈에 띄어 소문이라도 퍼진다면 무슨 망신을 당하겠는가. 그렇기에 이곳에 자리를 잡고 시간을 보내고 있었다. 혹시 아는 사람을 만나게 되더라도 변명할 여지가 있기 때문이다.

그런데, 이때 객잔의 문이 열리며 형형한 눈빛을 뿜어내는 30대 중반 정도의 장년(壯年)이 들어왔다. 계속 문으로 드나드는 사람들의 동태를 살피고 있었던 능비화였기에 그가 누구인지 금방 알아볼 수 있었다.

"장문……."

이때, 옥대진이 능비화의 손을 감싸쥐며 속삭였다.

"가만히 있으시오. 우리가 워낙 구석진 자리에 앉아 있기에 가만히 있으면 저분께서도 잘 모르실 것이오. 이제 그대와 단둘이 보낼 수 있는 시간도 얼마 남지 않았소. 괜히 다른 사람의 방해로 그 시간을 낭비하고 싶지 않소."

"가가의 말씀이 맞아요."

능비화는 살며시 고개를 끄덕인 뒤 현천검제의 동태를 감시했다. 저쪽에서 이쪽을 알아본다면 그때 가서 아는 척을 해도 늦지 않으리라 생각하며.

현천검제가 슬쩍 객잔 안을 둘러보자 그를 알아본 점소이가 재빨리 다가와 인사를 건넸다. 역시 그가 자주 찾는 곳이라 그런지 점소이는 상대가 원하는 바를 이미 알고 있었다.

"3층에 빈방이 하나 남은 게 있습니다. 하지만 방금 전에 손님이 나가신 다음이라 아직 정리가 안 됐는뎁쇼."

"괜찮다. 그곳을 쓰지."

현천검제가 그러고 있는 동안 객잔 문을 통해 또 한 명의 사내가 들어섰다. 그 사내는 바로 묵향이었다.

"자, 방으로 안내하거라."

"예, 소인을 따라오십시오, 나으리."

둘은 점소이를 따라 계단을 올라가기 시작했다. 그리고 그 모습을 몰래 훔쳐보고 있던 능비화와 옥대진은 경악감에 입을 쩍 벌리고 있었다.

"이, 이게 도대체 어떻게 된 일이오, 소저?"

능비화에게 속삭이는 옥대진의 음성은 심하게 떨리고 있었다. 그도 그럴 것이 어떻게 화산파의 장문인이 저 극악무도한 마교 교주와 함께 들어올 수 있단 말인가? 도무지 그로서는 이해할 수가 없는 노릇이었다.

하지만 능비화라고 그걸 알 도리가 있겠는가. 그녀는 창백하게 질린 채 옥대진의 얼굴만 힐끔거리고 있었다. 장문인의 행동을 자신의 연인이 어떻게 생각할지에 대한 걱정만으로도 그녀의 머릿속은 이미 꽉 차 버린 상태였기 때문이다.

"일단 여기를 떠납시다. 최대한 아무 일도 없었던 듯 행동하시오. 혹여, 누군가 이곳을 감시하는 인물이 있을지도 모르오."

옥대진과 능비화는 서둘러 객점에서 나온 후 자신들이 아는 모든 방법을 동원하여 혹시나 있을지도 모를 추격자를 따돌렸다. 갑작스럽게 경공을 전개하기도 하고, 또 그러다가 슬쩍 으슥한 곳에 숨어 혹시나 미행하는 자가 있는가 주의를 기울여 살펴보기도 했다. 거의 한 시진 동안 그 짓을 하고서야 옥대진은 한시름 놓은 듯 능비화에게 속삭였다.

"아무도 미행은 없는 듯하오."

"예, 그런데 이제부터 어떻게 하죠?"

옥대진은 결연한 표정을 지으며 입을 열었다.

"무림의 정의를 위해 무슨 짓을 해서라도 이 일을 세상에 밝혀야만 하오."

순간 옥대진의 머릿속에는 정파의 영웅이 되어 있는 자신의 모습이 떠올랐다. 마교의 음모를 밝혀내어 정도 무림을 구한 영웅. 자신의 미래는 밝을 수밖에 없지 않겠는가.

옥대진의 속마음을 알 리 없는 능비화가 고개를 끄덕이며 말했다.

"좋아요. 빨리 화산으로 올라가 장로님들께 보고를 올리는 것이 좋겠어요."

그렇게 말하는 능비화의 심정을 이해한다는 듯 옥대진은 그녀의 눈을 가만히 바라보며 말했다.

"물론 소저의 말이 최선의 길이겠지요. 화산파 내에서 조용히 일을 마무리 지을 수 있을 테니 말이오."

사실 이런 사실이 밖에 새 나간다면 그만큼 큰 치욕이 어디에 있겠는가. 하지만 옥대진은 간절한 눈빛으로 자신을 바라보는 능비화를 마주보며 단호하게 말을 이었다.

"하지만 현실적으로 그건 너무 위험 부담이 크오."

"예? 미행도 없었으니……."

"미행을 말하는 것이 아니오. 장문인이 포섭되었을 정도라면 장로님들 중에서도 포섭된 인물이 있을지도 모르오. 얼마나 많은 인물이 마교에 포섭되었는지도 알 수 없는 상황에서 화산으로 가는 것은 죽으려고 가는 것과 진배가 없소이다. 조용히 일을 무마시키려는 소저의 뜻은 이해하겠으나, 저들에게 헛되이 목숨을 잃는다면 저승에 올라가서도 통탄할 일이 되지 않겠소?"

 사실, 아직 화산파 장로들이 포섭되지 않았을 가능성도 있었다. 하지만 옥대진이 이렇게 말한 것은 다 이유가 있었다.

 화산파에 이 사실을 고한다면, 그들은 최대한 쉬쉬하며 자신들의 치부를 감추려고 할 것이 분명하지 않은가. 그렇게 되면 음모를 알린 자신의 공적은 그냥 묻혀질 것이 분명했다. 그것은 옥대진이 바라는 바가 아니었다.

 "그럼 어찌하면 좋겠습니까?"

 "저와 함께 무림맹으로 갑시다. 할아버지께 부탁해서 될 수 있으면 조용하게 이번 일이 마무리되도록 하리다."

 "너, 너무 고마워요, 가가."

 옥대진의 속셈을 모르는 능비화는 상대의 결정에 따라 움직이기 시작했다.

 옥대진은 최대한 빨리 무림맹 호북분타로 갈 생각이었다. 그곳에서 할아버지에게 전후 사정을 기록한 전서구를 날린다면, 모든 일은 끝나게 되는 것이다. 그 뒷일은 할아버지가 알아서 처리해 줄 것이 분명하니 말이다.

묵향의 유희

어쩌다 보니 제령문에 오게 된 진팔은 매일매일 열심히 도법 수련을 하고 있었다. 그가 도법 수련을 하고 있는 곳은 후원에 마련되어 있는 연무장. 말이 연무장이지 그냥 넓은 공터일 뿐이었지만, 진팔에게는 그것만 해도 감지덕지였다.

제령문에 온 후 별로 할 일도 없었기에 시작한 무공수련이었지만, 요즘 들어서는 더욱 열심히 수련에 박차를 가하고 있었다. 왜냐하면 바로 저 두 눈이 자신을 지켜보고 있다는 것을 눈치 챈 것이다. 화경에 든 초절정의 고수가 자신의 무공을 무슨 이유로 살펴보고 있는지 그 이유를 알 수는 없었지만 혹시나 누가 아는가? 뭔가 미비한 점에 대해 조언이라도 해 줄지 말이다. 진팔은 은근슬쩍 그런 기대를 가지며 오늘도 도를 잡고 연무장에 선 것이다.

먼저, 허공에 가상의 적을 눈앞에 그린다. 이때 진팔이 만들어

낸 가상의 적은 일전에 큰 위협을 줬던 남궁세가의 창궁18수였다. 진팔은 과거의 기억을 떠올리며 서서히 도를 들어 올리고는 전투 준비에 들어갔다.

「도의 소리에 귀를 기울이거라. 네가 도의 소리에 귀를 기울이지 않는다면 도는 더 이상 너에게 말을 거는 것을 포기할지도 모른다. 도의 뜻을 꺾으려고 하지 말고, 도가 이끄는 대로 초식을 흘리거라. 그렇게 하면 또 다른 경지가 눈앞에 펼쳐질 것이다.」

진팔이 신도합일(身刀合一)의 경지에 들어섰을 때, 삼사저(三師姐)가 들려준 조언이었다. 그가 아버지 다음으로 존경하며, 또 가장 좋아하는 삼사저는 천지문에서 세 손가락 안에 꼽힐 정도로 뛰어난 고수였다. 그리고 진팔의 마음을 가장 잘 이해해 준 사람이기도 했다.

진팔의 도가 가상의 적들을 향해 천천히 움직이기 시작했다. 짙은 도기를 뿌려 대며 흐르던 도는 어느샌가 진팔의 손을 떠나 허공을 가르며 날아갔다. 빗살처럼 허공을 가르던 도는 크게 원을 그리듯 목표인 가상의 적들의 몸을 스치며 지나갔다.

챙!

흐르는 물처럼 적들의 몸을 통과하던 도가 우두머리인 듯한 사내의 손에 튕겨져 나왔다. 진팔은 급히 도를 회수한 뒤 사내를 향해 있는 힘껏 도를 휘둘렀다.

그 순간 엄청난 도기가 허공에 뿌려지며 사내를 향해 날아갔다.

"허어, 저런 2류도법이나 휘두르는 놈이 어떻게 저 나이에 신도합일을 깨달을 수가 있지? 도대체가 이해할 수가 없군. 물론 저놈이 한 20년 정도 나이를 더 먹었다면 충분히 이해할 수가 있겠지. 하지만, 저놈 나이는 량이하고 비슷하지 않은가. 뛰어난 자질을 갖추고 태어난 량이에게 좀 더 무공을 쉽게 익히라고 어렸을 때 노부가 직접 벌모세수까지 해 줬지. 그리고 뛰어난 심법을 익히게 했으며, 최상승검법까지 노부가 직접 가르쳤어. 그런데 어떻게 저놈이 량이와 비슷한 수준이 될 수가 있단 말인가. 대성하기가 그렇게도 힘들다는 태허무령심법을 익힌 놈이 말이야. 이건 말도 안 돼!"

불신 어린 시선으로 한참 동안 진팔의 수련을 지켜보던 패력검제는 문득 뭔가 생각났다는 듯 중얼거렸다.

"그래, 뭔가 있어. 그가 저 녀석에게 주목한 뭔가가 말이야. 심법만 가르쳐 줘도 저 정도까지 대성할 수 있는 1천 년에 한 번 태어날까 말까 한 천재적인 재목인 줄 한눈에 알아보고……."

그러나 곧 말도 안 된다는 듯 패력검제는 고개를 가로저었다.

"아니, 그건 더 말이 안 돼. 아무리 무림이 낳은 최고의 천재라고 해도 절대 불가능한 일이야. 저놈이 배운 것은 태허무령심법. 다른 심법은 익힐 수도 없고, 오로지 그 심법만으로 대성을 해야 해. 물론 일정량 이상의 내공을 쌓기만 하면 엄청난 능력을 뿜어낼 수 있을 뿐만 아니라 그 어떤 사술에도 걸리지 않는 현문 최고의 심법이긴 하지. 하지만 이 심법이 지닌 최대의 단점은 연성 초기에 공력을 쌓기가 너무나도 어렵다는 것이야. 그 때문에 결국 현문에서조차 그 누구도 익히지 않아 실전되었다고 들었는데……."

고개를 흔들던 패력검제는 다시 수련을 하고 있는 진팔을 노려

보듯 바라보았다.

"태어나면서부터 태허무령심법을 익혔다고 해도 대성하기에는 너무나도 짧은 시간이야. 뭔가가 있어, 뭔가가……. 도대체 그게 뭘까?"

진팔의 기대와는 달리 패력검제가 그의 무공을 관찰하고 있는 목적은 전혀 다른 데 있었다.

옥대진과 능비화가 있지도 않은 미행자의 추격을 피하기 위해 이리저리 숨으며 무림맹 호북분타를 향해 달려가고 있을 때, 묵향은 홀로 야경을 감상하며 술잔을 기울이고 있었다. 현천검제는 벌써 자신의 문파로 돌아간 후였다. 아마도 그는 돌아가는 대로 장로들을 소집해 이번에 사로잡은 포로를 놔 줄 것인지 어쩔 것인지 의논하기 시작할 것이 분명했다. 그들을 놔 주지 않는다면 마교와의 충돌을 피하기 어렵다는 것을 잘 알 테니 말이다.

"화산에 오르기 전에 방은 잡아 놨지만, 아무래도 오늘은 여기서 묵는 게 더 좋겠군. 이곳 음식이 썩 마음에 든단 말이야. 푹 쉰 다음 내일 출발하면 되겠군."

타고 온 말은 사천분타에 그냥 놔두고 왔고, 이전에 잡아 놨던 방에 놔두고 온 물건도 없었다. 그렇기에 이곳에서 그냥 묵는다 해도 걸리적거릴 것이 하나도 없었다.

묵향은 방 옆에 드리워져 있는 붉은 줄을 살짝 당겼다. 그러자 얼마 지나지 않아 점소이가 들어오며 싹싹한 어조로 물었다.

"뭐 필요하신 것이 있으십니까, 손님?"

"빈방이 있느냐?"

"예, 손님. 그런데 어떤 방을 원하십니까? 저희 객잔에는 모두 여섯 종류의 방이 있습니다."

묵향은 더 이상 들어 볼 것도 없다는 듯 간단히 말했다.

"가장 좋은 방을 다오."

그 말에 점소이는 환하게 웃으며 더욱 비굴한 표정으로 고개를 깊숙이 숙였다.

"옛, 지금 방으로 드시겠습니까?"

묵향이 대답 없이 천천히 일어서자 점소이는 재빨리 말을 이었다.

"소인을 따라오십시오, 손님. 묵으실 모란채는 후원에 있습니다. 아주 조용하고 안락하게 꾸며져 있어 손님의 마음에 쏘옥 드실 겁니다."

그곳은 하룻밤 자는 데 무려 은자 넉 냥이나 하는 방이다. 이런 돈 많은 손님에게는 최대한의 친절로 모셔야만 뭔가 떨어지는 것이 생기지 않겠는가. 그렇기에 묵향을 안내하는 점소이의 어조에는 애교가 담뿍 묻어 있었다.

점소이를 따라 아래로 내려오던 묵향은 특이한 인물들을 보게 되었다. 객잔 1층의 한쪽 구석에서 때늦은 저녁식사에 몰두하고 있는 두 사람. 바로 점심나절에 봤던 스승과 제자라던 여인들이었다.

그녀들을 보자 마치 먹음직스러운 사냥감을 발견한 것처럼 묵향의 두 눈이 번쩍 빛났다.

"호오, 안 그래도 한 달 동안 뭐 하고 지내나 고민하던 중이었는데, 마침 잘 걸렸군."

묵향은 10년 만에 친구를 만나기라도 한 듯 활짝 미소 띤 얼굴로 여인들을 향해 걸어갔다.
"여어~, 이게 누구신가!"
반갑게 말하는 묵향과는 달리, 음식을 먹다가 무슨 일인가 하여 고개를 들었던 두 여인은 묵향의 얼굴을 보자마자 뭔가 못 볼 것이라도 본 듯 표정이 확 일그러졌다. 그래도 중년 여인 쪽이 빨리 정신을 차리고 다소곳이 인사를 건넸다. 그렇지만 그녀의 목소리는 두려움 때문인지 미세하게 떨리고 있었다.
"오랜만입니다, 대협."
묵향은 상대의 허락도 얻지 않고 의자에 턱 걸터앉은 후, 넉살 좋게 말했다.
"그래, 여기는 어쩐 일인가? 점심 때 본 후에 여기까지 오려면 아주 힘들었을 텐데 말이야. 꽤 길을 서둘러서 온 모양이지?"
그 순간 스승이라던 중년 여인은 상대가 갑자기 뭣 때문에 자신들에게 관심을 나타내게 된 것인지 눈치 챈 듯, 화들짝 놀라면서 변명을 늘어놨다.
"저희도 급한 일 때문에 길을 서두르던 중이었습니다, 대협. 이곳은 아주 번화한 곳이긴 하지만 서안에서 낙양으로 들어가려면 이 관도를 이용하지 않고서는 갈 수가 없지 않습니까? 우연히 다시 만난 것을 가지고 저희들이 마치 대협을 미행하고 있는 것으로 오해하시면 곤란합니다."
하지만 그 말은 오히려 역효과를 불러일으켰다. 묵향은 그것 보라는 듯 말했다.
"호오, 강하게 부정하는 것을 보니 꽤 찔리는 게 있나 보군. 노부를 미행하던 놈들을 붙잡고 물어보면 다 그렇게 변명하곤 하지. 절대로 미행한 적 없다고 말이야. 좀 더 그럴듯한 변명 없나? 뭔가 새롭고 참신한 변명을 한다면 이번에 한해서 용서해 줄 수도 있는데 말이야."

이런 말도 안 되는 억지를 부릴 사람이 있을 거라고는 상상도 해 본 적이 없었던 중년 여인이었다. 하지만 안타깝게도 상대는 자신보다 뛰어난 실력을 지닌 고수였다. 분명 자신들에게 트집을 잡고 있다는 것을 알았지만, 그렇다고 성질대로 대꾸할 수도 없는 노릇이다. 괜히 이곳에서 저자의 칼에 맞아 죽는다면 어디에다가 하소연을 할 것인가? 그녀는 치밀어 오르는 울화를 가라앉히고 급급히 변명하기 시작했다.

"생각을 좀 해 보십시오. 제가 대협을 미행할 이유가 뭐가 있겠습니까? 대협과 저는 점심나절에 볼 때까지만 해도 일면식도 없었지 않았습니까? 서로 만난 적도 없고, 그렇다고 원수진 일도 없는데 제가 왜 대협을 미행한단 말입니까?"

그러면서 그녀는 묵향을 향해 억지로 미소를 지었다. 옛말에도 있지 않은가. 웃는 얼굴에 침 못 뱉는다고. 게다가 상당한 미모를 지니고 있는 그녀가 이렇게 사정하고 있는데, 웬만하면 그냥 넘어가지 않겠는가. 하지만 그건 그녀만의 생각이었고, 저 무례하기 그지없는 사내에게는 씨알도 안 먹혔음에 틀림없었다. 상대는 뭔가 생각하는 듯 고개를 갸웃하며 대꾸했을 뿐이다.

"글쎄…, 있는지도 모르지. 노부도 처음에는 그렇게 생각했는데 지금껏 살아오며 그렇지도 않다는 것을 알게 됐지. 생판 본 적도 없는 놈들이 노부를 죽이겠다고 칼을 들이댄 것이 한두 번이 아니거든. 그러니 솔직히 얘기해 봐."
 중년 여인은 어이가 없었다. 이건 전혀 얘기가 통하는 상대가 아닌 것이다.
 '참, 그러고 보니 노리는 놈이 많다고?'
 이 말이 떠오르자 중년 여인의 머릿속에는 경종이 울리기 시작했다. 옳은 일을 하는 사람이 공격을 당하는 일도 물론 있다. 하지만 나쁜 짓을 하는 놈이 칼을 맞을 확률은 더욱 높다고 봐야 할 것이다. 특히나 저 인간처럼 아무나 잡고 시비를 걸 정도라면 필히 저놈은 나쁜 놈이라고 봐야 할 것이다. 그러고도 이렇게 백주대낮에 거리낌 없이 어슬렁거리는 것을 보면 실력도 대단한 놈인 것이 틀림없었다.
 그렇다면 이제 남은 것은 저자가 누구냐 하는 것인데……. 적당히 휘어진 무기의 모양새를 본다면 쾌검이나 쾌도 종류를 익힌 자가 분명했다. 저자의 손 모양이나 또, 점심 때 객점에서 보여 준 한 수를 생각해 보면 그 추측이 틀림없었다.
 사파면서 극악무도하고, 또 쾌검이나 쾌도를 구사한다. 그리고 엄청난 고수……. 잠시 생각을 정리하던 그녀의 뇌리를 스치는 인물이 있었다.
 '허억! 서, 설마 저자가 만악검귀(萬惡劍鬼)?'
 순식간에 중년 여인의 얼굴이 창백하게 질렸다. 만악검귀라면 수없이 많은 극악무도한 일을 저지른 사파의 고수였다. 물론 그가 무적이라는 말은 아니다. 그는 자신보다 강한 자를 상대함에 있어 수단과 방법을 가리지 않았다. 쾌검이 장기였지만, 굳이 검술로 승부하지도 않았다. 적의 수가 많으면 독을 사용하는 짓도 서슴지 않앉다. 하지만 그가 지금까지 살아남을 수 있었던 진정한 이유는 상대의 실력을 꿰뚫어 보고 불리하다 싶으면 재빨리 모습을 감추는 교활함에 있었다. 그렇다 보니 아직까지도 그 극악무도한 이름을 중원에 떨치고 있는 것이다.

'만약 이자가 진짜 만악검귀가 맞다면 내가 이자를 알아봤다는 내색을 해서는 안 돼. 그렇다면 정말 끝장이니까. 무슨 짓을 해서라도 대사형께서 계신 곳으로 이자를 유인하는 것만이 살길이야.'

상대가 말이 없자 묵향은 살짝 인상을 쓰며 중얼거렸다.

"이봐, 변명하는 것을 포기했나? 쯧쯧, 그럼 어쩔 수 없군. 그러고 보니 밤새도록 누군가를 고문하는 것도 참 오랜만이겠군."

"무, 무슨 말씀을 그렇게 하십니까, 대협? 저와 제자는 급한 일이 있어 길을 가던 중이라고 말씀드렸지 않습니까?"

중년 여인이 급하게 변명을 하자 묵향은 빙글거리며 계속 물었다. 물론 그 모습을 보고 있는 두 여인으로서는 묵향의 모습이 마귀로 보였음에 틀림없다.

"급한 일이 뭐지?"

"사형께서 급히 저를 찾으신다는 전갈이 왔거든요."

"호오, 이제는 사형까지 등장하는군. 그래, 그 사형이라는 사람이 어디에 있는데?"

"개봉 인근에 살고 계십니다."

"개봉이라……. 여기서 꽤 먼 거리군. 걸어서 가자면 며칠 걸리겠어. 그러니까 길을 서두르고 있었다, 이 말이로군."

중년 여인은 묵향이 자신의 말에 긍정적인 모습을 보이자 내심 안도의 한숨을 내쉬며 연신 고개를 끄덕였다.

"예."

안 그래도 하남성분타로 갈 예정이었던 묵향은 환하게 웃으며 입을 열었다.

"흠, 마침 잘됐군. 노부도 마침 그쪽으로 가는 길이었거든. 좋다, 만약 사형이라는 자가 있고, 또 너희들을 부른 게 사실이라면 그냥 풀어 주지. 하지만 거짓일 때는 죽지도 살지도 못하게 만들어 주마. 거기 있는 꼬마까지 덤으로 말이다."

심심하던 차에 잘 걸렸다는 듯 환하게 웃는 묵향을 바라보는 두 여인은 마치 악마라도 본 듯 두려움에 부르르 떨었다.

"짐을 들고 따라와. 독채를 잡아 놨으니 너희들이 쉴 곳을 주마. 처음부터 잘못했다고 빌었으면 그냥 용서해 줄 수도 있었는데, 꼴에 잔대가리를 굴려!"

은근히 으름장을 놓은 묵향은 방으로 발걸음을 옮겼다. 앞서가는 묵향의 뒷모습을 바라보는 두 여인의 눈에서 독기 어린 눈빛이 줄기줄기 뿜어져 나오고 있었다.

하지만 뭘 생각했는지 중년 여인은 곧 회심의 미소를 지었다.

'호호, 이놈 어디 두고 보자. 사악한 짓만 일삼던 마두의 최후가 어떤 건지 대사형께서 톡톡히 가르쳐 주신 게야.'

그날 밤, 살그머니 잠자리에서 나온 두 여인은 주섬주섬 짐들을 챙기기 시작했다. 도둑이라도 되는 듯 그들의 행동은 조심스럽기 그지없었다.

짐을 완전히 다 챙기고 살며시 밖으로 나올 때까지 숨소리 하나 들리지 않을 정도로 행동한 그들이 막상 밖으로 나가려는 순간, 옆방에서 나지막한 목소리가 들려왔다.
"아참, 잊어버리고 말을 안 해 줬군. 나한테서 도망치려고 했다가 잡히면 분근착골을 당할 거야. 처음 잡혔을 때는 1각, 그 다음은 2각, 4각……. 이렇게 두 배씩 늘어나지. 이번에는 경고를 안 해 줬으니 그냥 넘어가지만, 이다음에 걸렸을 때는 국물도 없을 줄 알거라."
젊은 여인은 시선을 돌려 중년 여인의 얼굴을 바라봤다. 어떻게 할 것인가? 한참을 고심하던 중년 여인은 길게 한숨을 내쉰 뒤, 고개를 살며시 가로저으며 방으로 되돌아갔다. 아무래도 도망치는 것은 무리가 따르니 훗날을 기약하기로 한 것이다.
두 여인이 일그러진 얼굴로 털썩 침상에 주저앉았을 때, 그 옆방에서 묵향은 고개를 돌려 군사에게 보낼 명령서를 쓰기 시작했다.

「특급 지령.
이 명령서를 받는 즉시 염왕대 5개 대를 출발시킬 것을 명한다. 염왕대는 무슨 일이 있어도 이달 26일까지는 화산 인근에 도착해 있어야 한다. 염왕대의 지휘자는 행적이 무림맹에 포착되지 않도록 은밀히 행동할 것을 명한다. 만약 무림맹에 행적이 포착되었을 때는 즉시 본교로 귀환하라.

천마신교 교주 묵향」

염왕대 5개 대라면 절정고수가 무려 5백 명이었지만, 그 정도 전력을 가지고도 화산을 건드릴 수는 없는 노릇이었다. 하지만 그들에다가 묵향이 포함된다면 화산파는 하루아침 해장거리로 둔갑하게 되는 것이다. 묵향은 이것을 암호로 작성한 후, 흑룡패(黑龍牌)를 꺼내어 인장까지 찍었다.

만약 사제와의 협상이 결렬된다면 묵향은 아예 화산파를 쓸어버릴 작정이었던 것이다. 처음부터 쓸어버리지 않고 협상씩이나 해 줬으니 돌아가신 사부께 제자로서의 도리는 다한 셈이었다.

"될 수 있으면 사제 녀석이 내 말을 들어줬으면 좋겠군. 화산파야 멸문당해도 싸지만 하나밖에 없는 사제를 괴롭히는 게 좀 찜찜하니 말이야. 그건 그렇고, 이걸 어떻게 본교에 보내야 하지?"

호위 무사랍시고 따로 데려온 놈도 없었고, 또 본교와 수시로 연락을 주고받을 수 있는 방법을 미리 준비해 놓은 것도 없으니 난감하기 이를 데 없었다.

"젠장, 별게 다 속을 썩이는군. 좋아, 그렇다고 방법이 전혀 없는 것도 아니지."

묵향은 슬며시 옆방의 기척을 살폈다. 보아하니 으름장을 놓은 뒤로 탈출을 포기하고 꿈나라에 들어간 모양이다. 어느샌가 묵향의 모습이 방에서 사라져 버렸다.

묵향이 달려간 곳은 화산파 인근에 있는 섬서표국이었다. 표국주 장영달은 그날 저녁 일 처리를 끝낸 후, 아늑하기 그지없는 비단 침상에 들어 달콤한 꿈속을 헤매고 있는 중이었다. 그런데 갑자기 머리에 강한 충격을 느끼며 잠을 깨야 했다.

"으윽!"

장영달이 눈을 떠 보니 복면을 뒤집어쓴 웬 괴한이 침상에 앉아 자신의 머리를 툭툭 치고 있는 것이 아닌가.

"허억!"

괴한은 조용히 하라는 듯 입가에 손가락을 갖다댄 후 나지막한 목소리로 입을 열었다.

"쉬~, 이봐. 은밀하고 급하게 처리해야 할 일이 있어서 왔는데, 소리를 내면 좀 곤란하지 않겠어?"

장영달은 도무지 믿을 수가 없었다. 자신이 운영하고 있는 섬서표국은 이 일대에서 손가락에 꼽힐 정도로 큰 표국이었다. 표국에는 비싼 표물이 많이 쌓여 있는 관계로 경비 또한 엄중했다. 그런데 어떻게 괴한이 이렇게 쉽게 침입을 할 수 있단 말인가. 그것도 표국의 주인인 자신의 침실에 말이다.

물론 뛰어난 실력을 지닌 무림인이라면 자신의 무공을 믿고 침입해 올 수도 있을 것이다. 하지만 지금까지 그런 간 큰 녀석이 없었던 이유는 섬서표국의 배후에 화산파가 있기 때문이었다. 섬서표국과 화산파의 사이가 매우 돈독하다는 것을 알 만한 사람은 다 알고 있었다. 심지어 표국주의 첫째 아들이 화산파의 속가제자로 들어가 있을 정도였으니 말이다.

해마다 엄청난 재물을 화산파에 헌납하기는 했지만, 화산파가 배후에 있다는 사실만으로도 섬서표국에 엄청난 혜택을 안겨 주었다. 일단 아무리 간 큰 산도적이라도 섬서표국의 물품에는 손도 대지 않았던 것이다. 게다가 신용 등급도 대단히 상향 조정되어, 수많은 표물이 쏟아져 들어왔다. 그렇게 해서 섬서표국은 화산파에 퍼다 주는 것의 수십 배가 넘는 돈을 벌어들이고 있었다.

그런 섬서표국에 숨어 들어와 자고 있는 자신의 머리를 툭툭 치는 간 큰 놈이 존재할 줄이야.

어느 정도 놀라움에서 벗어난 장영달은 괴한을 바라보며 분노에 떨리는 목소리로 물었다. 상대가 여기까지 은밀히 침입한 것으로 보아 고수인 것은 확실했지만 그의 마음속에서는 화산파에 대한 믿음이 더욱 컸던 것이다.

"노, 노부가 누군 줄 알고 감히 침입한 것이냐?"

"섬서표국 국주 아니었나?"

"알고도 감히 노부의 침실에 침입했다는 말이냐? 네놈이 대 화산파의 비호를 받고 있는 노부를 건드리고 살아남을 수 있을 줄 알았더냐?"

'호오, 이거 아주 재미있군.'

화산파의 비호를 받는 표국이, 화산파를 멸문시킬 연락을 마교에 전달하게 되었으니 재미있을 만도 했다.

묵향은 말없이 품속을 뒤져서 전표 한 장을 꺼내어 장영달에게 건네줬다.

"이게 뭐이냐? 무슨 협박…, 헉! 은자 2백 냥!"

전표를 보자마자 표국주의 안색이 획 바뀌었다. 한 가족의 1년 생활비가 은자 다섯 냥이 넘지 않으니, 2백 냥이면 그야말로 엄청난 금액인 것이다.

그 순간 장영달은 화들짝 일어서서 고개를 조아리며 말했다. 자신이 속옷 바람이라는 것도 잊은 채.

"비밀스런 표행을 원하신다면 제대로 찾아오셨습니다, 손님. 무슨 일이라도 맡겨만 주신다면 최대한 은밀하고 빠르게 처리해 드리겠습니다."

전표를 보는 순간 장영달은 금방 알아차릴 수 있었다. 지금 이

괴한은 자신에게 뭔가 비밀을 요하는 표행을 맡기려고 온 손님이라는 것을. 이런 직업에 종사하다 보면 간혹 그런 일을 부탁해 오는 사람들이 있다. 그리고 그 대가는 상상하지 못할 정도로 컸다.

그런 경험이 몇 번 있었던 장영달이었기에 앞에 있는 괴한이 흉악한 도둑이나 강도에서 순식간에 표국에 커다란 이익을 안겨 줄 고귀한 손님으로 보였던 것이다.

괴한은 재미있다는 듯 대꾸했다.

"자네, 장사하려는 마음가짐이 되었구먼. 좋아, 내 한 가지 일을 부탁함세. 청해성의 성도(省都) 서녕(西寧)에 가면 환성루(奐晟樓)라는 곳이 있네. 혹시 알고 있는가?"

만약 작은 시골 문파라든지, 뭐 그런 곳이라면 그가 잘 모를 수도 있었다. 표국주의 머릿속에 중원 전체의 지도가 들어 있는 게 아니기 때문이다. 하지만 다행스럽게 괴한이 말한 그곳은 아주 유명한 곳이었기에 장영달은 내심 안도의 한숨을 내쉬었다.

"물론입니다요, 손님. 서녕 최고의 기루가 아닙니까?"

"호오, 제대로 알고 있군. 바로 그곳에 이 서신을 전하는 것이 자네 일일세. 최대한 빨리 전한다면 언제까지 전할 수 있겠는가?"

서신 한 장이다. 그렇다면 무거운 짐을 나를 때와는 비교조차 할 수 없을 정도로 빨리 보낼 수 있다. 하지만 만일의 사태라는 것은 언제나 존재하는 것이기에 국주는 자신이 생각한 날짜에 하루 정도를 더해서 대답했다.

"적어도 10일은 걸릴 것입니다."

"흠, 10일이라."

괴한은 옆에 있는 서탁으로 다가가 붓을 꺼내 들고는 서신 봉투에 뭔가를 쓱쓱 쓰면서 말했다.

"10일에서 하루 단축될 때마다 은자 2백 냥씩 지급할 것이고, 한 시진이 단축될 때마다 은자 열 냥씩 더 주라고 써 놨네. 물론 자네가 약조한 10일을 초과해서 도착하면 더 이상의 보상은 없을 거야. 최대한 빨리 전달하면 할수록 더욱 더 많은 돈을 벌 수 있겠지. 수고가 큰 만큼 그만한 대가를 주는 게 당연하지 않겠나?"

장영달은 자신의 탁월한 상술로 하루를 더한 것을 부처님께 감사하고 있었다. 덕분에 은자 2백 냥을 날로 먹었지 않은가. 역시 사람은 머리를 잘 써야 하는 것이다.

"무, 물론입니다, 손님. 정말 통이 크시군요. 손님 같은 분을 모시게 되어 정말 영광입니다."

"좋아, 그럼 잘해 보게나."

"예, 맡겨만 주십시오. 틀림없이 만족하실 겁니다."

장영달이 인사한 후 고개를 들었을 때, 이미 그의 앞에는 아무도 없었다. 만약 자신의 손에 쥐어진 은자 2백 냥짜리 전표와 서신이 없었다면 한바탕 꿈이라도 꾼 줄 알았을 것이다.

"참, 그러고 보니 이러고 있을 때가 아니지."

이 순간부터 시간은 바로 돈이었다. 장영달은 여전히 자신이 속옷만 입고 있다는 것도 잊은 채 밖으로 뛰쳐나갔다.

"여봐라! 진 표사는 어디에 있느냐? 당장 그 녀석을 찾아와라. 빨리!"

"옛!"

사람들이 표국 내에서 가장 기마술이 뛰어난 진 표사를 찾으러 달려 나간 후에야 장영달은 자신이 방금 전에 당한 일이 머릿속에 떠올랐다.

"참! 그러고 보니 침입자가 있었다는 것도 눈치 채지 못한 밥버러지들을 어떻게 처리해야 하지?"

물론 장영달은 표국의 경비 무사들이 지닌 얄팍한 실력으로 좀 전의 괴한의 침입을 막는다는 것이 불가능함을 잘 알고 있었다. 하지만 머리로 이해하는 것과 감정하고는 아무 상관없는 일이었다. 방금 전에 당한 수모를 생각하면 도무지 참을 수가 없었기 때문이다. 감히 나 장영달이 누군 줄 알고 머리를 툭툭 때려?

"멍청한 녀석들! 일주일치 급료는 없을 줄 알아라."

자신의 결심을 입 밖으로 내뱉고 나서야 속이 조금 풀리는 장영달이었다.

장영달이 서신을 전달해야 하는 환성루는 마교의 하급 단체들 중의 하나인 혈화궁(血花宮)의 본거지였다. 여인들로만 구성된 혈화궁은 화류계에 진출하여 막대한 돈을 벌어들이고 있는데, 그 수입이 마교 전체 수입의 무려 3할이나 차지할 정도였다. 그 외에 돈벌이 말고도 마교 내의 각 고수들에게 향락을 제공함으로써 그들의 불만을 해소시켜 주는 데 큰 몫을 담당하고 있었다. 거기에다가 외부 고수들의 포섭이나 정보 입수, 요인 암살 등과 같은 은밀한 일도 했다. 그런 만큼 묵향의 서신이 그곳에 도착하면 지급으로 마교의 총타에 전달될 것은 분명한 사실이었다.

다음 날 아침 일찍 묵향과 그에게 사로잡힌 두 여인은 개봉을 향해 길을 떠났다.

사실 묵향으로서는 의심이 가는 이들을 해치워 버리면 간단하게 끝날 일이었지만, 화산파의 일이 마무리 지어질 때까지 한 달이라는 시간적 여유가 있었고, 그동안 뭔가 할 일이 필요했다. 그녀들은 그 덕분에 목숨을 건진 것이라고 봐도 무방했다.

"같이 길을 가게 되었는데 서로 통성명이나 하는 것이 어떻겠습니까? 저는 설취(薛翠)라고 합니다. 강호의 동도들은 저를 유운비화(遊雲飛花)라고 부르지요. 그리고 이쪽은 제 제자인 송화(松花)입니다."

설취가 이렇듯 소개를 한 것은 상대에 대한 정보를 조금이라도 더 얻어 내기 위함이었다. 그녀는 처음에 상대가 만악검귀라고 생각했지만 아닐 수도 있다는 생각이 들었다. 왜냐하면 만악검귀는 소문에 의하면 아주 극악무도한 마두라고 했는데 상대는 그렇지 않았기 때문이다. 비록 예의가 없는 더러운 성격이기는 했지만. 그렇기에 은근슬쩍 이름을 물어보아 정체를 알려 했던 것이다.

상대가 누군지를 정확히 알아야 현 상황을 타파할 수 있는 최선의 방책을 세워나갈 수 있을 테니 말이다. 하지만 상대는 묵묵부답, 아무런 대꾸도 없었다.

"저희들의 소개를 했으니 그쪽도 신분을 밝히는 것이 예의가 아닐는지요."

"이미 다 알고 미행을 했을 텐데 소개를 할 필요가 있을까?"

"자꾸 미행 미행 하시는데 저희들은 귀하를 미행한 적이 없다니까 그러시네요."

"뭐, 그건 나중에 대사형이라는 사람을 만나 보면 자연스레 알 수 있겠지."

그렇게 대답한 후, 묵향은 앞으로의 일정에 대해 차분히 생각하기 시작했다. 먼저 건설 중인 하남성분타에 들러 분타주를 치하하고 독려한 후, 남하하여 호북분타에 들르는 것이 괜찮을 듯했다. 그런 다음 다시 북상해서 화산파로 간다면 얼추 한 달 가까이 될 것이다.

'사제 녀석이 잘해 줘야 할 텐데……. 이럴 줄 알았으면 무슨 짓을 해서라도 초류빈을 끌고 오는 건데 그랬군. 사제의 목을 내가 직접 베기는 아무래도 좀 그렇거든.'

마교와 뒷거래를?

 급히 소집된 무림맹의 장로들을 향해 매화문검(梅花雯劍) 옥진호(玉振湖) 장로가 엄숙하게 말했다.
 "현천검제가 마교의 간세라는 정보가 입수되었소이다. 만약 그게 사실이라면 큰일이기에 여러분을 급히 소집한 것이오."
 밀실에 모여 있는 자들은 모두 현재 무림맹의 핵심을 이루는 장로들이었다. 옥진호 장로의 말이 떨어지자마자 장로들 중 한 명의 얼굴빛이 변하며 역정을 버럭 냈다. 그는 바로 청호진인(淸湖眞人)이었다.
 "매화문검 장로! 그게 무슨 말이오. 그런 중대한 사항을 맹주님께 아뢰지 않고 장로들끼리 상의하자고 하는 저의가 뭔지 우선 알고 싶소."
 그는 현 맹주인 태극검제가 무당에서 뽑아 온 인물이었다. 그렇기에 이렇듯 민감하게 반응하는 것이었다. 만약 중요 사항들을 맹주에게 보고하지 않고 장로들끼리 처리한다면 맹주의 위치는 뭐가 되겠는가. 완전히 허수아비가 되는 것이 아닌가.

하지만 옥진호 장로는 온화한 어조로 대응했다.

"아아, 청호 장로의 말씀이 백번 지당하지요. 하지만 청호 장로께서 간과하고 있는 것이 있소이다."

그 말에 청호진인은 의아하다는 듯 되물었다.

"노부가 무엇을 간과하고 있다는 말씀이오?"

"만약 이것이 헛소문이라면, 그에 대한 책임을 청호 장로께서 지시겠소이까?"

"그, 그건……."

청호진인은 잠시 당황한 듯하더니 한숨을 푹 내쉬며 중얼거렸다.

"무량수불…, 매화문검 장로의 말이 옳은 듯하오. 아직 완전히 확인되지도 않은 민감한 사항을 무턱대고 맹주께 보고드릴 수는 없는 일이겠지요."

옥진호 장로는 좌중을 쭉 둘러본 후 말을 이었다.

"노부는 이 일을 맹주께 보고드리는 것이 옳은 일인지 아닌지 상의해 보고자 여러분을 모신 것이오. 아직까지 이 사건이 진실인지 아닌지 명확하게 밝혀지지는 않았소이다. 하지만 그 사건의 주체가 화산파의 장문인이라는 것이 가장 큰 문제요. 완벽한 물증도 없이 공개 석상에서 거론하기에는 너무나도 큰 거물이란 말입니다. 이 일을 조금이라도 잘못 처리하면 무림맹은 씻을 수 없는 타격을 받을 수도 있소."

"그렇지만 어찌 조사를 한다는 말입니까, 매화문검 장로? 화산에다 첩자를 파견해서 조사하다가 그게 들통이라도 나는 날에는 무슨 소리를 들으려구요."

수많은 말이 오갔지만 쓸 만한 의견은 없었다. 문파라는 배타적인 단체가 지니는 독특한 특성상 어느 날 갑자기 첩자를 투입한다는 것은 불가능에 가까웠다. 게다가 조사할 대상이 화경의 고수가 아닌가. 그의 이목을 피해 가며 정보를 얻기란 하늘의 별을 따는 것만큼이나 힘들 것이 분명했다.

이때 공수개(空手丐) 장로가 주저주저 하는 듯하더니 자리에서 일어나 말을 꺼냈다.

"이번에 본방에서 특급 기밀 정보가 도착했소이다. 하지만 이것을 어떻게 처리할까 오랜 시간 고민했었는데, 마침 화산 장문인의 일도 있고 하니 지금 밝히는 것이 좋을 듯싶구려."

"무슨 정보인데 그렇게까지 고심을 하셨습니까, 공 장로?"

공수개는 긴 한숨을 내쉬며 중얼거렸다.

"후우~, 옥화 봉공님의 문제요."

그 한마디에 모두가 공수개 장로가 왜 그렇게 고심했는지 짐작할 수 있었다. 현재 무림맹에서 옥화 봉공이 차지하고 있는 입김은 가히 엄청난 것이었다. 그리고 정보력에서도 개방보다 무영문이 앞서니, 개방의 설 자리가 점점 더 줄어들고 있었다. 그런데 개방에서 옥화 봉공에 대해 뭐라고 한다면 다들 시기와 질투에 의해 모함하는 것이라고 생각하지 않겠는가. 그렇다 보니 개방 쪽에서는 더한층 조심스러워질 수밖에 없었다.

공수개 장로는 말을 이었다.

"옥화 봉공께서 뭔가 마교와 뒷거래를 하고 계신 듯하오."

그 말에 모두들 경악했다. 그도 그럴 것이 무영문은 정파 최고의 정보 단체였다. 게다가 무영문은 옥화무제가 봉공이 된 후 무림맹의 일에 매우 깊숙이 관여하고 있었다. 그런 상태에서 그들이 배신한다면 무림맹이 얼마나 큰 타격을 받을지는 짐작조차 하기 힘들었다.

옥진호 장로가 떨리는 목소리로 말했다.

"그 말씀, 책임지실 수 있소이까?"

"죄송한 말이지만, 아직까지 확실한 물증을 잡지는 못했소이다. 하지만 얼마 전, 무영신마 사건 때 벌어진 여러 가지 정황으로 미루어 보아 그분께서 마교와 뭔가 뒷거래를 했다는 것 정도는 짐작할 수 있었소."

그러면서 공수개 장로는 무영신마 사건 때 개방에서 파악한 모든 것을 말했다.

그 말을 들은 옥진호의 눈이 불타오르기 시작했다. 어쩌면 이것을 기회로 옥화 봉공에게 복수할 수 있을지도 모른다는 생각을 한 것이다. 옥진호는 이빨을 뿌드득 갈면서 중얼거렸다.

"놀라운 일이군요. 만약에 그 마두가 심기가 깊으신 옥화 봉공까지 끌어들였을 정도라면, 현천검제를 포섭하는 거야 일도 아니었겠지요."

옥진호 장로로서는 가급적 자신의 감정을 드러내지 않으며 조심스럽게 말했다. 만약 공수개 장로가 그녀의 배신에 대한 명확한 물증까지 지니고 있었다면 그의 입에서 좀 더 심한 쌍소리가 튀어나왔을 것이다. 하지만 심증만 있을 뿐 물증은 전무했다. 그렇다 보니 아직까지는 무림맹 봉공으로서 예우를 해 줘야만 하는 것이다.
"으음, 그렇다고는 하나 아직까지 물증이 없지 않소? 확실한 물증이 잡힐 때까지는 모든 일을 조심스럽게 진행해야만 하오."
"물론이외다. 무영문과 옥화 봉공님에 대해서는 공수개 장로께서 수고를 해 주셨으면 하오."
"워낙 무영문이 뛰어난 단체이다 보니, 노부가 해낼 수 있을지 모르겠소이다. 하지만 개방 외에는 그쪽을 조사할 단체가 없으니…, 미력하나마 노력해 보겠소이다."
"그럼 공수개 장로만 믿겠소."
옥진호는 공수개 장로를 치하한 후 좌중을 둘러보며 말했다.
"그건 그렇고, 화산 쪽은 어떻게 처리하는 것이 좋겠소이까? 고견이 있으신 분은 기탄없이 말씀해주시오."
이 회의가 하루 종일 진행된 것만 봐도 장로들이 현천검제의 처리에 얼마나 고심했는지 알 수 있을 것이다. 하지만 이렇게 하면 저게 걸리고, 또 저렇게 하자니 이게 걸리고…….
결국 그들은 맹주에게 이 사실을 밝히고, 그의 처분을 기다리자는 것으로 결론지었다. 어찌 되었거나 무림맹의 대가리는 맹주니까 말이다.

개방이 자신의 치부를 밝혀내기 위해 눈에 불을 켜고 뒷조사를 시작했다는 사실을 꿈에서도 알 리 없었던 옥화무제는 지금 환희에 찬 순간을 보내고 있었다. 그녀는 자신의 손에 들린 보고서를 몇 번이나 읽고 또 읽었다. 이게 꿈이 아니었으면 하는 심정으로 말이다.

시간이 지나도 옥화무제로부터 아무런 말이 없자 보고서를 들고 온 총관은 찜찜한 표정으로 조심스럽게 말했다. 뭔가 마음에 안 드는 부분이라도 있나 하는 생각에서다.

"워낙 지급으로 도착한 정보이기에 누락된 부분이 많습니다. 혹시 마음에 안 드시는 부분이 있으시다면, 좀 더 자세히 조사해서 올리라고 지시를 내리겠습니다."

옥화무제는 만족스런 미소를 지으며 보고서를 내려놓았다.

"그럴 필요가 있을까요? 어차피 패배는 패배니까요."

"작전상 후퇴하는 척하면서 금을 함정으로 몰아넣기 위한 술책일 수도 있습니다. 좀 더 정보를 취합하신 후에 행동을 결정하는 것이 좋지 않겠습니까?"

물론 조심해서 나쁠 것은 없을 것이다. 하지만 지금은 그럴 필요조차 없었다. 옥화무제의 명석한 머리는 벌써 전체적인 상황을 포착한 상태였다.

"이게 만약 처음 벌어진 전투라면 총관의 말이 맞겠죠. 하지만 지금 요 황제는 화가 머리끝까지 치밀어 오른 상태고, 게다가 병력도 금에 비해 훨씬 많았어요. 그런 얄팍한 작전까지 쓸 이유가 없죠."

옥화무제는 잠시 생각을 정리한 다음 명령했다.

"요에다 좀 더 많은 첩자를 파견하세요. 아마 조만간에 요 황제는 더 많은 병력을 파병할 게 분명해요."

"어쩌면 금과 휴전할 가능성도 있지 않겠습니까?"

총관의 말에 옥화무제는 웃음을 터뜨리며 말했다.

"호호, 그럴 리는 없을 거예요. 아직 요는 이 전쟁에 주력 부대를 투입하지도 않았어요. 그런 상황에서 자존심만 구기고 휴전할 리 없잖아요. 주력 부대를 투입해서 완전히 끝장 낼 궁리만 하겠죠."

한참 동안 궁리를 하던 옥화무제는 힘 있게 말했다.

"기회는 단 한 번! 요가 금을 멸하기 위해 대규모 파병을 했을 때, 그 뒤를 치는 거예요."

"태상문주님의 현묘한 계책대로라면 대승은 확실할 것입니다. 하지만 전쟁을 하는 것은 본문이 아니라 송의 어림군입니다. 어림군의 장군들이 과연 제대로 해낼 수 있을지 걱정입니다."

옥화무제로서도 그것이 가장 마음에 걸리는 부분이었다. 총관의 말은 계속 이어졌다.

"본문에서 이미 조사를 끝마쳤듯 요에서도 본국에 많은 첩자를 파견해 놨습니다. 그들의 눈을 피해가며 전쟁 준비를 하는 것은 대단히 어려운 일입니다. 그리고 적절한 순간을 노려 한 번에 대규모로 병력을 투입해 파죽지세로 요를 몰아쳐야 합니다. 과연 그런 탁월한 지휘 능력이 작금의 어림군 장수들에게 있을지 의심스럽습니다. 물론, 태상문주님께서 직접 군을 지휘하실 수 있다면 얘기가 달라질 수도 있을 겁니다. 하지만 지금 형편은 그렇지가 않습니까? 동관을 통해 채 재상에게 지시를 내리고, 채 재상은 추밀원에 지시를 내리고, 또 추밀원에서는 정군관에, 정군관은 각 장수에게 지시를 내리는 이런 방법으로는 결코 군을 효과적으로 움직일 수가 없을 겁니다."

잠시 어두운 안색으로 말을 듣던 옥화무제는 한숨을 내쉬며 중얼거렸다.

"총관의 말이 맞는 것 같군요. 그건 너무나도 어려운 일이지요.

하지만 그렇다고 이번 기회를 놓칠 수는 없어요. 다음 기회는 언제 올지 알 수 없으니 말이에요. 좋아요. 아무래도 군부의 수장과 의논을 해 봐야겠네요. 동관에게 지시를 넣으세요. 임청 원수와 독대를 할 수 있는 자리를 만들어 보라고 말이에요. 실질적으로 군을 움직이는 정군관만 장악할 수 있다면 이번 전쟁은 반드시 승리할 수 있을 거예요."

총관은 고개를 숙이며 대답했다.

"옛, 곧 동관에게 태상문주님의 명을 전하겠습니다."

"요에 있는 첩자의 수를 늘리세요. 요의 주력 부대가 어떻게 움직이는지 세밀하게 관찰해야만 해요. 요가 금을 짓밟는다고 정신이 없을 때, 그때가 요를 침략할 절호의 기회가 될 테니까요."

"옛, 명대로 따르겠습니다."

총관이 나간 후 옥화무제는 흥분된 마음으로 다시 한 번 보고서를 읽었다. 이제 열 받은 요 황제가 대군을 동원하여 금을 치는 것을 기다리는 일만 남은 것이다. 그때를 잘 노려서 요를 치면 연운 16주의 탈환은 물론이고, 운만 잘 따라준다면 요를 멸망시킬 수도 있으리라. 그리고 요를 없애 버린다면 그녀의 권력 기반은 더욱 튼튼해지는 것이다.

옥화무제는 흐뭇한 미소를 지으며 중얼거렸다.

"이때를 얼마나 기다려 왔던가······."

그녀는 문득 생각났다는 듯 탄성을 질렀다.

"맞아, 황금빛 찬란한 봉황이 나타났다는 보고가 올라왔었지. 설마 했었는데, 역시 상서로운 징조였던 모양이야. 그러고 보면 하늘도 본문을 돕는 모양이야. 오호호홋!"

검의 소리를 들어 본 적이 있느냐?

　시원한 바람이 불어오는 정자 한가운데, 고아하게 보이는 서탁을 앞에 두고 수묵화를 그리고 있는 중년 사내가 있었다. 40대 중반 정도로 보이는 그 중년 사내는 그림에 푹 빠져 들어 신들린 듯 붓을 놀리고 있었다. 때론 폭풍과도 같이, 때론 봄바람이 살랑거리듯.
　"후~우."
　잠시 후, 만족스런 한숨을 내쉰 중년 사내는 뒤로 물러서서 화폭을 감상하기 시작했다. 그의 손은 무의식적으로 길게 기른 턱수염을 매만지고 있었다. 흑단과도 같이 탐스러운 수염을 매만지는 그의 모습은 마치 미염공(美髥公 : 삼국지의 관우를 말함)이 환생한 듯 고아하기만 했다.
　"흐음, 근래 들어 그린 것들 중에서 가장 마음에 드는구먼."

시원한 산들바람에 떠도는 묵향에 취해 있던 중년 사내의 여유로운 한때를 방해한 것은 부산스럽게 들려온 인기척이었다.
"허어, 내가 그림을 그릴 때는 이 주위에 함부로 얼씬거리지 말라고 그렇게 일렀거늘······."
잠시 후, 허겁지겁 걸어오는 하인의 모습이 눈에 들어왔다. 자신의 앞에 선 하인이 고개를 조아리자 중년 사내는 못마땅한 기색으로 질책하듯 물었다.
"무슨 일이냐?"
"주인어른, 유운비화 님께서 오셨습니다."
하인의 말에 중년 사내의 얼굴은 언제 찌푸렸냐는 듯 활짝 펴졌다.
"오오, 사매가? 얼른 이쪽으로 모시고 오지 그랬느냐?"
"두칠이가 이쪽으로 모셔 오는 중입니다. 아, 저기 오고 계십니다."
"너는 빨리 가서 차를 준비하라고 이르거라."
"예."
하인을 보낸 후, 중년 사내는 재빨리 자신의 사매에게로 달려갔다. 이게 얼마 만에 보는 얼굴인가. 그리고 그녀와 함께 온 사질은 몇 년 지난 사이에 몰라보게 달라져 있었다. 전에 봤을 때는 풋풋한 소녀였는데, 지금은 어엿한 숙녀가 되어 있는 것이다.
중년 사내는 반갑게 손님들을 맞이했다.
"모두들 어서 오너라."
"대사형을 뵙습니다."
"사백님을 뵈옵니다."

"그래, 모두들 잘 있었느냐?"

사매를 바라보는 중년 사내의 얼굴은 부드럽기 그지없었다. 가볍게 수인사를 하며 사매의 일행을 둘러보던 그의 두 눈이 일순 번쩍였다.

"허~, 한눈에 보기에도 하늘이 내린 무골이로고. 노부는 냉파천(冷擺泉)이라고 한다네. 무림의 동도들은 나를……."

냉파천은 설취 옆에 멀뚱히 서서 자신을 바라보는 묵향을 설취가 이번에 새로 제자로 삼은 녀석이거나, 아니면 뭔가 인연이 있어서 자신에게 소개하려고 데려온 무림의 후기지수인 줄 착각했다. 그렇기에 자신의 명호를 밝히려고 했던 것인데, 그 말은 곧 설취에 의해 가로막혔다.

"그게 아닙니다, 대사형."

설취는 묵향을 연신 째려보며, 그간 자신이 당했던 일을 냉파천에게 꼬치꼬치 일러바쳤다. 말을 하던 설취는 그동안 당했던 설움이 북받쳐 오르는지 두 눈에 눈물마저 글썽거렸다. 사실 그녀 정도 되는 연배의 여고수가 이토록 극심한 수모를 당할 줄이야 그 누가 알았겠는가. 그것도 제자가 보는 앞에서 말이다.

모든 사연을 다 들은 냉파천은 처음의 우호적인 표정과는 달리 묵향에게 싸늘한 눈빛을 던졌다. 재야에 숨은 선비처럼 한없이 고아해 보이던 그의 몸에서 일순 사위를 짓누르는 듯한 일대종사의 기도가 뿜어져 나와 주위를 압도하기 시작했다. 형형한 눈빛을 뿜어내는 그는 태양혈이 점차 안으로 갈무리되어 사라지고 있는 것으로 보아 대단히 뛰어난 고수임에 분명했다. 확실히 설취가 믿고 찾아올 만한 고수였다.

"네놈이 감히 사매를 괴롭혔다는 게 사실이냐?"
 설취가 냉파천에게 그간 일을 일러바칠 때부터 묵향은 자신이 오해했음을 알 수 있었다. 왜냐하면 묵향이 누군지 알고 있었다면 그녀가 감히 이런 행동을 할 리가 없었을 테니 말이다. 아마 묵향에게 걸린 그 순간부터 손이 발이 되도록 빌었을 게 분명했다.
 묵향은 냉파천에게 말했다. 하지만 그의 말투는 그간 설취와 송화를 구박했던 것이 전혀 미안하지 않은 듯 심드렁하기만 했다.
 "약간의 오해가 있었던 것 같군. 오해는 풀린 듯하니 나는 이만 가 보겠네."
 오히려 그것이 더욱 냉파천의 심기를 건드렸다.
 '감히 내가 누군 줄 알고 저토록 오만방자할 수 있단 말인가. 하늘이 내린 근골을 지니고 있으면 무엇하리. 인성이 저 모양이니 장차 무림에 큰 화근이 될 것이 불을 보듯 뻔하지 않은가. 내 이번에 저놈의 버릇을 단단히 고쳐 무림을 위해 힘쓸 수 있는 인재로 만들어 줘야겠군.'
 "이놈! 이런 고약한 놈! 네놈의 사부가 누구길래 그토록 오만방자하단 말이냐?"
 그 말에 묵향의 눈썹이 꿈틀했다. 자신을 두고 뭐라고 하는 것은 그래도 참아 줄 수 있을지 모르지만 감히 사부를 들먹이다니. 그렇다 보니 묵향의 입에서 튀어나온 말도 결코 곱지 않았다.
 "본좌의 사부가 누군지 네놈이 알아서 뭐 할래?"
 "도무지 말로 해서는 안 되는 놈이로다."
 냉파천이 손을 쓱 뻗자 정자 한편에 세워 놓았던 그의 애검이 둥실 날아와서 그의 손에 잡혔다. 어기동검술을 이용하여 검을 자신의 손으로 끌어당긴 모양이었다. 그는 천천히 검을 뽑았다.
 스르르릉.
 맑은 소리를 울리며 휘황한 광채를 뿜어내는 보검이 모습을 드러냈다. 상대의 존재는 안중에도 없는 듯 냉파천은 한동안 투명하기 그지없는 검신을 들여다보고만 있었다. 그러던 그가 문득 입을 열었다.
 "사매, 사매는 검의 소리를 들어 본 적이 있느냐?"
 냉파천은 싸가지 없는 후기지수를 혼내 주면서, 이 기회를 빌려 자신의 성취가 어느 정도인지 사매에게 보여 주고 싶었다.
 설취는 얼굴을 붉히며 대답했다.
 "사매가 미흡하여 아직 그 정도까지는……."
 "사매도 알다시피 몇 년 전에 만났을 때, 나는 더 이상 발전하지 않는 무공에 절망하고 있었지. 그러던 어느 날 갑자기 어디선가 소리가 들려왔어. 처음에는 그게 누군지 몰랐는데, 이 녀석이 나에게 말을 걸고 있었던 게야."
 냉파천은 자신이 들고 있는 보검을 가리키며 살짝 미소를 지었다.
 "이 녀석이 나에게 말을 걸었다는 것을 알았을 때, 그날의 감동을 나는 아직도 잊지 못하고 있지. 굳이 표현하자면, 사모하는 여인을 몇 날 며칠 동안 따라다니며 사랑을 애걸하다가 처음으로 그녀의 목소리를 들은 느낌이랄까……. 그 소리를 따라 검을 움직이기 시작했을 때, 나의 검술이 한 단계 더 발전했음을 느낄 수 있었지. 나는 드디어 껍질을 깨고 창공을 노닐 준비를 하기 시작한 게야."

"축하드립니다, 대사형."
설취가 말하자 그 옆에 서 있던 송화도 재빨리 입을 열었다.
"사백님의 대성을 축하드리옵니다."
냉파천은 의기양양하게 말했다.
"사매, 내가 근래에 터득한 검술을 견식하고 그 오의를 가슴 깊이 새겨두도록 하거라. 네 수련에도 큰 도움이 될 것이다."
앞에 서 있는 상대가 얼마나 강한지도 모르는 채 자신의 능력을 자랑하고 있는 멍청한 놈이 하는 짓이 꼴같잖아서 묵향은 그냥 보고만 있었다. 하지만 지켜보는 것도 정도가 있는 것이지 이건 해도 너무하는 것이 아닌가.
"이봐, 얼마나 더 기다려야 하나?"
냉파천은 심기가 상한 듯 인상을 찡그렸다. 인간성도 형편없지만, 인내심은 더욱 없는 놈인 모양이었다. 오냐, 오늘 내가 저놈을 잡고 개 값을 물리라.
"크흠, 오늘 하늘 위에 하늘이 있음을 내가 손수 가르쳐 주마. 자, 오너라."
빡!
"끄악!"
오라는 말을 마치는 순간 냉파천의 두 눈에서 불똥이 튀었다. 그리고 그에 수반된 엄청난 통증. 냉파천은 저도 모르게 비명을 지르고 말았다. 하지만 이게 어찌 된 일이란 말인가? 그의 눈에는 아직까지도 저쪽에 서서 미동도 하지 않고 서 있는 사내의 모습이 보였다. 정말 귀신이 곡할 노릇이 아닌가?
'저놈은 저기에 서 있는데, 여기서 내 머리를 가격하고 있는 놈

은 또 누구란 말인가?'

 찰나의 시간이 흐르자 저쪽에 서 있던 사내의 몸이 서서히 사라졌다. 그리고 완전히 무방비 상태에서 머리에 정통으로 한 대 맞은 냉파천은 허공을 날아 땅바닥에 나뒹굴고 말았다.

 설명은 길었지만 이 모든 것이 한순간에 벌어진 일이었다.

 잠시 후, 냉파천이 이마를 감싸 쥐며 몸을 일으켰다. 극심한 통증을 일으키고 있는 이마의 상처에서는 한 줄기 붉은 선혈이 흘러내리고 있었다.

 "이형환위(移形幻位)? 서, 설마 그럴 리가······."

 이형환위라면 신법에 있어 최고의 경지를 말한다. 눈에 보이지 않을 정도로 빠른 속도로 이동하는 전설적인 신법. 너무나도 빠르게 움직이기에 착시로 인해 잔상을 남기는 것이 그 특징이었다.

 "대, 대사형, 괜찮으십니까?"

 "오냐, 나는 괜찮다. 조금 방심했을 뿐이야."

 말은 그렇게 했지만 그제야 상대가 엄청난 고수란 것을 알아차린 냉파천이었다.

 걱정스러운 눈빛을 던지는 사매를 뒤로하고 냉파천은 다시 검을 들었다. 사매에게는 조금 방심했다고 했지만, 이건 자신이 생각해도 말도 안 되는 변명이었다.

 자신보다 수준이 낮은 인물에게 방심해도 패배할 가능성이 있는데, 뛰어난 인물에게 방심했다니······. 죽으려고 환장을 하지 않고서야 할 수 없는 행위였다.

 냉파천은 상대를 향해 검을 겨누며 정신을 집중했다. 어쩌면 상대는 사매의 말과는 달리 썩 괜찮은 놈인지도 모르겠다. 그 기회를 노려 자신을 죽이지 않고, 이렇게 또 한 번의 기회를 줬으니 말이다.

아무리 이형환위라도 대책이 없는 것은 아니다. 냉파천은 최대한 공력을 끌어올렸다. 눈으로 보고 움직이면 늦다. 기로 상대의 움직임을 느껴야만 한다.

순간, 냉파천이 선공을 가했다.

"호오, 이번에는 좀 낫군."

냉파천의 검이 춤을 추기 시작했다. 검식의 움직임에 따라 그의 검에서는 엄청난 강기의 회오리가 뿜어져 나오기 시작했다. 그리고 그의 검에는 어느새 푸른빛이 희미하게 뿜어져 나오고 있었다. 이것은 그가 이번 공격에 자신의 모든 것을 걸었다는 것을 대변해 주고 있었다. 검식으로써 그런 것들을 구현하려면 엄청난 내공의 소모가 뒤따르기 때문이다.

하지만 상황은 냉파천의 바람대로 되지 않았다. 엄청난 강기의 회오리를 간단히 헤치고 접근해 오는 인물. 어기충검으로 그 공격력이 배가된 냉파천의 검이 그를 베었으나, 간단하게 막히고 말았다.

"허억! 이럴 수가……."

냉파천은 자신의 검을 맨손으로 잡아낸 상대를 보며, 더 이상 할 말을 찾을 수가 없었다. 그리고 그 순간, 냉파천의 머리를 향해 시커먼 뭔가가 엄청난 속도로 접근해 오고 있었다. 하지만 이미 혼이 빠져 버린 그는 그것을 감지할 기력이 남아 있지 않았다.

빠각!

"크흑!"

방금 전 맞았던 곳을 또 맞아서 그런지 냉파천은 정신을 못 차린 채 머리를 부여잡고는 끙끙거릴 뿐이었다.

"검의 소리가 어쩌구저쩌구 한 것 같은데, 지금 결과를 보아하니 자네가 한 소리는 모두 개소리였던 모양이군."

"제, 젠장."

묵향은 쓰러져 있는 냉파천의 탐스러운 수염을 한 손으로 틀어쥐어 위로 들어 올렸다. 그러자 수염 위에 붙어 있는 머리통도 함께 위로 따라 올라왔다. 적당한 높이까지 냉파천의 머리통이 올라왔다고 느낀 순간, 묵향은 싸늘한 미소를 지으며 반대편 손을 들어 올렸다. 그 손에는 검집 채로 묵혼검이 들려 있었다.

냉파천은 수염이 이런 용도로도 사용될 수 있다는 것을 처음부터 알고 있었다면 절대로 기르지 않았을 것이다. 냉파천이 황당함에 사로잡혀 있을 때, 묵향의 사정없는 매질이 시작되었다.

퍽퍽! 퍽! 퍽퍽!

"끄아아아악!"

한동안 사정없이 두들겨 패던 묵향은 잠시 매질을 멈추고 음흉스런 미소를 보내며 말했다.

"오호! 소리 좋~고. 자기 주제 파악도 못하는 놈에게는 이게 최고지. 이제 좀 정신이 드느냐?"

냉파천은 독기가 가득한 눈길로 상대를 쏘아보며 외쳤다.

"바, 반드시 복수를 하고야 말 것이다!"

"복수? 좋아. 네놈의 그 눈빛을 보니 훗날이 기대가 되는군, 그래. 오냐, 내가 한 가지 일러 주지. 한낱 쇠붙이에 무슨 주둥이가 있어서 나불나불 떠들어 대겠냐?"

묵향은 상대를 도와주기 위해 한 말이었지만, 그걸 듣는 입장에서는 전혀 그게 아니었다. 완전히 자신을 놀리는 말로 들리는 것이다.

"젠장, 노부가 이런 꼴을 당하게 될 줄이야, 크흐흐흑!"

냉파천이 분노에 가득 차 눈물을 떨구건 말건 묵향의 말은 계속 이어지고 있었다.

"그건 검이 말을 하는 것이 아니라 형(形)을 벗어나려는 네 마음의 움직임인 것이야. 형이라는 것이 뭐냐? 적을 살상하는 데 가장 효율적인 움직임을 고정화하여 만든 것이 아니더냐? 반복하여 수련하는 데는 그것이 최선의 길이겠지만, 이 세상에는 완벽한 형이라는 것이 존재하지 않는다는 것이 가장 큰 문제지. 자네는 지금 형을 깨야만 하는 처지에 놓이게 된 거야. 두꺼운 알을 깨야 창공을 노니는 독수리가 될 수 있듯 형을 깸으로써 더욱 깊은 경지로 들어갈 수 있는 것이지."

왠지 현기 어린 말이었지만 상대가 자신을 농락하고 있다는 생각에 사로잡혀 있는 냉파천에게 묵향의 조언이 귀에 들어올 리가 없었다. 어느 누가 자신의 심득(心得)을 이렇듯 쉽게 복수를 다짐하는 인물에게 가르쳐 줄 리 있겠는가. 어쩌면 냉파천의 이런 반응은 당연하다고 볼 수 있었다.

"그따위 헛소리 듣고 싶은 맘은 없으니 차라리 나를 죽여라!"

"이런 빌어먹을 녀석! 정말 대가리에 똥밖에 안 들어 있는 놈이로군."

모처럼 친절을 베풀었는데, 상대가 이런 식으로 나오자 묵향은 화가 치밀 수밖에 없었다.

퍽!

"크헉!"

분노에 찬 마지막 일격이 얼마나 강력했는지 냉파천은 1장여를 튕겨 날아간 다음 볼썽사납게 땅바닥에 처박혀 버렸다. 냉파천을 날려 버린 후 묵향이 자신의 왼손을 내려다보니 피 묻은 수염 뭉치가 한 움큼 잡혀 있는 것이 보였다. 결국 최후에 가해진 타격을 견디지 못하고 몽땅 뽑혀 버린 모양이었다.

묵향은 수염 뭉치를 발치에 던져 버린 후 손바닥을 탁탁 털며 중얼거렸다.

"젠장, 괜히 쓰레기를 붙잡고 시간 낭비만 했군."

이제 볼일은 다 봤다는 듯 묵향은 밖으로 나가려다가 한쪽에서 부들부들 떨고 있는 설취 등을 보고는 천천히 다가갔다.

"나를 이곳으로 슬그머니 유인하다니, 생각은 좋았다만 실력이 뒷받침되지 못한 것 같군. 그럼 잘 있으라구."

묵향은 말이 끝나자 아주 느긋한 걸음걸이로 되돌아 나가기 시작했다. 남의 장원에서 이런 행패를 부렸음에도, 자신에게 그 어떤 위해도 가해질 리가 없음을 확신하는 듯이 말이다. 설취는 아직까지도 쓰러져서 끙끙거리고 있는 냉파천을 향해 달려갔다.

"대사형! 괜찮으세요?"

쓰러져 있는 냉파천을 안아 일으키면서도 설취는 이것이 꿈이 아닌가 하는 생각마저 들었다. 자신이 대사형이 누구던가. 저 무림맹의 핵을 이룬다는 9파1방의 장로와 겨뤄도 손색이 없는 무예를 익힌 절정의 고수가 아니던가. 그런 그를 이토록 무참하게 박살 내 버리다니…….

설취는 멀어져 가는 묵향의 뒷모습을 다시 한 번 바라봤다. 저자의 진정한 무공은 그렇다면 어느 정도라는 말인가?

"서, 설마 저자가 화경의 고수는 아니겠지?"

이때, 설취는 자신의 옷섶이 축축하게 젖어 옴을 느꼈다. 얼마나 분했던지 냉파천이 닭똥 같은 눈물을 뚝뚝 흘리고 있었던 것이다.

설취는 대사형의 그런 모습을 차마 볼 수 없어서 시선을 다른 곳으로 돌렸다. 그리고 그런 그녀의 시선은 무의식중에 묵향의 뒷모습을 좇고 있었다. 하지만 그의 모습은 이제 더 이상 보이지 않았다. 내실로 들어서는 문을 통과해 밖으로 나가 버렸기 때문이다.

이때, 뿌드드득 하는 이 갈리는 소리와 함께 원독이 서린 목소리가 냉파천의 입에서 흘러나오기 시작했다.

"두고 보자. 내 무슨 일이 있더라도 복수를 하고야 말 테다."

무림을 떠돌다 보면 자신보다 강한 자를 만날 수 있고, 또 패배할 수도 있다. 하지만 그가 언제 이토록 치욕적인 패배를 당해 본 적이 있었겠는가. 패자의 수염을 잡고 끌어 올려 머리통을 마구 두들겨 패다니. 단 한 번도 듣도 보도 못한 악독하기 그지없는 짓이었다. 그런데 그것도 다른 사람도 아닌 자신이 마음에 두고 있는 사매와 사질이 보는 앞에서 그런 천인공노할 만행(蠻行)을 당한 것이다.

'이런 식으로 패자를 희롱하다니, 그놈이 사람이란 말인가? 내 그놈에게 복수를 하지 않는다면 개자식이나 진배가 없지 않겠는가.'

복수를 다짐하고 있는 대사형을 말릴 수는 없는 노릇이었기에 설취는 부드러운 어조로 설득부터 시작해야만 했다.

"대사형, 일단 노기를 가라앉히시고 상처부터 치료하셔야 해요. 복수를 하시려고 해도 몸이 회복되셔야 할 것 아니에요?"

 말은 이렇게 했지만 설취의 가슴속에는 과연 대사형의 복수가 성공할 수 있을까 하는 의심이 싹트고 있었다. 방금 전에 사형을 일방적으로 몰아붙이는 것만 봐도 상대가 얼마나 뛰어난 고수인지 정도는 눈치 챌 수 있었기 때문이다.

패력검제의 비급

"허허, 오늘도 수련한다고 수고가 많구먼."
"무슨 말씀을 그렇게 하십니까? 이건 무림인으로서 당연히 해야만 하는 것이죠. 혹시 제가 뭐 도와 드릴 일이 있으십니까, 어르신?"
진팔이 사근사근한 말투로 대답하는데도 영 기분이 찝찝한 패력검제였다. 저런 괴이한 성격을 지닌 무인을 처음 대하다 보니 좀 적응하기 어렵다고 해야 할까? 아무튼 그런 감정이었다.
"뭐, 딱히 자네가 도와줄 것은 없고, 자네하고 얘기나 좀 나눌까 해서 이리로 왔네."
"좋습니다. 제 방으로 가시겠습니까? 아니면 시원한 저쪽으로······."
"저곳이 좋겠구먼."

후원을 가로질러 걸어간 패력검제는 연못 위에 세워 둔 작은 정자 위로 올라가 자리를 잡았다. 뒤따라온 진팔은 예법에 맞게 도를 정자 밑에 세워 놓고 올라와 앉았다.

"무슨 일이십니까, 어르신?"

"자네, 도법을 누구에게서 배웠는가?"

"엄친께서 가르쳐 주셨습니다. 아무래도 화경의 반열에 오르신 어르신께서 보시기에는 영 미흡하시겠죠? 헤헤, 원래가 강호에서도 2류 정도에 놓이는 도법이라서……."

이런 식으로 자신에게 아부를 해 대는 것 때문에 패력검제는 진팔의 인간성을 정확히 파악하는 데 엄청난 어려움을 느꼈었다. 그 때문에 그를 이곳으로 데려와서 무려 2개월간이나 관찰해야만 했던 것이다. 무술 수련을 할 때는 공공연히, 그 외에 그가 사생활을 즐길 때는 아주 비밀리에. 끊임없이 관찰하고 또 관찰했다.

하지만 그것만으로는 조금 부족한 부분이 있었다. 그렇기에 패력검제는 마지막 한 가지를 알아내기 위해 그를 이곳으로 부른 것이다.

"호오, 자네 제법 주제 파악을 하고 있었군. 그런데 어찌 그따위 도법으로 낙양에서 그렇게 큰 문파를 세울 수 있었을까?"

패력검제가 진팔의 사문을 은근히 비하했으니 화가 날 법도 하련만 진팔의 안색에는 전혀 변함이 없었다. 괜히 따져 봐야 맞을 텐데, 미쳤다고 따지겠는가? 그런 면에서는 현실을 상당히 냉정하게 판단하고 행동하는 진팔이었다.

"그럴 리가요. 저를 보고 엄친의 실력을 평가하시면 안 됩니다. 엄친께서는 그래도 낙양에서는 제법 이름을 날리고 계시거든요."

'흠, 역시 자신보다 고수 앞에서는 절대로 감정을 드러내지 않는 놈이로군. 좋아, 조금 더 강도를 높여 볼까?'

"그래, 자네 사문에 내려오는 도법이 뭔가?"

"예, 가장 많이 알려져 있는 것은 선풍도법(旋風刀法)입니다. 제가 언제나 수련하는 도법이죠. 이름만 근사하지 어르신께서 관심을 가지실 만큼 그렇게 대단한 무공은 아닙니다. 그리고 문주에게만 전수되는 회류도법(回流刀法)이 있습니다만, 저는 배우지를 못했기에 뭐라고 드릴 말씀이 없습니다."

"이름으로 봤을 때는 서로 어느 정도 유사함을 지닌 무공처럼 느껴지는군. 안 그런가?"

"아무래도 좀 그렇겠죠? 헤헤, 하지만 저도 보지를 못해서 정확한 답을 해 드리기는……."

"흠, 선풍도법이 겨우 2류 정도라면, 회류도법은 잘해 봤자 1류 정도겠군. 진양이 제법 뛰어난 실력을 지닌 고수라는 소문은 내 들어 본 적 있네만, 도법이 저 정도라면 익혀 봤자 뻔한 것이지. 그의 무공이 소문만 못한 모양이군."

이번에는 조금 효과가 있었다. 진팔의 호흡이 조금 불안정해진 것을 보면 말이다. 하지만 그래도 그의 억양이나 말투에는 변함이 없었다.

"물론 화경의 경지를 개척하신 어르신께서 보시기에는 형편없으실 지도 모르겠습니다만, 엄친께서는 낙양에서 꽤나 알려진 고수십니다."

"그런가? 그렇다면 자네에게 도법은 누가 가르친 것인가?"

"여러 어르신께 배웠습니다. 아무래도 사문에 소속되어 있다 보면 꼭 한 사람에게서 배울 수만은 없지 않습니까?"
 "물론 그렇겠지. 좋아, 내 질문을 바꿈세. 선풍도법의 진수를 가르쳐 준 사람은 누군가?"
 진양이라는 대답을 기대하며 던진 질문이었다. 그런 후에 진양을 물고 늘어져 진팔의 성질을 한번 폭발시켜 보려던 의도였던 것이다. 하지만, 진팔의 대답은 패력검제의 예상과는 전혀 다른 것이었다.
 "삼사저이십니다."
 "삼사저라고? 그녀의 이름이 뭐지?"
 "말씀드려도 잘 모르실 텐데……."
 진팔은 잠시 망설이는 듯하더니 마지못해 입을 열었다.
 "소연(蘇衍) 사저십니다."
 "소연이라고? 들어 보지 못한 이름이로군. 아하, 자네 도법이 왜 그 모양인가 했더니 부친이 자네를 가르치기 귀찮아 그녀에게 팔밀이를 해서 그런 것이었군. 어쩐지……."
 그 순간 진팔의 안색이 돌변했다. 그는 도저히 감정을 주체할 수 없는지 따지듯 외쳤다.
 "뭐라고요? 제 실력이 떨어져서 그런 것이지, 왜 삼사저를 욕하시는 겁니까?"
 '어쭈? 이번에는 제법 반응이 있는데?'
 "원래 도의 장점은 무거움을 중심으로 하는 강력한 파괴력에 있음을 자네는 모르는가? 여자하고 도법은 처음부터 맞지가 않아. 그렇다면 그녀는 아마도 가벼운 도를 이용하여 슬그머니 겉핥기를 한 것이 분명한데, 그걸 배웠으니 자네 도법이 그 모양이지."

이 순간, 진팔에게 있어 상대가 누군지는 중요하지 않았다. 설혹 상대에게 칼 맞아 죽는다고 해도, 그 분노를 억누를 길이 없었던 것이다.

"크악! 물론 삼사저께서 가벼운 도를 쓰시는 것은 사실입니다. 하지만 도의 가볍고 무거움이 중요한 것입니까? 도가 하는 말에 귀를 기울여 좀 더 깊은 경지로 들어가기만 하면 되는 것 아닙니까?"

도의 음성이라는 말을 하는 것으로 보아 그 조언을 해 준 삼사저라는 여인은 최소한 신도합일을 구현한 인물인 모양이었다. 그 정도면 웬만한 문파에서는 장로급이 아닌가. 패력검제는 다소 의외라고 생각했지만 그걸 밝힐 필요는 없었다. 지금 목적은 그게 아니니까.

그렇기에 패력검제는 더욱 비비 꼬인 어조로 응대했다.

"도가 하는 말? 헛, 이런 답답한 녀석을 봤나. 쇳덩어리가 무슨 입이 붙어 있다고 말을 해. 그게 다 자기 마음속에서 조금씩 형상화되는 깨달음의 발현인 것을. 그딴 걸 그런 식으로 표현하다니, 정말 헛배운 게 틀림없구먼."

"뭣이라고요? 지금 말 다 하셨습니까? 뭘 헛배웠단 말씀이십니까? 제가 그대로 하니까 잘만 되던데."

두 사람의 설전은 한동안 계속되었다. 아마도 패력검제가 자신보다 동급이거나 아니면 조금 윗줄 정도만 되었어도 진팔은 상대를 그냥 안 놔뒀을 것이다. 하지만 상대는 화경의 고수. 아무리 진팔이 꼭지가 돌았다고 하지만 마지막 이성은 남아 있었기에 도를 뽑아 들고 달려드는 사태까지는 일어나지 않았다.

진팔이 화가 머리끝까지 나서 씩씩거리며 사라지고 난 후, 패력검제는 빙긋이 미소 지으며 중얼거렸다.

"역시 아무리 감추고 감춰도 본성은 드러나는 법이지. 저놈에게도 약점이라는 게 있긴 있었군, 그래. 하긴 뭔가 목적이 있어서 자신을 숨기는 놈이라면 결코 저 정도까지 가지는 않았겠지. 그래도 뜻밖이야. 목숨까지 내걸고 나한테 따진 걸 보면, 저놈은 삼사저를 사랑했단 말인가? 사랑을 위해 목숨을 던질 수 있는 놈은 결코 속셈을 감추고 연극을 할 수 없지."

패력검제는 천천히 일어서서 연못 안을 노니는 잉어들을 바라보며 중얼거렸다.

"소연이라, 그런 숨은 여고수가 있었을 줄이야……. 확실히 무림은 와호잠룡(臥虎潛龍)의 세상이로다."

잠시 잉어들을 바라보며 생각에 잠겼던 패력검제는 문득 뭔가 떠올랐다는 듯 외쳤다.

"이크! 그리고 보니 저놈이 떠나기 전에 어서 가서 붙잡아야겠군. 그놈의 성격으로 봤을 때, 화가 머리끝까지 났으니 여기에 붙어 있을 리가 없잖아."

"이런 빌어먹을! 내가 더러워서라도 떠난다, 떠나!"

진팔은 욕설을 내뱉으며 조령의 숙소로 달려가고 있었다. 짐이야 처음부터 가져온 것도 없었으니 단출하게 곧바로 떠나면 그만이었다. 하지만 자신에게는 여기까지 함께 온 동료들이 있지 않은가. 하지만 동료들에게 빨리 떠나자고 말하려고 달려가던 진팔은 문득 떠오르는 것이 있었다.

"이런! 가만히 생각해 보니 이게 아니잖아. 왜 그 녀석을 데려간

단 말이야? 오히려 짐 덩어리일 뿐인데. 그토록 무림을 경험하고 싶어 했으니 여기다 놔두고 가면 되잖아."

 말은 그렇게 했지만 돌아서는 진팔의 발걸음이 결코 가벼울 수는 없었다. 조령과 그동안 꽤 정이 들었으니 말이다. 하지만 결단은 빠를수록 좋은 법. 마음을 고쳐먹은 진팔은 최대한 경공술을 발휘해 달려가기 시작했다.

 하지만 얼마 가지도 못해서 진팔의 옆에서 엄청난 기세로 접근해 오는 뭔가가 있었다.

 "뭐…, 뭐지?"

 진팔이 채 그것의 정체를 파악하기도 전에, 그는 자신의 뒷덜미가 나무에라도 걸린 듯 우악스럽게 뒤로 끌어당겨짐을 느꼈다. 순간적으로 중심을 잃은 진팔은 팔을 버둥거리며 비명을 지르는 것 외에 달리 할 게 없었다.

 "으아아악!"

 패력검제가 진팔의 뒷덜미를 잡고 뒤로 확 끌어당겨 내던져버린 것이다. 진팔은 그야말로 패대기쳐진 개구리 꼴이 되고야 말았다. 몇 바퀴 구르다가 쭉 뻗은 진팔은 끙끙거리기만 할 뿐 한동안 일어서지도 못했다. 미처 대비도 하지 못한 상황에서 땅바닥에 처박혔으니 그 충격이 엄청났던 것이다.

 "으으으윽! 아이구."

 진팔이 신음하는 데도 패력검제는 눈도 깜짝 안 했다.

 "노부에게 인사도 않고 떠나려고 한 벌일세. 자, 그만 하고 일어서서 노부를 따라오게."

 갑자기 왜 패력검제가 자신을 따라오라고 하는지 도무지 짐작할 수도 없었다. 하지만 오라면 가야 하는 것이다. 그것이 힘없는 자의 설움이니 말이다. 만약 도망치려고 한다면? 그렇다면 또다시 패대기쳐질 것이 뻔하지 않은가. 진팔은 아픈 곳을 주무르며 절뚝절뚝 패력검제의 뒤를 따라가는 수밖에 도리가 없었다.

 패력검제가 진팔을 데려간 곳은 그의 서재였다. 그는 진팔에게 자리에 앉아 잠시만 기다리라고 한 후 밖으로 나갔다. 잠시 후 그가 서재로 돌아왔을 때, 진팔은 그의 손에 비단 보자기로 싼 물건이 들려 있음을 볼 수 있었다. 그는 비단 보자기에 싸여 있는 물건을 탁자 위에 조심스레 올려놨다. 패력검제가 보자기를 풀자 그 안에는 아주 튼튼해 보이는 작은 함이 나타났다.
 "이게 뭔 줄 아는가?"
 진팔이 점쟁이도 아닌데 그걸 어찌 알겠는가. 기분이 상한 진팔이 입을 꽉 다물고 있자 패력검제는 피식 웃으며 함의 뚜껑을 열었다.
 "아무래도 노부 때문에 기분이 좀 상했는가 보군."
 '젠장, 나하고 비슷한 등급만 되었어도 뼈를 추려 놨을 텐데…….'
 내심으로는 패력검제의 머리통을 몇 번이나 패고 있는지 모를 정도로 분노한 진팔이었다. 하지만 그렇게 자신의 속마음을 드러낼 정도로 강호 경험이 일천한 진팔이 아니었다. 진팔은 공손히 대꾸했다.
 "그럴 리가 있겠습니까? 제 주제에 감히 어떻게 화·경·의·고·수이신 제령문주님께 신경질을 낼 수 있다는 말씀이십니까?

그런 염려는 그만 두십시오. 지금까지 그러셨으니 마음껏 저를 놀리시면 될 거 아닙니까?"

"으하하핫, 노부가 자네를 좀 시험했다고 그것 때문에 화가 난 모양이군. 노부도 어쩔 수 없었다네. 과연 자네가 이것을 볼 자격이 있는지 알아 보려고 했을 뿐이니 그만 화를 풀게나. 자, 이것을 보게. 이것은 본문의 가장 소중한 보물이니 말이야."

가장 소중한 보물이라는 말에 진팔의 눈은 무의식적으로 함의 안쪽으로 돌아갔다.

패력검제는 함 안에서 기름종이로 꼭꼭 싸인 뭔가를 꺼냈다. 그런 다음 천천히 기름종이를 풀어 나가기 시작했다. 아무래도 그 두께라든지 크기로 미루어 보아 서책임에 분명했다.

'설마, 이, 이것이 창룡검법(漲龍劍法)이란 말인가?'

창룡검법은 제령문이 자랑하는 최강의 무공이었다. 그리고 중원을 통틀어 다섯 손가락 안에 들어갈 정도로 강력한 검법이다. 패력검제가 가장 소중한 보물이라고 했으니 분명 그것은 창룡검법일 것이 확실했다.

패력검제가 기름종이를 풀어 나가자 과연 진팔의 짐작대로 낡은 비급 한 권이 모습을 드러냈다. 아주 오래전에 만든 듯 허름했고, 또 제목조차 없었지만 일단 창룡검법이라고 생각하니 그 모든 것이 하나같이 범상치 않게만 느껴졌다.

"자, 한번 읽어 보게. 이것이 자네에게 더 높은 차원의 무공으로의 눈을 뜨게 해 줄 걸세."

"그, 그러면 감사히 받겠습니다."

이런 천고의 기회를 얻게 해 준 하느님과 부처님, 원시천존님과 패력검제에게 감사하며 진팔은 비급을 넙죽 받아 들었다. 예의상 한 번 정도 사양할 법도 하련만 진팔은 전혀 그런 생각을 하지 않았다. 혹시나 사양했다가 "아, 그런가? 그렇다면 억지로 권하는 것도 예의가 아니겠지. 그럼 혼자 잘해 보게"하는 대답이 돌아온다면 자신만 손해 보는 게 아니겠는가.

워낙 낡은 비급이었기에 혹시나 찢어질세라 진팔은 조심조심 책장을 넘기며 읽기 시작했다. 그런 그의 손은 기대감에 넘쳐 부들부들 떨리고 있었다.

비급은 '갑(甲)'이라는 사람과 '을(乙)'이라는 사람이 서로 대화하는 방식으로 구성되어 있었다.

'허, 창룡검법의 무공 전수 방식은 정말 희한하기 짝이 없군. 처음에 무공구결부터 나올 줄 알았더니, 과연 최고의 검법은 뭐가 달라도 다르군. 읽는 자로 하여금 이해하기 쉽게 이런 대화체를 선택하다니 말이야.'

그런데 비급을 읽어 내려가는 진팔의 표정이 점차 험악하게 일그러져 가기 시작했다. 나오라는 무공구결은 나오지 않고 갑과 을의 쓰잘데기 없는 잡담만 계속해서 나오고 있었던 것이다. 자신들의 신변 잡담에서부터 시작해서, 자신이 즐기는 취미 생활 얘기까지 대화 내용은 다양하기 그지없었다.

시간이 흐를수록 절정무공을 배울 수 있을 거라는 기대감은 모래밭에 물이 스며들 듯 소리 없이 사라졌다. 분명 패력검제가 자신을 놀리는 것이라 판단한 진팔은 치밀어 오르는 분노에 온몸을 부르르 떨 수밖에 없었다.

세상에 둘도 없는 보물을 보여 줄 것처럼 너스레를 떨며 자신을 속이다니. 분명 당황해하는 자신의 표정을 바라보며 내심 킥킥거리고 있을 거라 생각하니 이빨마저 뿌드득 갈렸다.

하지만 진팔은 잽싸게 마음을 가라앉혀야만 했다. 귀계와 음모가 넘치는 험악한 무림에서 살아나가려면 자존심을 버리고 웃을 줄도 알아야 하니까 말이다.

심드렁한 표정으로 비급을 읽어가던 진팔의 두 눈이 일순 번쩍였다. 음악에 대한 토론이 끝나자 이번엔 무공의 원초적인 이야기가 흘러나왔기 때문이다. 그러나 곧 진팔의 얼굴은 다시 심드렁하게 변했다.

이야기가 또다시 뜬금없이 음식 얘기로 넘어갔기 때문이다. 두 사람이 주고받는 대화의 맥이 자연스럽게 연결되는 것을 보면 아마 이 비급은 갑과 을이 대화한 것을 거의 여과 없이 기록해 놓은 것인 모양이다.

'빌어먹을 영감탱이 같으니라고. 나이 처먹고 그렇게 할 짓이 없나? 어린 사람 붙잡아 놓고 놀리는 걸 즐기고 앉아 있게.'

자신을 놀리는 것이라고 판단한 진팔은 비급을 건성으로 휙휙 넘겼다. 무공의 극을 추구하는 자신에게 어느 지방의 차 맛이 좋은지, 자기가 즐겨 마시는 게 어떤 술이라는 둥, 이런 이야기가 무슨 소용이 있겠는가. 그런데 그러던 진팔의 손이 어느 순간 딱 멈추었다.

'이, 이건!'

세상만사 잡다한 이야기를 주고받던 두 사람이 갑자기 자신들이 얻은 검에 대한 심득에 대해 토론하는 내용이 나왔기 때문이다. 진팔은 자신도 모르게 정신없이 두 사람의 토론에 빠져 들었다. 한마디 한마디가 읽을수록 현기에 넘쳤을 뿐만 아니라 자신의 무공으로는 감히 상상하기 어려운 부분까지 흘러나왔기 때문이었다.
 어느덧 비급의 내용이 끝나자 진팔은 아쉬운 듯 눈을 감고 잠시 두 사람의 내용을 음미했다. 읽다 보니 뭔가 절정무공의 끝자락을 붙잡을 것만 같은 생각이 들었기 때문이다. 갑과 을이라는 두 사람은 진팔로서는 상상도 할 수 없을 만큼 막강한 고수였던 것이다.
 잠시 후, 눈을 뜬 진팔은 놀랍다는 표정으로 패력검제를 바라보았다.
 "이 비급은 도대체 뭡니까? 그리고 이 갑과 을이라는 두 사람은 누구죠?"
 그럴 줄 알았다는 듯 패력검제는 빙긋이 미소 지었다. 만약 진팔의 무공 수준이 패력검제의 예상보다 떨어지는 것이었다면 결코 이런 질문을 자신에게 할 리 없다는 것을 잘 알고 있었기 때문이다.
 "허, 과연 내 눈이 틀리지 않았군. 자네는 내 생각대로 상당한 경지까지 무공을 익히고 있었어. 자, 노부가 문제를 하나 내겠네. 여기 나오는 두 사람, 즉 갑과 을은 누구겠나?"
 족히 수십 년은 된 듯한 아주 오래된 비급인 것을 보면, 그들 중에 패력검제가 들어갈 가능성은 거의 없었다. 그렇다면 누구일까? 이때, 진팔의 머릿속에 한때 무림을 뒤흔든 제령문의 절세고수 한 명이 떠올랐다.
 "혹시 뇌전검황 어르신이 아니십니까?"
 패력검제는 흐뭇한 표정으로 고개를 끄덕였다.
 "호오, 제법이로군. 그렇다면 또 다른 한 사람은?"

이것은 아주 어려운 질문이었다. 뇌전검황과 어깨를 나란히 할 수 있을 정도의 고수가 도대체 누구란 말인가.

진팔의 머릿속으로 과거 무림에 명성을 떨쳤던 최강의 고수 여덟 명의 위명이 차례로 스치고 지나갔다. 뇌전검황, 무극검황, 만사불황, 옥화무제, 만통음제, 수라도제, 태극검제, 곤륜무제. 모두들 뇌전검황과 비슷한 연배의 고수들인 만큼 그 가능성이 큰 인물들이었다.

물론 여기서 뇌전검황은 당연히 제외되어야 하고, 다음으로 옥화무제와 수라도제도 제외되었다. 뇌전검황과 담소를 나누기에는 그들의 연배가 아무래도 한 수 뒤쳐지기 때문이다.

또한 만통음제도 제외되었다. 음공의 고수인 그와 뇌전검황이 검법을 논할 이유가 없다고 생각했던 것이다.

만사불황도 제외해 버릴까 하는 생각이 들었다. 소림사가 낳은 최고의 무승이기는 했지만, 수련 중 주화입마에 빠져 처음에는 불계불황(不戒佛皇)에서 시작해서 만사불황(萬邪佛皇)으로까지 별호가 바뀔 정도로 미쳐 버린 중이었기 때문이다. 하지만 이것이 그가 미쳐 버리기 전에 일어났던 일이라면? 그 생각이 떠오르자 진팔은 만사불황은 그냥 놔두기로 했다.

그렇다면 무극검황, 만사불황, 태극검제, 곤륜무제만 남게 된다. 하지만 왠지 비급을 읽다 보니 갑이라는 인물은 정통적인 도인은 아닌 듯한 느낌이었다. 그렇다고 불가 쪽 고수도 아닌 듯했고 말이다. 그렇다면?

"혹시 무극검황 어르신이 아니십니까?"

패력검제는 이채롭다는 표정으로 대꾸했다.

"호오, 어찌 그런 생각을 했는가?"

진팔은 자신의 생각이 맞을지도 모른다는 생각에 환히 웃으며 입을 열었다.

"여기서 갑이라는 분이 하시는 말씀을 가만히 보면, 자신의 심득을 설명하는 데 있어서 조금 도가적인 느낌이 듭니다. 하지만 완전히 정통적인 도사인 것 같지는 않거든요. 속가제자 정도라고나 할까요? 그래서 무극검황 어르신이 아닐까 생각했던 것입니다."

"허허, 놀랍구먼. 젊은 나이에 그 정도 안목이 있다는 것은 상당한 견문을 쌓지 않으면 힘든 일이지. 하지만 안타깝게도 그분은 아니시네. 갑은 노부의 사부님이시지."

그 말에 진팔의 안색이 확 찌푸러 들었다. 처음부터 예상이 잘못된 것이다. 도가적인 색채를 띠고 있으면서도 대단히 파격적인 고차원적인 심득을 제시하고 있는 인물인 을. 진팔은 그가 뇌전검황이라고 생각했던 것이다. 하지만 그가 뇌전검황이 아니라면 도대체 누구라는 말인가? 워낙 파격적인 심득이라 정파라기보다는 오히려 사파와의 중도적 색채마저도 느끼게 만든 그 인물은.

그때 문득 진팔의 머릿속을 스쳐가는 뭔가가 있었다. 도가 쪽으로도 무공의 한 뿌리가 닿아 있는 사파의 전설적인 고수 한 명이 생각난 것이다. 진팔의 입장에서는 잊고만 싶은 악몽 속의 인물.

"호, 혹시······?"

하지만 진팔은 채 말을 꺼내다 말고 고개를 거칠게 가로저으며 자신의 생각을 부정했다. 자신이 알고 있는 그 악몽 속의 고수가 비록 사파의 인물치고는 조금은 파격적이다 싶은 무공 체계를 가지고 있지만 비급 속의 을과 같이 도가의 내용에 해박하다고는 믿기지 않았다. 아니, '믿기지 않는다'가 아니라 '믿고 싶지 않았다'가 보다 정확한 말일 것이다.
 진팔이 본 비급 속의 을은 마치 신선과도 같이 고아하고 세상사에 달관한 모습이었기 때문이다. 하지만 어찌 된 영문인지 진팔의 머릿속에는 자꾸만 그 인물이 떠오르는 게 아닌가. 진팔은 당혹스러운 표정으로 고개를 거칠게 가로 저었다.
 "마, 말도 안 돼! 설마 그 악독하고 흉악한 놈이 어떻게 을과 같이 도교에 정통한 고아한 인물이 될 수 있겠어!"
 그런 진팔의 모습에 패력검제는 이해할 수 있다는 듯 빙긋 미소를 지었다.
 "자네가 생각하는 그 '설마'가 맞을 걸세. 그는 지금 마교 교주니까 말일세."
 "뭐라구요? 어떻게 그럴 수가 있다는 말씀이십니까?"
 경악으로 인해 두 눈이 화등잔만 하게 변한 진팔을 향해 패력검제는 아주 오래전 제령문을 휩쓸었던 혈겁에 대해 들려주었다.
 "그, 그렇다면 여기에 현경(玄境), 아니 탈마(脫魔)의 심득이 기록되어 있다는 말씀이십니까?"
 호들갑스러운 진팔의 반응은 당연한 것이었다. 구휘를 제외하고는 처음으로 현경의 경지에 올랐다고 전해지는 인물이 묵향이었기 때문이다.
 "유감스럽게도 그건 아닐세. 사부님을 꺾은 그였기에 세상 사람들뿐만 아니라 노부조차도 그가 현경과 동급인 탈마라고 생각했었지. 하지만 노부가 이 비급을 오랫동안 연구하면서 그 당시 그가 탈마가 아닌 극마(極魔)의 경지에 머물러 있었다는 것을 알게 되었네."

 말을 듣던 진팔이 약간 실망스러운 듯 물었다.

 "에? 그렇다면 그가 이룬 경지가 세인들이 말하듯 탈마가 아닌 극마였다는 말씀이십니까?"

 현경급에 도달했다는 전설적 고수들 중 묵향의 심득을 얻을 수 있을지 모른다는 생각에 마음이 부풀었던 진팔은 극마라는 패력검제의 말에 왠지 김이 새는 듯한 느낌이었다. 그러자 패력검제가 어이가 없다는 듯 진팔을 노려보았다.

 "허, 이런 광오한 놈이 있나! 감히 탈마의 심득이 아니라는 말에 그따위 표정을 짓다니!"

 진팔은 패력검제의 반응에 자신이 실수했다는 것을 깨닫고는 고개를 조아리며 얼른 화제를 돌렸다.

 "그럼 지금의 그자는 아직도 극마의 경지란 말씀이십니까?"

 처참하게 깨졌던 얼마 전의 기억이 떠오르는지 패력검제는 씁쓸한 미소를 지으며 입을 열었다.

 "그것은 아닐세. 노부는 요 근래에 그와 직접 싸워 본 다음에야 깨달았다네. 그는 지금 탈마의 경지에 도달해 있음을 말이야."

 말을 하던 패력검제는 허탈한 표정으로 비급을 바라보았다. 강호를 오시하는 그였지만 지금은 왠지 몇십 년은 폭삭 늙어 버린 것 같은 안색을 하고 있었다. 잠시 한숨을 내쉰 패력검제는 다시 입을 열었다.

 "생각을 해 보게나. 사부님께서 그와 치열한 접전을 벌이셨지만 흠집 하나 나지 않았던 패왕검이 반 토막이 되었다네. 나중에 살펴보니 날까지도 많이 상했더군. 물론, 그가 무기를 썼다면 내 이런 말도 하지 않았을 걸세. 그가 지닌 화룡도는 마교 교주의 신물이자 중원 10대 기병 중에서 당당히 2위를 차지하고 있는 신도(神刀)니 말이야. 하지만 그는 노부와 싸울 때 적수공권이었네."

적수공권이라면 아무런 무기 없이 싸웠다는 말이 아닌가. 진팔은 도저히 믿을 수 없다는 표정으로 패력검제를 바라보았다.

"예? 그, 그럴 수가……."

"그는 노부와 싸우면서 도를 뽑을 필요조차 없다고 느낀 거겠지. 처음에는 노부의 실력이 사부님만 못해서 그런 것이라고 생각했지만, 나중에 곰곰이 생각해 보니 그게 아니었네. 그는 사부님과 대결했을 때까지만 해도 극마였지만 지금은 탈마의 경지에 올라선 것이겠지. 그렇기에 이 비급이 보물이라는 걸세. 노부의 말을 이해할 수 있겠나?"

직접 검을 겨뤄 본 패력검제였기에 묵향의 경지를 명확하게 말할 수 있는 것이다. 진팔은 패력검제의 말을 이해할 수 있다는 듯 고개를 끄덕였다.

"예, 어느 정도는……."

화경의 고수가 자신의 심득을 적어 놓은 비급은 무공을 익히는 무인으로서는 꿈에서라도 보기를 원할 정도로 귀한 보물이다. 몇몇 문파에 그런 비급이 있다는 말은 들은 적이 있지만, 그 누가 자파의 보물을 아무에게나 보여 주겠는가. 당연히 문파 내 가장 깊숙한 곳에 비장해 두고, 그 문파의 장문인 정도가 보며 깨우침을 얻고자 노력하는 것이다.

하지만 진팔이 고개를 끄덕였음에도 불구하고 패력검제는 한심하다는 듯 중얼거렸다.

"쯧쯧, 표정을 보니 자네는 아직 이 비급의 진정한 가치를 알지 못하고 있군."

"예? 화경급 고수의 심득이 적힌 비급이라면서요. 저도 그 가치가 얼마나 엄청난 것인지는 잘 알고 있습니다."

"노부가 말하는 것은 그게 아닐세. 내가 왜 마교 교주를 언급했는지 그 이유를 아직 모르겠는가? 만류귀종(萬流歸宗)이라고 했네. 화경이라는 경지에 도달하는 방법은 수없이 많다는 거지. 하나의 심득을 볼 수 있다는 것만으로도 엄청난 기연이라 말할 수 있는데, 이 비급에는 화경에 이르는 심득이 두 가지나 기록되어 있단 말일세. 그것도 완전히 다른 두 가지 방법을 통해서 말이야."

패력검제의 말을 잘 이해할 수 없는지 진팔은 의아하다는 듯 물었다.

"두 가지의 길이라구요?"

"그렇지. 예전에 사부님께서는 제자인 우리들에게 기회가 있을 때마다 당신의 심득을 들려주셨거든. 바로 화경의 경지를 말이야. 하지만 그분께서 하신 말씀들은 도무지 이해할 수 없었다네. 너무나도 깊은 도가의 사상을 내포하고 있었기에 알아듣는 것조차 힘들었지. 하지만 비급에 쓰인 그의 심득은 완전히 달랐어. 사부님의 말씀을 떠올리며 깨우침을 얻으려 했던 노부에게는 완전히 충격적이었던 무리(武理)였지. 하지만 꾸준히 두 사람이 대화하는 내용을 읽다 보니 '아하, 이 말이 바로 그런 것이구나' 하고 알 수 있겠더군."

패력검제는 오랜 세월 비급을 연구하여 겨우 화경의 경지에 오를 수 있었던 것이다. 그렇기에 같은 화경급이라 생각해 묵향에게

과감히 검을 겨눌 수 있었던 것이다. 물론 생각과는 달리 허무하리만치 처참하게 패하고 말았지만.

자신의 말을 열심히 듣는 진팔에게 패력검제가 물었다.

"이제 노부가 하는 말이 무슨 말인지 알겠나?"

그제야 진팔은 제령문의 가장 소중한 보물이 이 비급이라는 말이 가슴에 와 닿았다. 하기야 패력검제의 말대로라면 이건 제령문이 아니라 무림 최고의 보물이라고 봐도 무방할 정도였다. 하지만 고개를 끄덕이면서도 진팔의 표정은 썩 밝지 않았다. 그런 귀한 비급을 왜 일면식도 없는 자신에게 보여 주는지 이해할 수 없었기 때문이다.

"그, 그런데 어떻게 이런 보물을 저에게……?"

"왜냐하면, 자네가 노부의 마음에 들었다고 해야 할까? 더군다나 자네는 이 비급에 나와 있는 교주와 인연이 있지 않은가. 이번에 노부는 마교 교주를 만난 뒤 많은 것을 깨달았네. 하여튼 노부는 자네가 이것을 읽을 만한 자격이 있다고 결정했다네."

사실, 마교 교주에게 복수하겠다는 집념으로 수십 년을 살아온 패력검제에게 묵향과의 싸움에서 패한 충격은 상상을 초월하는 것이었다. 하지만 그건 분하다는 감정보다 또 다른 무(武)의 경지를 엿봤다는 놀라움이었다. 묵향과의 일전 이후, 그의 뇌리 속에는 좀 더 높은 무공의 경지에 도달하고자 하는 염원만이 가득했다. 문파를 키운다거나 사부의 복수를 한다는 생각 따위는 그에게 있어 이제 하찮은 일처럼 느껴지는 것이다.

그러다 과거 묵향에게 무공을 배웠다는 진팔을 만나자 패력검제는 왠지 반가웠다. 복수의 대상이 아니라 무의 극점을 향해 걸어가는 동료 무인으로서 묵향을 인정했기에 가능한 일이었다.

　한동안 진팔의 성품이나 자질을 시험해 보니 성격은 좀 문제가 있었지만 무공에 대한 이해나 그의 자질은 가히 발군이었다. 그래서 소중히 보관하고 있던 비급을 진팔에게 보여 주고 싶었는지도 몰랐다.

　문파나 혈연 따위를 따지기보다 먼저 무의 세계에 발을 들여 놓은 선배로서, 진팔에게 작으나마 화경이라는 무의 경지를 엿볼 수 있는 기회를 주고 싶었던 것이다.

　"하, 하지만 그건 너무…, 마교 교주가 한때의 변덕으로 심법을 제게 전해 줬다고 그렇게 생각하실 이유가 있을까요?"

　"자네는 그것을 한때의 변덕이라고 생각했는가?"

　그 반론에 진팔은 아무런 대답도 할 수 없었다. 반론을 제기하기에는 패력검제의 말투가 너무나도 진중했기 때문이다.

　"만약 심법 하나만 알려 줬었다면 노부도 그렇게 생각했겠지. 사실 태허무령심법이 뛰어나다는 것은 누구나 다 인정해. 하지만 초기에 연성하기가 너무나도 힘들다는 최대의 약점을 안고 있네. 그 때문에 현문에서조차 아무도 익히지 않을 정도였으니 더 이상 말할 필요도 없지. 그렇기에 인심 쓰는 척하면서 태허무령심법을 알려 줬다고 생각할 수도 있지. 한 번 익히기 시작하면 극악하리만큼 연성 속도가 느린 데다가 다른 심법을 쓰면 모든 게 허사가 되니, 마음에 안 드는 놈이 있다면 골탕 먹이기에 최적의 심법이 아니겠는가."

　"그, 그렇습니까? 거기까지는 생각해 보지 못했군요."

　"하지만 자네는 그 모든 것을 벗어나 벌써 대성의 경지를 코앞에 두고 있지 않은가."

"예에?"

진팔은 깜짝 놀라 두 눈을 휘둥그레 떴다. 태허무령심법을 열심히 수련하고는 있지만 대성의 경지라니, 생각지도 못했던 말이었다.

"허허, 아직 몰랐나 보군. 그렇기에 그가 장난삼아 자네에게 태허무령심법을 가르쳐 준 게 아니라고 말하는 걸세. 뭔가 그가 알고 있는 비장의 수법을 써서 심법을 대성할 수 있도록 손을 쓴 게 분명하다고 생각하는 게지."

"비장의 수법이요? 그냥 지독한 고문만 당했을 뿐인데요."

고문이라는 말에 패력검제는 고개를 갸웃거렸다. 혈도에 강한 자극을 주어 내력을 증진시킬 수 있는 방법 몇 가지를 떠올려보던 패력검제는 고개를 주억거렸다.

"흠, 태허무령심법의 경우는 그런 방법으로도 내력 증대의 효과가 아주 큰 모양이군. 잘 연구해서 다음에 손자가 태어나면 써먹어 봐야겠어."

나지막이 고개를 끄덕이며 중얼거리는 패력검제의 모습을 보며 진팔은 소름이 끼치는 것을 느꼈다. 과거 묵향에게 당했던 그 혹독한 고문이 떠오른 탓이다.

"저…, 이런 말씀드리기는 뭣하지만 아마 후회하실지도……."

하지만 그걸 당해 본 적이 없는 패력검제에게 진팔의 조언이 먹혀들 리 없었다. 패력검제는 여러 가지 가능성을 생각해 보더니 다시금 입을 열었다.

"그건 방법을 찾아낸 후에 결정할 일이고……. 어찌 되었건, 그가 무슨 방법을 썼는지는 모르지만 자네는 보통 사람보다 최소한 두 배 정도 빨리 내력을 쌓았다고 봐야 할 걸세. 자네가 설사 하늘이 내린 무골이라도 이토록 빨리 쌓을 수는 없네. 왜냐하면 내공은 그런 것 하고는 전혀 상관이 없으니까 말이야. 그렇기에 노부는 그가 자네에게 대단한 관심을 보였고, 또 은혜를 베풀었다고 확신하고 있는 거라네. 알겠나?"

"그, 그런가요?"

패력검제의 말을 들은 진팔은 황당스럽기 그지없었다. 지금까지 자신에게 닥친 모든 고난을 그의 탓이라 여기며 살아왔거늘, 자신에게 엄청난 기연을 안겨 준 은인이라 말하니 납득하기 힘들었던 것이다. 물론 패력검제의 말이 이해는 갔지만, 그렇다고 가슴 깊숙이 쌓아 두었던 묵향에 대한 원망을 한순간에 없앨 수는 없었다.

무림맹? 까불어 봤자야

"이상하네? 이게 도대체 어떻게 된 일이지요?"

보고서를 보던 부문주 매영인의 질문에 대외 정보를 담당하고 있는 상관운(上官雲) 장로는 굳은 표정으로 대답했다.

"개방에 침투해 있는 첩자들의 보고가 한결같은 점으로 미루어, 틀림없는 것 같습니다."

매영인은 상관운 장로에게 질문을 던졌다.

"상관운 장로께서는 개방의 속셈이 뭐라고 생각하십니까?"

"아무래도 무림맹 내에서 자신들의 영향력을 좀 더 강화하고자 하는 속셈이 아닐까요? 사실, 태상문주께서 무림맹의 봉공이 되신 후부터, 거의 모든 중요한 정보는 무영문에서 처리해 오고 있지 않습니까. 하지만 본문의 영향력이 커진 만큼 무림맹 내에서 개방의 세력은 급속도로 약화되고 말았지요. 그들로서는 뭔가 역전할 수 있는 기회를 노리는 것이 당연할 수밖에 없을 겁니다. 그렇기에 지금까지도 개방의 첩자들이 계속해서 은밀하게 본문 주위를 맴돌고 있는 것이 아니겠습니까."

 상관운 장로의 말이 일리가 있다는 듯 부문주 매영인은 고개를 주억거렸다. 하지만 그냥 납득하고 넘겨 버리기엔 사안이 너무 컸다.

 "그건 그래요. 하지만 개방이 이렇듯 본문의 비리를 파헤치기 위해 총력을 기울여 온 적은 지금까지 없었지요. 아무래도 이건 어머님께 보고를 드리는 것이 좋겠군요."

 "문주님께서는 지금 사천분타에 계시지 않습니까? 그러지 마시고 태상문주님과 상의하시는 것이 낫지 않겠습니까?"

 상관운 장로의 말에 매영인은 그럴 필요가 없다는 듯 고개를 가로저었다.

 "할머니께서는 여러 가지 일로 바쁘시잖아요. 이런 쓸데없는 일을 가지고 상의할 필요는 없을 듯한데……."

 이때, 밖에서 문을 두드리는 소리가 들려왔다. 상관운 장로는 회의를 하다 방해를 받자 살짝 눈살을 찡그리면서도 문 쪽을 향해 입을 열었다.

 "들어오너라."

 안으로 들어온 문사 차림의 사내는 매영인과 상관운 장로에게 공손히 인사한 후, 몇 장의 문서를 건네준 다음 물러갔다. 문서로 눈길을 돌리던 상관운 장로의 눈이 일순 부릅떠졌다. 그는 지체 없이 문서를 매영인에게 건네며 말했다.

 "문주님께서 보내신 겁니다."

"어머님께서?"

문서의 맨 앞장에는 문주의 인장이 찍혀 있었다. 매영인은 서둘러 문서 내용을 살펴보았다. 맨 앞장을 넘기자 문주로부터 온 서신의 암호 해독문이 기록되어 있었다. 특급 기밀문서의 경우 문주 이상만이 봐야 하기에 암호문인 채로 전달되어 오지만, 1급 이하의 기밀문서인 경우 이렇듯 해독되어 전해지는 것이다.

「1급 기밀

지옥혈귀 천진악이 직접 지휘하는 염왕대 5개 대 출동. 현재 그들의 출동 목적은 파악 불가능함. 그들은 대파산맥(大巴山脈)을 따라 이동 중. 그들이 보유한 전력으로 추정하건대, 어쩌면 무림맹과 전면전을 시작하려는 것인지도 모르겠음. 이 사안에 대해 태상문주께 즉시 보고한 후 대책을 논의할 것.」

"할머니께서는 어디에 계시죠?"
"태상문주님께서는 지금 임청 원수를 만나기 위해 출타 중이십니다."

매영인의 얼굴에 다급한 기색이 어렸다. 무림을 뒤흔들 수 있는 엄청난 일이 벌어질 것 같다는 냄새를 맡은 것이다.

"그렇다면 최대한 빨리 할머니께 기별을 넣으세요. 염왕대가 움직이기 시작했다고 말이에요."

"예, 부문주님. 그리고 제 생각으로는 최근 개방의 움직임에 대한 것도 알리는 게 좋지 않겠습니까? 지금까지 수집된 정보만으로도 개방이 본문에 대해 적의를 드러냈다는 게 분명해지고 있습니다. 아무래도 알리시는 것이 좋을 듯합니다."

"좋아요, 그렇게 하죠. 지금 당장 지급으로 할머니께 연락을 넣도록 하세요."

"옛, 부문주님."

이곳은 사람의 발길이 거의 닿지 않은 대파산맥의 깊은 밀림 속. 아무리 달빛이 환한 밤이라고는 하지만 우람한 나무들에 가려 빛 한 점 새 들어오지 않았다.

그런 대파산맥의 밀림 속을 이동하는 수백 명의 인영이 있었다. 극도로 무공을 익힌 무인이라도 이렇게 코앞도 안 보일 정도로 짙은 어둠 속에 싸인 밀림을 통과하려면 조심스러울 수밖에 없을 것이다. 하지만 그들은 나무 아래가 아닌 환한 나무 위를 초상비(草上飛)의 신법을 이용하여 이동하고 있는 것이 아닌가.

그런데 가장 앞에서 달려가던 인영 중 한 명이 갑자기 사라져 버렸다. 그는 순간적으로 천근추의 신법을 응용, 밀림 아래쪽으로 떨어져 내린 것이다. 너무나도 순식간에 벌어진 일이었기에 그 앞에서 자세히 보지 않았다면 그가 사라졌다는 사실조차 눈치 챌 수 없을 정도였다. 그것도 뒤따라가는 것만 해도 버거울 만큼 빠른 속도로 이동하던 무리였으니 더 말할 나위도 없었다.

그들이 통과하고 난 후, 1각 정도가 흐르자 두 명의 인영이 모습을 드러냈다. 그들은 저 멀리 달빛 아래로 보이는 무인들의 뒤를 쫓고 있었다. 두 사람의 얼굴이 심하게 일그러져 있는 것으로 보아 전속력으로 달리고 있다는 것을 쉽게 알 수 있었다. 그만큼 그들이 추격하는 무리의 경공술은 가공할 만큼 빨랐던 것이다.

그때, 갑자기 그들 뒤에서 한 인영이 불쑥 튀어나왔다. 아까 밀림 속으로 소리 없이 사라진 바로 그자였다. 그는 튀어나오기 무섭게 엄청난 속도로 가속하여 달려가기 시작하며, 두 사람을 향해 품속에서 비도(飛刀) 두 자루를 꺼내 던지며 중얼거렸다.

"감히 염왕대를 추격할 생각을 하다니, 간덩이가 부은 놈들이군."

그가 던진 비도들은 맹렬한 파공음을 흘리며 달빛을 뚫고 날아갔다.

"헉, 매복!?"

뒤에서 파공음이 들려오자, 추격하던 자들은 찰나의 순간에 자신들의 행동을 선택해야만 했다. 생사를 가르는 그 순간, 둘의 행동은 완전히 달랐다. 한 명은 본능적으로 옆으로 방향을 꺾었다. 일직선으로 날아오는 암기라면 피할 수 있을 테니 말이다. 하지만 또 다른 한 명은 천근추의 신법을 이용하여 곧장 밀림 아래로 푹 꺼져 버렸다.

순간의 선택이 목숨을 좌우하는 법이다. 황급히 옆으로 몸을 틀어 달려간 자는 유연한 곡선을 그리며 뒤따라 날아온 비도에 등판을 꿰뚫리고 말았다.

"컥!"

처절한 비명이 고요한 대파산맥의 밀림에 울려 퍼졌다.

하지만 밀림 속으로 꺼지듯 몸을 피한 자는 살아남을 수 있었다. 비도가 그의 몸 대신 머리 위를 스치고 지나갔던 것이다. 스치듯 지나간 암기는 밤하늘을 크게 한 바퀴 돈 다음 주인에게로 돌아갔다.

비도를 잡아채며 추격자가 사라진 지점에 도착한 인영은 분하다는 듯 짙은 어둠에 휩싸여 있는 밀림 속을 노려봤다. 그는 바로 염왕대의 책임자인 지옥혈귀 천진악 장로였다.
 "젠장, 이래서야 아무리 나라도 저놈을 잡을 방법이 없군. 뭐, 좋아. 또다시 쫓아온다면 그때는 반드시 목을 따줄 테다."
 말을 마친 그의 몸이 엄청난 속도로 수하들이 달려간 방향으로 사라져 버렸다.

 임청 원수는 탐탁지 않은 시선으로 화사하게 미소를 짓고 있는 여인을 바라봤다. 부채로 살짝 얼굴을 가리고 있었지만, 그녀가 상당한 미모를 지니고 있음은 확연히 알 수 있었다. 그런데, 도무지 알 수 없는 것은 이 여인이 자신을 만나고 싶다고 한 이유였다.
 임청 원수는 슬쩍 그녀가 데리고 온 시종들 쪽으로 시선을 돌렸다. 시종들은 정자 저 아래쪽에서 자신의 호위병들과 함께 서 있었다. 수는 몇 되지 않았으나 형형한 눈빛을 뿜어내는 것이 모두들 뛰어난 고수인 것이 분명했다. 그렇다면 이 여인은 무림인이라는 말인가? 그런데 왜 무림에 적을 두고 있는 여인이 자신을 만나자고 했을까? 그것도 황상 폐하께서 총애하는 내시 동관을 통해서 말이다.
 "노부를 청한 이유를 듣고 싶소이다."
 여인은 살포시 미소 지은 후, 옥이 굴러가는 듯한 목소리로 대답했다.
 "우선 제 소개부터 드리는 것이 좋겠군요. 원수께 철없는 어린 계집이 쓸데없는 소리를 늘어놓는다는 오해를 사기는 싫으니까요.

저는 무영문이라는 단체를 이끄는 매향옥이라고 합니다."

그렇게 말해도 상대가 잘 모르는 듯하자 옥화무제는 덧붙여 말했다.

"혹여 무림맹이라는 단체는 아십니까?"

이번에는 반응이 있었다.

"노부가 무림에 대해서는 잘 알지 못하나 무림맹이라는 단체가 있다는 말은 들어 본 것 같소이다."

"외람되긴 하지만 무림맹에서 봉공이라는 직분을 맡고 있다고 하시면 아시겠습니까?"

아무리 무림에 대해 잘 알지 못하는 임청 원수였지만, 무림맹이라는 단체는 알고 있었다. 왜냐하면 무림에서 가장 강력한 정파 세력이니 말이다. 군부에서도 9파1방의 속가제자 출신인 무장들이 꽤 있었기에 그 정도는 아는 것이다. 그런데 그곳에서 봉공(捧公)이라는 직분이라니……. 보통 봉공이라 하면 원로들 중에서도 가장 뛰어난 자들, 혹은 가장 존경받는 자들에게 주어지는 칭호였다.

젊은 미녀가 봉공이라 칭하자 임청 원수는 당연히 의심스러울 수밖에 없었다. 하지만 의심을 하기에는 동관이 자신 있게 소개한 것이 계속 마음에 걸렸다.

잠시 이런저런 생각을 하던 임청 원수의 뇌리 속에 뭔가 스쳐 지나가는 것이 있었다. 무림을 활보하는 여자들 중에 자신의 노화를 숨기기 위해서 주안술을 익히는 고수도 있다는 말을 떠올린 것이다. 그렇다면 저 미녀가 사실은 뭔가 요망한 술법을 부린 할망구라는 말인가?

그때는 그냥 흥밋거리로 들었는데, 진짜 그런 당사자를 만나게 될 줄이야. 황급히 자세를 바로 한 임청 원수가 천천히 입을 열었다.

"허어, 노부가 몰라 뵙고 큰 실례를 저지를 뻔하였소이다. 매향옥 봉공이셨구려. 그런데 노부를 이곳으로 청한 이유가 무엇인지?"

"예, 제가 속한 단체는 정보력에 있어서는 무림에서 가장 뛰어나다고 할 수 있습니다. 그 예로 일주일 전에 일어났던 요와 금의 전쟁을 들 수 있겠군요."

옥화무제는 요와 금의 제2차 전쟁에 대해 자세하게 설명하기 시작했다. 물론 군부의 수장인 임청 원수도 첩자들의 보고를 통해 비교적 소상하게 그 경과를 알고 있을 것이다. 하지만 그 자세함에 있어서 무영문을 따라올 수 있을까? 옥화무제가 이것을 상대에게 말하는 것은 무영문의 힘을 슬쩍 보여 주려는 의도가 있었기 때문이다.

물론 그 효과는 있었다. 임청 원수가 내색하지는 않았지만, 어느 순간부터 그의 입가에 감돌던 미소가 사라져 버린 것이다. 물론 평범한 사람이 보기엔 표정의 변화가 거의 없다고 느낄 정도의 미미한 변화였지만 노회한 옥화무제의 눈을 속이기는 어려웠다.

군부의 책임자보다 더 많은, 그리고 더욱 깊이 있는 정보를 일개 무림인이 알고 있으니 임청 원수가 느끼는 당혹감은 충분히 상상할 수 있을 것이다.

하지만 오랜 경륜을 지닌 무장답게 임청 원수는 곧 평정심을 회복했는지 다시금 옅은 미소를 지으며 별일 아니라는 듯 질문을 던졌다.

"호오, 정말 놀랍소이다. 그런데 귀하가 세외의 정세에 그토록 관심을 보이는 이유가 뭔지 묻고 싶소이다."

"제가 무림에 몸담고는 있으나 오랑캐에게 중원이 짓밟히는 것을 그냥 지켜볼 수는 없었습니다. 그렇기에 미흡한 본문의 힘이나마 도움이 되고자 하여 찾아뵌 것입니다."

"이토록 황실을 생각해 주시니 고마울 따름이오."

고개를 주억거리는 임청 원수의 표정에서 옥화무제는 서서히 본론을 꺼낼 시기가 됐음을 느꼈다.

"지금 요의 조정은 금을 정벌할 대규모 원정을 준비하고 있습니다. 지금까지 제가 입수한 정보로는 최소한 60만은 넘을 것이 확실하다고 하더군요."

최소 60만의 병력이라는 말에 임청 원수의 눈썹이 꿈틀했다. 만일 그녀의 정보가 사실이라면 송과의 국경선에 배치되어 있는 방어선은 대단히 약화될 것이 분명했다. 그렇다면 대규모 원정군이 빠져나갔을 때가 요를 칠 수 있는 절호의 기회였다.

"그 말에 책임을 지실 수 있겠소이까?"

"어느 안전이라고 거짓을 아뢰겠습니까? 그리고 무림맹은 지금껏 나라에 큰일이 닥쳤을 때 최선을 다해 돕지 않았습니까? 저의 말을 믿으시는 것이 좋으실 것입니다."

자신만만한 옥화무제의 말에 임청 원수는 두 주먹을 불끈 쥐었다. 임청 원수는 옛 송의 영토를 요로부터 탈환할 수 있다는 기대에 부풀어 올랐다. 충분히 승산이 있다고 본 것이다.

옥화무제는 내심 자신의 계책대로 일이 잘 풀리자 미소를 지으며 입을 열었다.

"하지만 원수께서는 조심하셔야 할 것이 있습니다. 잠시 이것을 보시겠습니까?"

옥화무제가 품속에서 꺼낸 것은 두툼한 종이 뭉치였다. 임청 원수는 그것을 받아 들며 궁금하다는 듯 질문을 던졌다.

"이것이 무엇이오?"

"요에서 본국에 침투시켜 놓은 첩자들의 명단입니다."

"뭣이?"

임청 원수는 격동으로 인해 부들부들 떨리는 손으로 재빨리 서류를 읽기 시작했다. 대부분이 잘 모르는 이름들이었으나, 일부 눈에 띄는 이름도 간혹 보였다.

"이, 이것을 어떻게 입수했소?"

"오래전부터 본문에서는 그들의 행적을 조사하고 있었습니다. 물론, 이들 외에도 더 있을지도 모르니 조심하시는 것이 좋을 것입니다."

"내 이것들을 당장!"

옥화무제는 노화를 터뜨리며 벌떡 일어서는 임청 원수를 제지하며 말했다.

"고정하십시오, 원수. 지금 그들을 해치면 안 됩니다."

그게 무슨 뜻이냐는 듯 자신을 바라보는 임청 원수에게 옥화무제는 살짝 미소를 지어 보인 후 말을 이었다.

"타초경사(打草驚蛇)라 했습니다. 힘들여 구축해 놓은 첩자망이 한순간에 괴멸당한다면 요 황제가 본국의 의도를 의심할 것이 뻔하지 않겠습니까? 그들을 척살하는 시기는 요를 응징하기 직전이 좋다고 생각합니다. 첩자들이 누군지 아니 원수께서 그들의 눈을 피해 작전을 수립하시기도 쉽고, 그들에게 슬쩍 역정보까지 흘릴 수도 있으니 금상첨화가 아니겠습니까. 안 그렇습니까?"
 노련한 장수답게 임청 원수는 그녀가 말하고자 하는 바를 즉각 이해했다. 첩자를 죽이지 말고 거짓 정보를 흘리는 데 이용하라는 말이 아닌가? 임청 원수는 감탄스럽다는 듯 중얼거렸다.
 "허어, 오늘 노부가 크게 개안(開眼)한 듯하오. 무림에 이토록 지략이 뛰어난 여걸이 있을 줄이야. 그대의 충정 어린 말은 감사하게 받아들이도록 하겠소이다."
 설혹 그것이 빈말일지라도 임청 원수를 움직이려는 옥화무제의 입장에서는 그게 아니었다. 임청 원수에게 잘 보여 놔야 대송 군부를 손쉽게 통제해 나갈 수 있게 되는 것이다. 상대는 약간의 정보만 줘도 알아서 모든 것을 처리해 나갈 정도로 뛰어난 무장이었다. 물론 그 정보가 어떤 것일지는 옥화무제가 선택하면 되는 것이다. 그렇기에 역으로 말하면 그 약간의 정보로도 대송의 군부를 마음대로 움직이게 만들 수 있게 되는 것이다.
 옥화무제는 황망히 자리에서 일어나 고개를 숙이며 입을 열었다.
 "원수께서 저의 말을 좋게 받아주시니 감읍할 따름입니다. 혹 미천한 계집이 원수께 쓸데없는 말을 한다 하여 질책을 받을까 심히 두려웠는데, 이렇게 흔쾌히 믿어 주시니 기쁘기 한량없습니다."
 "허허헛, 노부에게 이토록 귀중한 정보를 제공해 주었는데, 어떻게 그대를 질책할 수 있다는 말이오. 너무나도 감사할 따름이오."
 그 후로도 한참 동안 화기애애하게 대화를 나눈 후 옥화무제는 자리를 떠났다. 몇몇 호위를 이끌고 점차 멀어져 가는 그녀의 뒷모습을 아쉬운 듯 바라보던 임청 원수는 뒤에 시립하고 있던 부관에게 지시했다.

"무림맹의 봉공들 중에서 무영문을 이끄는 매향옥이라는 여인에 대해 철저히 조사해 보도록 하라."

"옛, 원수."

"그리고 내일 정군관에서 회의를 열 테니 모든 장군에게 기별을 넣도록 하거라."

"옛, 명을 따르겠나이다."

부관이 재빨리 말을 타고 사라지는 것을 보며 임청 원수는 미소를 지었다. 만약 매향옥이라는 여인이 건네주는 정보들이 모두 사실이라면 중원을 더럽히고 있는 오랑캐들을 몰아낼 수 있을 게 분명했다. 지피지기(知彼知己)면 백전불패라고 하지 않았던가. 게다가 요의 첩자 명단까지 쥐고 있으니 더 이상 말할 필요가 없는 것이다.

"으하하핫!"

정말이지 오랜만에 통쾌하게 웃어 보는 임청 원수였다.

옥화무제는 무영문에 돌아오는 즉시 부문주의 집무실로 서둘러 걸음을 옮겼다.

"어서 오십시오, 할머니. 가셨던 일은 잘되셨습니까?"

"오냐, 그건 그렇고 드디어 마교가 움직이기 시작했다고?"

"예, 염왕대 5개 대의 움직임이 포착되었습니다."

"그래, 놈들의 위치는?"

"대파산맥을 따라 이동 중이라고 합니다. 어머님께서는 그들의 출동을 포착하는 즉시 비영단(秘影團) 소속 321조와 425조를 추가로 투입하여 그들을 추적하기 시작하셨습니다. 하지만 어제 들어온 서신에 따르면 그들의 종적을 놓쳤다고 하셨습니다."

"거기가 어디냐?"

매영인은 중원 천지가 자세히 기록된 커다란 지도에서 한 지점을 짚으며 말했다.

"예, 바로 이곳입니다."

옥화무제는 매영인이 가리킨 지점에서 약간 밑쪽인 삼협 부근을 손가락으로 가리키며 말했다.

"그대로 대파산맥을 타고 내려온다면 삼협(三峽) 인근에서 도하할 가능성이 크겠구나."

"예, 그래서 어머님께서는 삼협과 무산(巫山) 일대에 13개 정찰대를 포진시키실 거라고 하셨습니다."

"흠, 그런다고 그들의 꼬리를 잡을 수 있을까? 자성만마대나 흑풍대라면 몰라도 염왕대를 추적하기는 쉽지 않을 텐데."

매영인은 옥화무제의 말에 고개를 끄덕였다. 쉽지 않을 거라는 건 알고 있었지만 비영단 소속 무사들이 그토록 빨리 발각될 줄은 미처 예상하지 못했던 것이다. 더군다나 괜히 정보를 수집한다고 계속 무사를 파견하다가 마교의 심사를 건드릴 위험성도 있었다.

"무림맹에 연락을 넣는 것이 좋지 않겠습니까, 할머니?"

매영인의 말에 옥화무제는 고개를 가만히 흔들었다.

"흠, 그럴 필요가 있을까? 우리는 저들의 목적이 뭔지 알지 못한다. 괜히 일을 키웠다가 놈들이 그냥 슬그머니 돌아가 버리면 우리들만 우습게 될 우려가 있어."

"그럴 리가 없습니다. 염왕대 5개 대라면 웬만한 문파는 잡초 한 포기 남겨 두지 않고 쓸어버릴 만큼 막강한 힘을 지니고 있습니다. 만약 그들이 기습을 가한다면, 지금 가장 전성기를 달리고 있다는 서문세가라 할지라도 막대한 피해를 입을 게 자명하지 않습니까?"

"그럴지도 모르지."

강 건너 불구경 하듯 옥화무제가 심드렁하게 대답하자, 매영인은 할머니에게 뭔가 다른 속셈이 있음을 직감적으로 느꼈다.

"혹시…, 개방을 염두에 두시고 계신 건가요?"

그제야 옥화무제는 싸늘하게 미소 지으며 중얼거렸다.

"당연하지. 지금 그들이 뭣 때문에 본문에 이빨을 드러내는 것인지 그 이유를 알 수가 없다. 하지만 네가 보내 준 정보를 분석해 봤을 때, 개방이 그런 간 큰 행동을 할 수 있는 것은 무림맹이 뒤를 봐주고 있기 때문이라고 밖에는 생각할 수 없지 않겠느냐?"

옥화무제의 말에 매영인은 당황하지 않을 수 없었다.

"그, 그럴 리가……. 무림맹이 왜 그런 짓을 한단 말입니까?"

"그거야 아무리 나라도 알 도리가 없지. 정보가 너무나 부족하니까 말이다."

그녀가 이렇게 말하는 것은 설마 자신이 마교와 비밀리에 협약을 맺은 것이 들통 났다고는 상상도 하지 못했기에 내린 결론이었다. 그 당시 완벽하게 무림맹의 이목을 피해 마교와 비밀 협약을 맺었다고 생각하는 그녀였다.

옥화무제는 싸늘한 미소를 지으며 말을 이었다.

"하지만 어떻게 되어도 좋다. 염왕대 5개 대라면 어딘가를 쓸어버리고도 남을 전력이야. 그렇게 해서 무림맹의 힘이 약화된다면,

결국 그들은 본문에게 손을 벌리지 않을 수 없을 게야. 떨어지는 전력을 정보의 힘에 의지할 수밖에 없을 테니 말이다. 그렇기에 이번 정보를 무림맹에 전달하지 말라는 것이다. 알겠느냐?"

"예, 할머니."

명령을 내린 후, 지도에서 무림맹이 있는 쪽을 내려다보는 옥화무제의 두 눈에는 가소롭다는 눈빛이 떠올라 있었다. 탁월한 정보력과 명철한 분석력으로 대륙을 좌지우지하는 그녀로서는 무림맹이 자신을 향해 뭔가 수작을 부리려고 하는 것이 같잖게만 여겨졌던 것이다.

사부의 분노

묵향은 냉파천을 혼내 준 후, 하남분타로 향했다. 개봉 인근의 상권은 과거 마교가 틀어쥐고 있었다. 하지만 마교 세력이 개봉에서 철수한 이후 그 상권의 이권을 두고 수없이 많은 군소문파가 일어나 이전투구를 벌이고 있는 상황이었다.

묵향은 하남분타주의 안내를 받으며 건설 현장을 둘러봤다. 거대한 규모의 장원이라고 할 수 있었지만, 다른 장원들과 다른 점이 있다면 각종 기관 장치와 진법을 이용하여 적의 침입을 저지할 수 있는 방어선이 몇 겹이나 존재한다는 점이었다.

"현재 기관 장치의 2할, 진법의 3할이 완성되었습니다."

"모두 열심히 작업했군. 그래, 무사들의 숙소 쪽은 어떤가?"

"올해 말쯤이면 그런대로 1천 명 정도는 수용 가능할 것 같습니다."

분타주의 보고를 받던 묵향은 만족스럽다는 듯 입가에 미소를 머금었다.

"아주 좋군, 열심히 해 주게. 기본적인 방어 준비가 완비되는 대로 본교의 정예들을 거느리고 신임 분타주가 임명되어 올 걸세. 그러면 아마 자네의 책임도 많이 가벼워지겠지."

"그때까지 최선을 다하겠습니다, 교주님."

천천히 건설 현장을 둘러보던 묵향은 문득 생각난 듯 뒤를 돌아보며 물었다.

"사천분타를 들렸을 때 보니까 무림맹의 쥐새끼들이 침입해서 곤란을 겪고 있더군. 그에 대한 대비는 어떻게 하고 있나?"

"예, 아뢰기 황송합니다만 현재의 경비 무사들로는 벅찬 감이 있습니다. 하지만 조만간 본교에서 자성만마대의 고수들이 도착한다면 그런대로 완벽한 보안 상태를 유지할 수 있지 않을까 예상하고 있습니다."

자성만마대의 고수들이 파견되어 온다는 말에 묵향은 고개를 끄덕였다.

"얼마나 보내 준다고 통보가 왔나?"

"옛, 1개 지대를 파견해 주겠다고 했습니다."

마교의 각 무력 세력에서 대(隊), 지대(支隊)의 숫자 단위는 큰 차이를 보인다. 2천의 정예를 보유한 염왕대에서 1개 대가 1백 명이라면, 1만 명의 정예를 보유한 자성만마대의 1개 대는 5백 명이다. 그리고 1개 지대는 50명이었다.

"그 정도면 충분한가?"

"옛, 충분합니다, 교주님."

"그 외에 다른 것은 없었나? 교에서는 본좌가 이곳으로 올 것을 알고 있을 테니 뭔가 나한테 전할 것이 있다면 이리로 보냈을 텐데 말이야."

그 말에 분타주는 뭔가 떠오르는 것이 있는지 다급히 입을 열었다.

"예, 옛! 난데없이 특급 기밀문서가 도착한 것이 있습니다. 이곳에서는 그 암호를 해독할 방법도 없는데 말입니다. 그래서 그냥 놔뒀는데, 그게 아마 교주님께로 보낸 것인 모양입니다."

"흠, 그런 모양이군."

"속하가 안내해 드리겠습니다."

분타주는 임시로 만든 문서 보관소로 교주를 안내했다. 이곳은 아직 제대로 된 분타가 아니었던 탓에 3급 비밀 정도가 최고 기밀문서였기에 급하게 임시로 문서 보관소를 만든 것이었다.

"바로 이것입니다."

분타주가 내민 서신의 내용은 아주 짤막했다. 그 내용을 해석해서 읽는 묵향의 눈이 번쩍하고 빛났다. 자신이 원하던 바로 그 답장이었던 것이다.

「특급 기밀 - 염왕대 출발」

서신 끝부분에는 군사 설민의 인장이 찍혀 있었다.

"호오, 돈의 위력이 대단하긴 대단한 모양이군. 설마 나도 이 정도까지 빨리 연락이 갔을 거라고는 생각조차 못했었는데 말이야."

묵향은 빙긋 미소 지은 후, 분타주에게 말했다.

"정말 수고가 많았네. 그건 그렇고, 혹시 나를 찾는 사람이 있을지도 몰라서 하는 말인데 말이야. 그런 사람이 있으면 반항하지 말고 가르쳐 주는 게 좋을 거야. 알겠나?"

묵향이 그런 말을 한 것은 혹시라도 아르티어스가 되지도 않는 무공수련을 포기하고 자신을 찾으러 나오지 않을까 하는 염려에서였다. 과거 아르티어스가 자신을 찾으러 다닐 때, 수하들은 당연히 상관의 행방을 숨기려고 들었다. 그러다가 얼마나 피해가 막심했었는가. 똑같은 일을 또다시 이곳에서 반복하고 싶지 않았던 묵향이었기에 미리 대비를 해 둔 것이다.

"옛! 명령대로 시행하겠습니다, 교주님. 그런데 어디로 향하실 것인지 알려 주셔야 가르쳐 드리지 않겠습니까?"

"하남분타로 갈 거다."

"알겠습니다, 교주님. 명하신 대로 꼭 전하겠습니다."

유운비화 설취는 요즘 팔자에도 없는 안주인 노릇을 하고 있느라 심사가 편치 못했다. 집주인인 냉파천이 있는데, 왜 안주인 노릇을 하고 있느냐고? 그야 당연히 냉파천이 복수를 하기 위해 묵향을 뒤쫓아 간 것이 아니라, 복수할 방법을 찾는다고 끙끙거리더니 앓아누워 버렸기 때문이다.

그의 병명은 화병. 아무리 궁리해도 자신의 능력으로는 복수할 방법이 떠오르지 않자 울화가 골수까지 치밀어 오른 것이다.

설취는 탕약을 달이고 있던 하녀를 보고는 한숨을 푹 내쉬었다. 화병에 탕약이 들을 리 만무했다. 하지만 계속 자리에 드러누워 끙끙거리고 있으니 최소한 기력 저하라도 막아 보자는 생각에 보약을 달이라고 일렀던 것이다.

"대사형께서는 잘 드시더냐?"

그녀의 질문에 탕약을 달이고 있던 하녀가 화들짝 놀라며 급히 고개를 조아렸다.

"나으리께서 탕약을 드시지 않으시는 것은 제 잘못이 아닙니다. 소녀가 몇 번이나 다시 덥혀서 갔사오나, 도무지 드시지를 않습니다. 마님께서 어떻게 해 주셨으면 하는뎁쇼."

하녀가 내뱉은 '마님'이라는 단어가 신경에 거슬렸지만, 설취는 그런 사소한 일로 하녀와 신경전을 벌이고 싶지는 않았다. 그녀는 한숨을 푹 내쉬며 대답했다.

"어쨌거나 정성껏 달여 놓거라. 내가 가서 한번 설득해 보마."

"예."

이때, 하인이 허겁지겁 달려 들어오며 외쳤다.

"마님, 태사(太師)께서 오셨습니다!"

또다시 들려온 마님이라는 단어에 그녀의 눈초리가 위로 약간 치켜 올라갔으나 곧 경악에 찬 표정으로 바뀌었다.

태사라고 하면 바로 자신의 사부를 말하는 것이었기 때문이다.

"헉, 사부님께서? 이 일을 어떻게 하나? 너는 대사형께 빨리 가서 사부님께서 오셨다고 전해 드리거라. 그리고 너는 연무장에 있는 화아를 찾아 당장 이리로 오라고 하거라, 어서!"

"옛."

지시를 내린 설취는 말이 끝나기가 무섭게 허둥지둥 대문으로 달려 나갔다. 사부는 하인의 안내를 받으며 들어오고 있었다. 오랜만에 보는 사부의 모습은 3년 전과 바뀐 것이 하나도 없었다. 잔주름 하나 없는 깨끗한 용모, 티끌조차 보기 힘든 깨끗한 피부. 등에 지고 있는 커다란 보따리만 아니라면 학문을 연마하는 미서생(美書生)이라고 해도 과언이 아닌 모습이었다.

"제자가 사부님을 뵈옵니다."

"오냐, 오랜만이로구나. 그런데 네가 여기는 왜 와 있는 게냐?"

말을 하던 미서생은 곧 뭔가 이상하다는 듯 설취의 안색을 살폈다.

"흠, 네 얼굴을 보니 뭔가 근심이 있는 듯한데 무슨 일이라도 있었느냐?"

설취는 황급히 고개를 숙이며 대답했다.

"아, 아무것도 아니옵니다."

"그래? 그건 그렇다 치고 첫째는 어디에 갔느냐? 노부가 오랜만에 찾아왔는데도 아직까지 나와 보지도 않다니, 혹시 또 그림을 그린다고 정신이 빠져 있는 것은 아니겠지?"

고개를 숙이고 있던 설취는 일순 사부의 질문에 당혹스러움을 금치 못했다. 하지만 하늘같은 사부에게 어찌 만신창이가 된 대사형의 모습을 보일 수 있겠는가. 급히 생각을 정리한 설취는 지금 이 순간만이라도 넘겨보자는 잔꾀에 거짓을 고할 수밖에 없었다.

"아닙니다. 대사형은…, 갑자기 일이 있어서 외부로 출타 중입니다."

"허허, 이거 가는 날이 장날이라고, 네가 와 있지 않았다면 헛걸음을 할 뻔하였구나."

"사부님, 여기는 어쩐 일이십니까?"

"개봉에 일이 있어서 지나가던 길에 들렀다. 그런데 너는 어찌 여기에 와 있느냐? 청해성 쪽으로 한 바퀴 둘러보겠다고 하지 않았더냐?"

사부의 말에 설취는 곱게 눈을 흘기며 대꾸했다.

"사부님도 참, 그 말씀드린 게 3년 전이었다는 것을 잊으셨어요? 벌써 다 둘러보고 돌아가는 길이었습니다. 먼저 사부님께 갈 예정이었는데, 도중에 대사형께 들른 거죠."

그 말에 사부는 놀랍다는 듯 감탄사를 흘리며 중얼거렸다.

"허허~, 참. 세월이 벌써 그렇게 흘렀단 말이냐?"

"사부님, 여기서 이러실 게 아니라 안에 들어가셔서 향긋한 차를 마시며 대화를 하는 것이 좋지 않겠습니까?"

"오냐, 그러자꾸나."

자리를 옮겨 대화를 나누고 있을 때, 예쁘게 차려입은 송화가 달려왔다. 아마도 하인의 연락을 받자마자 자신의 방으로 달려가 새 옷으로 갈아입고 온 모양이었다. 그녀는 오랜만에 만나는 사조를 향해 활짝 미소를 보내며 인사했다.

"안녕하셨습니까, 사조님? 소녀 인사 올리옵니다."

"오냐, 잘 있었느냐? 허어, 못 본 사이에 어엿한 숙녀가 다 되었구나. 이제는 시집을 가도 되겠는걸."

"배울 것도 많은데, 시집은 나중에 갈 거예요."

"허허헛, 그래도 안 간다는 소리는 하지 않는 것을 보면 꽤나 솔직하구나."

그 말에 송화는 얼굴을 붉히며 소리쳤다.

"사조님, 계속 그러시면 저 갈 거예욧!"

"오냐오냐, 노부가 잘못했으니 화를 풀거라. 그래, 강호 초출에 어려움은 없었느냐?"
"예, 사부님께서 도와주셔서 하나도 힘들지 않았어요."
 송화는 사조에게 첫 강호행에 대해 나불나불 이야기하기 시작했다. 사실 사부라면 자신의 제자를 훌륭한 인물로 성장시켜야만 한다는 강박관념에 시달리기 쉽다. 왜냐하면 제자는 자신의 대를 이어 나갈 분신, 즉 자식처럼 느껴지기 때문이다. 하지만 그게 사손쯤 되면 얘기는 조금 달라진다.
 할아버지가 손자의 재롱을 탐하게 되는 것은 그 아이의 성장에 대해 그 어떤 책임도 질 필요가 없기 때문이다. 책임지는 것은 부모의 일이 아닌가. 게다가 오랜 삶을 살아온 경험에 의해 아등바등 철없는 아이들을 조져 봐야 오히려 서로 간에 상처만 커질 수도 있음을 알기 때문이다. 그리고 각 개인의 인성과 자질을 따져 가며 너무 많은 것을 요구하지 않는 삶의 지혜를 쌓은 결과일 것이다.
"그런데 사문으로 돌아가던 도중에 아주 나쁜 사람을 만났어요."
"나쁜 사람?"
 사조는 사손의 말에 의아하다는 듯 담담히 되물었다. 하지만 무심결에 튀어나온 송화의 말에 설취의 안색은 갑자기 창백해졌다. 설취는 사부의 눈치를 살짝살짝 엿보면서 송화에게 눈치 없이 쓸데없는 말은 하지 말라는 듯 마구 눈치를 보냈다. 하지만 오랜 연륜을 쌓아온 사부가 그 정도의 눈치를 채지 못할 리 만무했다.
'뭔가 있군.'
"너는 가만히 있거라."
 설취에게 경고를 한 후 사부는 송화를 엄격한 표정으로 다그치기 시작했다. 이런 무섭기 그지없는 사조의 모습을 단 한 번도 본

적이 없었던 송화는 겁에 질려 자신이 아는 대로 미주알고주알 다 불어 버렸다.

"뭣이? 그렇다면 그놈이 지금 출타 중이 아니라 부상을 당해 앓아누웠다는 말이냐?"

설취는 기어들어가는 목소리로 대답했다.

"예, 사부님. 거짓을 아뢰어 송구할 따름입니다."

"내 이놈을 당장! 으드드득, 무엇 하는 게냐! 어서 첫째가 있는 곳으로 안내하거라!"

"예."

설취가 앞장서서 대사형이 앓아누워 있는 방으로 안내하자, 사부는 화가 머리끝까지 치밀어 으르렁거리며 따라왔다.

"내 하라는 수련은 안 하고 그림만 그리면서 멋 부리고 앉아 있을 때부터 알아 봤다! 비무에 패해서 사문과 노부의 얼굴에 먹칠을 해? 내 이놈을 가만히 두나 보자!"

하지만 미서생의 분노는 첫째 제자의 처참한 몰골을 보는 순간 씻은 듯이 사라져 버렸다. 탐스럽던 수염의 중간은 뭉텅 빠져나가 엉망진창이 되어 있었고, 온 얼굴과 이마가 푸르탱탱 울긋불긋 멍이 들어 있었던 것이다.

미서생은 곧장 내력을 이용해 첫째의 몸 상태부터 살펴봤다. 이 정도까지 박살 났다면 내상이 심각하지 않을까 하는 우려에서였다. 하지만 몇 번이나 살펴봤어도 내상이 없었다. 그렇다면 이건 분명했다. 차원이 다를 정도로 막강한 고수가 첫째를 가지고 놀았다는 결론밖에 나오지 않는 것이다.

"도대체 어떤 놈이 너를 이 꼴로 만든 것이냐?"

냉파천은 그날의 악몽이 떠오르는지 아무런 말도 못하고 그저 닭똥 같은 눈물만 뚝뚝 떨어뜨리고 있을 뿐이었다. 사부에게 이런 추한 모습을 보일 수밖에 없는 자신이 너무나도 통탄스러운 것이리라.

"만사불황, 그 미친 것이냐?"

아무런 대답이 없자 사부는 또 다른 용의자들을 줄줄이 늘어놓았다. 그가 떠들어 대는 인물들은 모두 다 무림에서 한 성깔 한다고 알려져 있는 화경의 고수들이었다.

"수라도제냐? 그렇지 않다면 황룡무제냐?"

그러자 옆에서 듣고 있던 설취가 놀라움을 감추며 질문을 던졌다.

"사부님께서는 그가 화경의 고수라고 생각하고 계십니까?"

"물론이다. 화경이 아니고서야 어떻게 첫째를 이토록 손쉽게 이길 수가 있단 말이냐."

사부는 박살 내 놨다는 말을 쓰려다가 아무래도 진짜 떡이 되어 있는 제자 놈이 딱하게 보였는지 슬쩍 말을 바꾸었다.

"상대가 사용한 무공은 아주 단순한 것이었습니다, 사부님."

설취의 말에 사부는 매서운 눈초리를 보내며 질문했다.

"그래? 네가 보기에는 그 무공이 무엇이더냐?"

"잔상을 남길 정도로 빠른 신법을 위주로 한……."

설취의 대답에 사부는 그럴 줄 알았다는 듯 대꾸했다.

"오호라, 이형환위! 그렇다면 범인은 화경이 확실하구나."

설취는 조심스레 자신이 짐작하고 있는 바를 사부에게 말했다.

"화경이 아닐 수도 있습니다."

"무슨 말을 하는 게냐? 천지인(天地人)의 삼화(三化)와 수목금화토(水木金火土)의 오기(五氣)를 고루 몸 안에 이루어 내지 않고서야 어찌 혈육으로 만들어진 사람의 몸이 잔상을 남길 정도로 빨리 움직일 수 있겠느냐?"

"그는 사파의 인물인 듯했습니다. 마의 극한이라 할 수 있는 극마지체(極魔之體)를 이루었을 때도 이형환위가 가능하지 않습니까?"

사부는 머리에 뭔가로 한 대 맞은 듯 멍하니 서 있었다. 그 가능성은 생각해 보지 않았던 것이다. 사부는 설취에게로 고개를 획 돌리며 다그쳤다.

"그렇다면 너는 그놈이 마교도라고 생각한단 말이냐?"

"예, 그에게서 사악한 마기는 전혀 느껴지지 않았지만, 그 괴팍스럽기 그지없는 언행으로 봤을 때 아무래도 정파는 아닌 듯한 느낌을 받았습니다."

사부는 충분히 가능성이 있다는 듯 고개를 주억거리며 중얼거렸다.

"확실히 극마에 든다면 자신의 마기를 완벽하게 숨길 수 있지. 정확히 그놈이 여기서 떠난 게 언제더냐?"

"6일 전입니다."

"그놈이 어디로 간다고 했느냐?"

"그런 말은 못 들었습니다. 하지만 개봉 쪽에 볼일이 있다는 말은 했습니다. 어쩌면 정확히 개봉은 아니고, 그 인근에 있는 사파계열의 어떤 문파, 혹은 마교의 분타쯤 되겠지요."

미서생은 잠시 생각해 보는 듯하더니 입을 열었다.

사부의 분노 113

"오래전, 마교는 갑자기 중원 전체에 산재해 있던 분타들을 철수시켰다. 그렇다면 마교의 분타는 아닐 테고, 사파 계열의 문파라는 소리인데……. 그놈이 극마라면 최소한 부교주급이니, 그런 거물이 행차할 정도라면 결코 작은 문파는 아니겠지?"

싸늘하게 미소 짓는 사부의 얼굴에서는 짙은 살기가 뿜어져 나오고 있었다.

파문당한 화산 장문인

 무림맹의 행동은 신속하기 그지없었다. 무림맹을 구축하고 있는 구심점들 중의 하나인 화산파의 장문인이 변절을 한 것이다. 어지간한 인물이 변절을 했다면 이토록 소란을 떨 이유가 없겠지만, 화경의 고수이자 화산파 장문인이 그 대상이다 보니 얼마나 많은 변절자가 있는지 알 수도 없는 상황이었다. 그렇다 보니 무림맹이 동원한 고수들의 수는 가히 엄청난 것이었다.
 하지만 무림맹은 혹시 그것이 잘못된 정보일 가능성에 대비하여 화산파와 연합한 일종의 훈련을 한다는 명목 하에 출동 명령을 내리는 치밀함을 보였다.
 화산을 포위한 마교도들이 공격을 가해 온다는 가정 하에 각 장로들이 고수들을 거느리고 중요 지점에 포진하기 시작했다. 일단 포진이 완료되고 나서 살짝 방향만 돌리면 화산파에 대한 완벽한 포위망이 완성되는 것이다.

"매화문검 장로님, 모든 장로님이 목표 지점에 도착하여 포진을 완료하셨다는 전갈이 도착했습니다."

수하의 보고에 옥진호 장로는 침중한 어조로 대답했다.

"알겠다."

이번 작전에 투입된 모든 장로 중에서 옥진호 장로가 맡은 임무가 가장 중요했다. 그가 직접 화산에 올라 장문인의 변심 여부를 확인해야 했기 때문이다. 그가 판단하여 화산파 전체가 변절했다 여겨지면 신호를 보내기로 했다. 그때부터 무림맹은 화산파를 공격하기 시작할 것이다.

옥진호 장로는 호위 무사 10여 명을 거느리고 화산을 오르기 시작했다. 모두들 뛰어난 무공의 소유자였기에 산길을 오르는 데는 아무런 문제도 없었다.

"멈추거라!"

화산의 문도들이 몇 매복하고 있었다. 그들은 높직한 곳에서 침입자들을 향해 활을 겨누고는 싸늘한 시선을 던지고 있었.

옥진호 장로는 품속에서 무림맹을 표시하는 신물을 꺼내어 보이며 외쳤다.

"무림맹에서 왔다네. 장로님들을 뵙고 의논할 것이 있어서 찾아왔지. 기별을 넣어 주게."

그 말이 떨어지자마자 한 명이 위쪽으로 난 길을 따라 경공을 전개하여 순식간에 사라졌다. 아마도 무림맹에서 누군가가 찾아왔음을 통보하기 위해서일 것이다. 그리고 또 다른 한 명은 산 위에서 허겁지겁 뛰어내려 와서 정중히 인사한 후 입을 열었다.

"저를 따라오시지요."

무림맹에서 지체 높은 손님이 찾아왔다는 수하의 보고를 받은 화산파의 장로들은 정문에 마중을 나와 있었다. 그들은 무림맹에서 파견된 사람이 옥진호 장로 같은 거물이라는 것에 다소 의외라는 듯한 반응을 보였지만, 일단 저마다 공손하게 인사를 건네왔다.
"허어, 무림맹에서 손님이 찾아오셨다고 하길래 누군가 했더니 매화문검 장로님이 아니십니까? 이렇게 멀리까지 왕림해 주셔서 몸 둘 바를 모르겠소이다. 자, 안으로 드시지요. 장문인께서 기다리고 계십니다."

장로들 중에서 가장 연배가 높은 백화(白和) 장로가 권했지만, 옥진호 장로는 정중히 사양했다.

"장문인은 나중에 뵙기로 하지요. 노부는 일곱 분 장로님과 비밀리에 의논을 드릴 것이 있어서 이렇게 달려왔소이다. 잠시 시간을 좀 내주실 수 있으시겠소?"

그 말에 백화 장로는 어쩔 수 없다는 듯 대답했다. 무림맹은 정파의 으뜸이다. 그렇기에 무림맹 장로의 말은 대단한 권위와 힘을 지니고 있었던 것이다.

"허, 결례이기는 하지만 매화문검 장로께서 그렇게 말씀하신다면, 자 이쪽으로 오시지요."

백화 장로는 옥진호 장로를 사위가 활짝 트인 정자로 안내했다. 장로들이 가끔 시간을 보내기 위해 조성된 이곳은 일반 제자들이 감히 얼씬할 생각도 하지 못해 조용하기 짝이 없었다. 그렇기에 백화 장로는 밀담을 나누기에 안성맞춤이라고 생각한 것이다. 옥진호 장로는 주위를 세심히 훑어보며 혹여 엿듣는 자가 없는지 살펴본 후, 자신이 알고 있는 바를 소상하게 화산파의 장로들에게 전했다.

시간이 흐를수록 화산파의 장로들은 옥진호 장로의 말에 벌어진 입을 다물 수가 없을 지경이었다. 이 무슨 청천벽력 같은 말이란 말인가. 모두들 옥진호 장로의 말을 도저히 믿지 못하겠다는 듯한 표정이었는데, 그때 장로들 중에서 가장 연배가 낮은 석진(石瑨) 장로가 뭔가 짚이는 일이 있는지 옥진호 장로에게 급히 질문을 던졌다.

"혹시 그게 9일 전 저녁 시간에 벌어진 일이 아닙니까?"

옥진호 장로는 고개를 끄덕이며 대답했다.

"예, 맞소이다. 본맹의 매화검과 귀파의 능비화 소저가 그날 저녁 객잔에서 마교 교주와 화산 장문인이 밀담을 나누기 위해 만나는 것을 봤다고 했습니다."

자파의 능비화도 봤다는 말에 화산파 장로들은 동요하기 시작했다. 그렇다면 누명을 썼다고 말하기는 힘들지 않겠는가. 제일 먼저 침묵을 깨고 입을 연 것은 셋째인 공천(孔闡) 장로였다.

"사형들, 기억하실 테죠. 9일 전이라면 의문의 침입자가 들어온 바로 그날입니다."

그러자 다른 장로들도 저마다 떠들기 시작했다.

"흠, 그러고 보니 그날 장문인의 거처가 완전히 박살이 났었지. 그런데 장문인이 그 침입자와 함께 어딘가로 외출을 하지 않았었나? 그렇다면 그자가 바로 마교 교주라는 말인가?"

"아마도 그럴 겁니다, 사형. 저는 장문인이 자신의 거처가 박살

난 것에 대해 아무것도 아니라면서 그냥 묻어 버리려 했던 그 태도가 뭔가 미심쩍었습니다."

여기까지 얘기가 흘러나왔을 때, 백화 장로가 손을 들어 더 이상의 말들을 끊었다. 지금은 자파의 인물들만 있는 게 아니었기 때문이다.

"크흠, 그 얘기는 나중에 우리들끼리 따로 하세나."

그 말에 모든 장로가 흠칫하며 입을 다물었다. 사실 이 일은 문외의 인물이 보고 있는 상황에서 주제로 삼을 얘깃거리가 아니었다. 어쩌면 화산 장문인이 마교와 결탁했다는 전무후무한 추문이 외부에 퍼질 수도 있는 일이 아닌가.

"그 일을 알려 주시려고 이렇게 친히 발걸음을 해 주셔서 감사합니다, 매화문검 장로님."

"무슨 말씀을. 그런데 일이 고약하게 됐소이다. 덮어 놓고 대 화산파의 장문인을 조사해 볼 수도 없는 노릇이고, 또 조사하지 않고 넘어갈 수도 없는 노릇이니……. 그래서 노부는 그것을 화산파에게 맡기기 위해 찾아뵌 것이외다."

"그렇게 신경을 써 주셔서 감사하오이다."

"물론, 이 일에 대해 본맹이 이해할 만한 확답을 장로들께서 내주시지 못하시면 어쩔 수 없이 본맹이 나설 수밖에 없소이다. 노부는 그걸 전하려 왔지요."

그 말에 장로들은 경악할 수밖에 없었다.

"무, 무림맹이 나서다니요?"

"상대는 화경의 고수가 아니겠소이까? 지금 본맹의 최정예 무사 2천이 화산파 전체를 포위하고 있소이다. 물론 최악의 사태에 대비하기 위해 그들을 거느리고 온 것이기는 하지만, 될 수 있다면 그들을 사용하지 않기를 바라고 있소. 지금은 본맹의 장로급 이상만 이 사실을 알고 있지만 그들을 동원한다면 비밀을 유지할 자신이 없기 때문이외다.”

그 말에 장로들은 놀라지 않을 수 없었다. 무림맹이 정예 무사 2천을 동원할 정도라면 최악의 경우 화산파 전체와도 싸우겠다는 의지의 표현이라고 봐도 무방했다. 그렇기에 백화 장로는 표정을 굳히며 대꾸했다.

"마, 말미를 좀 주시면 안 되겠습니까? 그동안 우리들이 잘 해결해 보겠습니다.”

“물론이오. 노부도 그게 가장 좋다고 생각하오. 하지만 무작정 기다릴 수만은 없는 노부의 입장도 이해해 주시면 고맙겠소이다.”

사실, 각본대로라면 옥진호 장로가 현천검제를 직접 만나 문책을 했어야만 했다. 하지만 만약 그러다가 그가 진짜 마교의 간세라면? 옥진호 장로는 그 자리에서 목숨을 내놔야 할 것이 분명했다. 그걸 뻔히 알면서 그가 현천검제를 만날 이유는 없었다. 그렇기에 그는 화산파 장문인들을 슬쩍 불러내어 알아서 처리하라고 당부한 것이다. 그로 인해 일이 어떤 식으로 흘러갈지도 모르고…….

현천검제는 화산파의 장문인이었다. 그런 만큼 문의 대소사는 전부 그의 귀로 들어가게 되어 있었다. 이번처럼 무림맹에서 거물급 인사가 찾아왔다면 당연히 그의 귀에 소식이 들어갔을 것이 분명했다.

현천검제는 지그시 눈을 감고 명상을 즐기다가 장로들이 들어서는 기척을 느끼고 눈을 떴다. 그는 이미 문도들을 통해 무림맹에서 옥진호 장로가 왔다는 보고를 받았다. 그리고 그가 장문인을 만나기에 앞서 화산의 장로들과 뭔가 회담할 것이 있다고 하여 조용한 장소로 안내되었다는 것 또한 이미 보고를 받은 상태였다. 그렇기에 그는 조용히 명상을 즐기며 회담이 끝나기를 기다리고 있는 중이었다.

현천검제는 마당을 쓸고 있던 동자에게 부드러운 어조로 말했다.

"장로님들이 오시니 차를 준비하거라."

"예."

동자가 나간 후, 얼마 지나지 않아 장로들이 모습을 드러냈다.

"어서들 오시오. 그래, 매화문검 장로는 만나 보셨소?"

"물론입니다, 장문인."

맏이인 백화 장로는 한동안 난처한 듯 수염을 쓰다듬었다. 하지만 마냥 시간을 끌 수도 없는 노릇이었다.

"노부들이 장문인에게 한 가지 물어볼 것이 있어서 왔습니다."

"말해 보구려."

하지만 여기서 말하는 것은 곤란했다. 이번 일의 경우 화산의 명예가 걸린 일이기에 철저한 비밀이 요구되는 일인 것이다.

"여기서는 곤란하고, 잠시 조용한 곳으로 가시면 안 되겠습니까?"

"그러지요."

현천검제는 차를 준비하고 있는 동자에게 말했다.

"내 밖에 잠시 나갔다 올 테니, 너는 방을 잘 치워 놓도록 하여

라. 알겠느냐?"

"예."

"자, 가십시다."

그들은 인적이 없는 곳으로 자리를 옮겼다. 하지만 백화 장로는 이곳까지 와서도 뭔가 말하기가 곤란한 듯 한참을 망설인 후 조심스레 입을 열었다.

"며칠 전 본문에서 난동을 부린 자가 마교의 교주라던데, 그 말이 사실입니까?"

백화 장로의 물음에 겉으로 내색은 하지 않았지만 현천검제의 가슴은 충격으로 무너져 내리고 있었다. 그 사실을 어떻게 알았단 말인가?

옆에서 또 다른 장로도 거들었다.

"장문인, 이건 화산의 미래를 좌우할 만큼 매우 중요한 일입니다. 꼭 답을 들려주셔야겠습니다."

현천검제는 오랫동안 생각에 생각을 거듭했다. 하지만 거짓을 말하고 싶지는 않았다. 그렇다면 해야 할 대답은 정해진 것.

"그가 마교의 교주인 것은 맞소."

장로들은 경악했다.

"도대체 그게 어떻게 된 일입니까? 그놈이 뭣 때문에 장문인을 찾아왔다는 말씀이십니까?"

장로들이 알기 전에 미리 말을 꺼냈으면 좋았을걸, 하며 후회를 하는 현천검제였지만 이미 때는 늦었다. 하지만 설마하니 무림맹에서 자신을 의심하고 있다고는 생각지도 못하고 있는 현천검제였다.

"얼마 전에 사로잡은 사파의 무리를 석방하고, 그들이 그곳에 장원을 건설하는 것을 묵인해 달라는 것이었소. 사실 그곳은 본문의 세력권이라고는 하나 아주 멀리 떨어진 외곽에 자리한 곳이니 노부도 그의 부탁을 받아들이는 것이 괜찮지 않을까 생각하고 있었소."

"정말이십니까?"

"왜 노부가 여러 장로 분들에게 거짓말을 하겠소?"

이때 셋째인 공천 장로가 화가 난 어조로 외치며 앞으로 나섰다. 전대 장문인의 제자들 중에서 가장 인덕이 뛰어난 사람이 대사형인 백화라면, 가장 검술이 뛰어난 사람이 바로 공천이었다. 뛰어난 자질과 무공을 인정받고 있었던 그는 당연히 다음 대 장문인 자리를 노리고 있었다.

그런데 어처구니없는 일이 벌어졌다. 다음 대 장문인을 지목하는 자리에서 장문인이 의외의 인물을 지목한 것이다. 백화 대사형도 아니고, 자신도 아닌 의외의 인물을 말이다. 만약 장문인으로 백화 대사형이 지목되었다면 공천도 납득할 수 있었을 것이다.

하지만 장문인의 직계도 아니었던 현천검제가 지목되었으니 공천으로서는 배알이 뒤틀릴 수밖에 없는 노릇이었다. 어쩔 수 없이 받아들이기는 했지만 오랜 세월 그의 가슴에는 전 장문인이 뭔가에 홀려 후임자를 잘못 지목했을 거라는 믿음이 굳게 자리 잡고 있었다.

그런데 기회가 온 것이다. 현천검제를 뭉개 버릴 수 있는 이 절호의 기회를 공천은 절대 놓칠 수가 없었다.

"사형들, 저건 새빨간 거짓말이 분명합니다! 그런 사소한 일을 가지고 마교 교주가 직접 찾아왔다는 것은 말도 안 되는 헛소립니다!"
"셋째는 가만히 있게나. 이보시오, 장문인. 정말 그것 외에는 아무 일도 없었습니까?"
"물론 몇 가지 더 있었소. 하지만 그런 소소한 것까지 장로들에게 말해 줄 필요는 없다고 생각하오."
그 말에 공천 장로는 말도 되지 않는다고 소리쳤다. 그건 다른 장로들 또한 마찬가지였다. 백화 장로는 대화를 나누기가 너무 시끄러워지자 손을 휘둘러 장로들을 조용히 시킨 후, 현천검제를 굳은 표정으로 바라보았다. 그의 입에서 침중한 음성이 흘러나왔다.
"지금 장문인께서는 마교와 내통하고 있다는 혐의를 받고 계십니다. 장문인이 하신 그 말이 그 혐의를 더욱 짙게 만들 수도 있습니다. 다시 한 번 더 묻겠습니다. 그것 외에 교주와 무슨 말을 주고받으셨습니까?"
백화 장로가 장문인을 의심하는 것은 어찌 보면 당연한 일일지도 몰랐다. 마교 교주가 왜 화산파에 은밀히 와 장문인을 만난단 말인가. 아무리 그가 무서운 고수라고 해도 장문인이 거처하고 있는 곳은 화산파 내에서도 최고 중지라 할 수 있는 곳이다. 그런 곳을 혼자 말이다.
더군다나 뭔가 다른 일들이 있는 듯한데 말을 하지 못하고 주저하는 현천검제의 모습에서 백화 장로의 의심은 점점 깊어갈 수밖에 없었다.
하지만 답답한 것은 오히려 현천검제였다. 아니, 답답하기보다 오히려 섭섭하다는 말이 더 정확할 것이다.

여태껏 수십 년을 친하게 지내온 사람들에게 이런 식으로 의심으로 가득 찬 신문을 받아야만 하다니…….

현천검제는 자신이 제대로 된 삶을 살아왔는지 의문이 들 정도였다. 마교와 내통했다니 말도 안 되는 소리였다. 자신은 자랑스런 대 화산파의 장문인으로서 한 점 부끄럼 없이 살아오지 않았던가.

분명 야심한 밤에 마교 교주가 자신을 찾아와 잠시 얘기를 나누기는 했기에 이러는 것이라는 건 이해할 수는 있었지만 그렇다고 이런 식의 추궁을 할 줄은 몰랐다. 더군다나 현천검제가 객잔에서 교주와 주고받은 대화는 거의가 사형제로서의 대화였다. 자신이 깨달은 무공의 심득(心得)에 대해 토론을 하기도 했지만, 그들이 주로 주고받은 것은 대부분 사부와의 추억이었다.

이들이 생각하는 마교와의 내통하고는 한참 먼 얘기였다. 그렇다고 해서 그런 얘기를 하고 싶지는 않은 현천검제였다. 만났다는 사실 하나만으로도 이렇게 호들갑을 떠는데, 만약 교주와 자신이 사형제라는 것이 밝혀진다면 더 이상 변명의 여지도 없게 될 것이 뻔했기 때문이다.

잠시 복잡한 심기를 억누르던 현천검제는 매서운 눈초리로 장로들을 둘러본 후 입을 열었다. 그의 심사를 말해 주듯 그의 말투는 당연히 차갑고도 거칠었다.

"지금 노부를 신문하고 있는 것이오?"

현천검제가 정공법으로 나오자, 장로들은 당혹스러울 수밖에 없었다.

"그건 아닙니다. 하지만……."

"하지만은 무슨 하지만이오. 수십 년 동안 오직 대 화산파의 중

홍만을 생각하며 살아온 노부요. 그런데 겨우 마교 교주와 한 번 만났다는 사실만으로 노부를 이렇듯 핍박하실 수 있단 말이오? 더군다나 마교와 내통했다는 말씀까지 하시다니요."

두 눈을 부릅뜨고 외치는 현천검제의 말투는 마치 피를 토하듯 비통하기만 했다. 백화 장로는 당혹스런 표정으로 변명하듯 다급히 입을 열었다.

"그렇기에 저희들이 장문인에게 말씀드리는 것이 아닙니까? 장문인께서 혐의를 벗을 수 있도록 저희들을 도와 달라고 말입니다. 마교 교주가 겨우 그런 부탁을 하러 이곳까지 직접 올 리가 없지 않습니까? 진짜로 그와 주고받은 대화가 무엇이었는지 알려 주시면 저희들도 납득할 수 있을 겁니다."

"허허, 이런 답답한 사람들을 봤나. 그가 한 얘기는 그것이 전부였소. 더 이상은 말할 것이 없으니 노부는 이만 가 보겠소."

현천검제가 가 버린 후, 장로들은 그 자리에 남아 뒷일의 대책을 의논하기 시작했다. 백화 장로는 좀 전의 비통에 찬 장문인의 모습을 떠올리며 고개를 저었다.

"장문인의 말에 거짓은 없는 듯하니, 이걸로 사건을 일단락 짓는 게 어떻겠느냐?"

그러자 무슨 말이냐는 듯 공천 장로가 앞으로 튀어나왔다. 그의 얼굴은 얼마나 흥분했는지 이미 벌겋게 달아올라 있었다.

"대사형께서는 무슨 말씀을 그렇게 하십니까? 저희들도 그 말을 납득할 수 없는데, 어떻게 무림맹을 납득시킬 수 있다는 말씀이십니까? 지금 주위에 무림맹 무사들이 깔려 있다는 사실을 잊으신 겁니까?

그 말에 동조하듯 백화 장로를 제외한 나머지 장로들은 회의 어린 시선으로 장문인이 사라진 곳을 향해 시선을 던졌다. 그러자 공천 장로는 더욱 힘이 나는지 입에 거품을 물기 시작했다.

"만약 장문인이 말한 대로라면 왜 두 사람이 객잔까지 가서 술을 마시며 담소를 했다는 말을 하지 않았겠습니까? 그까짓 사파의 조무래기들을 구하기 위해 마교 교주가 혼자 본문에 찾아왔다는 것도 말이 되지 않지만, 설혹 그렇다 치더라도 두 사람이 객잔까지 찾아가 술을 마실 이유가 어디에 있겠습니까?"

"허긴 제자를 불러 접대를 하면 그만인 일이거늘……."

장로 중 한 명이 자신의 말에 호응을 하자 공천은 지금까지 장문인에게 품고 있던 의심을 토로하기 시작했다.

"그것뿐이 아닙니다. 사형들께서도 가만히 생각해 보십시오. 저희들은 모두 화산파 내에서 가장 뛰어난 기재들로 전대 장문인께 직접 검을 사사했습니다. 그런 저희들보다 그의 무공이 높다는 것이 말이나 됩니까? 사실, 건식 사숙께서 가르치신 제자들이 모두 다 무공이 높다면 이해를 할 수 있겠지만, 그것이 아니라는 것은 다들 잘 아실 것입니다."

공천 장로의 말에 모든 장로는 고개를 끄덕였다. 사실 그들로서도 지금까지 그게 가장 큰 의문이었다.

지금의 현천검제가 다음 대 장문인으로 지목되었을 때, 화산파는 발칵 뒤집혔다. 장문인의 직계가 아닌 제자가 다음 대 장문인으로 지목받은 적은 화산파 역사상 단 한 번도 없었기 때문이다. 수많은 장로와 수뇌부가 반대를 했지만 전대 장문인의 뜻은 완고했다.

무엇보다 현천검제가 장문인직에 무사히 오를 수 있었던 이유는 전대 장문인의 직계 제자들보다 월등한 무공을 가지고 있었기 때문이다. 그 당시 갑작스럽게 무공이 급증한 현천검제를 두고 수많은 소문이 떠돌기도 했었다. 장로들은 전대 장문인의 직계 제자들로 구성되어 있었기에 그 누구보다도 공천의 말에 공감하고 있는지도 몰랐다.

"그가 쓰는 독특한 검술, 소제는 그게 마교에서 흘러들어온 것이 확실하다고 생각합니다. 강력한 마교의 무공에 깊이 있는 본문의 내공 심법과 검술이 만나 그의 경지가 그토록 높아졌다고 말입니다. 그게 아니라면 그가 어디서 그토록 강한 검술을 배웠겠습니까?"

공천 장로의 말에 몇몇 장로가 동의를 표하며 입을 열었다.

"소제도 그렇게 생각합니다. 장문인의 독문검법은 정파의 것이 아니었습니다. 왠지 모르게 무조건 상대를 격살하기 위한 마도에 가까운 검법이라는 것이 마음에 걸리는군요."

모두들 공감한다는 듯 고개를 주억거리자 공천 장로는 쐐기를 박듯 현 화산파의 상황을 들고 나왔다.

"저희들은 이대로 물러날 수가 없습니다! 무림맹에 납득할 만한 대답을 내놓는 것도 문제지만, 자칫 잘못하다가는 정의를 위해 싸워 왔던 대 화산파의 역사에 일대 오점을 남길 수도 있다는 사실을 간과해서는 안 될 것입니다!"

공천 장로의 말에 백화 장로는 난처하다는 듯 중얼거렸다.

"허어, 문제로군. 화산파의 선령들께서 부족한 우리들에게 이 난관을 헤쳐 나갈 지혜를 주셨으면 더 바랄 것이 없겠어."

다음 날 저녁, 장로들은 밤새 회의를 거듭한 끝에 다시 한 번 장문인과의 면담을 요청했다. 현천검제는 몇 가지 상의할 일이 있어서 그러니 와 달라는 말에 장로들이 있는 곳으로 갔을 때 입을 다물 수 없을 정도로 충격을 받아야만 했다.

현천검제의 제자 일곱 명이 심한 고문을 당한 듯 처참한 모습으로 쓰러져 있었고, 두 명의 장로가 검을 뽑아 든 채 언제라도 벨 기세로 서 있었기 때문이다.

"이, 이게 무슨 짓이오!"

현천검제의 말에 백화 장로가 고개를 수그리며 용서를 빌었다.

"이렇게까지 해야만 하는 노부들을 용서하십시오, 장문인. 하지만 장문인께서는 본문이 지금 처해 있는 곤경을 잘 알지 못하십니다. 화산 전체를 무림맹의 무사들이 철통과 같이 포위하고 있다는 걸 말입니다."

무림맹이 화산파를 포위하고 있다는 말에 현천검제는 충격을 받았지만, 그는 그 정도에 흔들리지는 않았다. 왜냐하면 그는 떳떳했기 때문이다.

"겨우 그 일 때문에 화산에 검을 겨눈단 말이오? 증거도 없이?"

"물론 저희들도 그 정도는 잘 알고 있습니다. 하지만 장문인께서는 저희들이 납득할 만한 그 어떤 설명도 해주시지 않으셨습니다. 그런 상태에서 저희들이 어찌 무림맹을 설득할 수 있단 말입니까?"

"아무리 그쪽에서 의심하고 있다손 치더라도, 감히 대 화산파에 검을 들이대는 행위를 장로들께서는 납득하신다는 말이오! 마교 교주를 한 번 만났다는 사실만으로 이렇게 행동한다는 것은 우리 화산파를 능멸하는 것이 아니고 뭣이겠소! 더군다나 노부가 아니라고 말했으면 그 누구보다도 믿고 따라와 주어야 할 장로 분들께서 이런 모습을 보이시다니요!"

노기에 찬 현천검제의 부르짖음에 모두들 움찔했다. 다른 장로들이 동요하는 모습을 보이자 공천 장로가 얼른 앞으로 나서며 소리쳤다. 밤새 회의를 할 때, 제자들을 설득해 진실을 밝히자는 의견을 낸 자가 바로 공천이었던 것이다. 만약 현천검제가 마교에 포섭되었다면 그의 제자들 또한 마찬가지가 아니겠는가. 그래서 현천검제의 제자들을 잡아 고문까지 해 보았지만 신통한 대답을 얻지 못하자 다급한 나머지 제자들을 끔찍이 아끼는 현천검제를 위협해 보자는 방법까지 나오게 된 것이다.

"대사형, 저 말에 속아 넘어가시면 안 됩니다! 저놈은 마교와 작당했을 게 뻔합니다! 지금 이렇게 넘어가게 되면 나중에 그 검은 흉심을 드러냈을 때 어찌 감당하려 하십니까?"

공천 장로는 다급할 수밖에 없었다. 지금으로서는 현천검제가 설사 죄가 없다고 하더라도 만들어야 할 상황이었다. 장문인의 제자들을 적당히 구슬려 입을 열게 한다는 것이 손을 과하게 써 고문까지 하게 된 것이다. 그리고 나아가서 지금 위협까지 하고 있지 않은가. 어차피 기호지세(騎虎之勢)였다. 일단 시작한 이상 끝을 보지 않으면 이쪽이 다치게 된다.

공천의 말에 백화 장로를 비롯한 나머지 장로들의 얼굴에도 난감한 기색이 짙게 떠올랐다. 그렇다, 어차피 엎질러진 물이다. 공천 장로의 부추김에 넘어가 현천검제의 제자들을 고문하고 인질로

잡았기에 이제는 물러설 수도 없었다. 만약 이대로 물러선다면 후환이 두려웠다.
"장문인, 본문을 포위하고 있는 무림맹을 이해시키려면 장문인이 자리에서 물러나셔야 합니다."
침중한 백화 장로의 말에 현천검제는 어이없다는 듯 실소를 금치 못했다.
"허헛, 노부가 물러나면 오히려 무림맹이 더욱 노부를 의심할 것이 분명한데, 그게 말이 된다고 생각하시오?"
"하지만 장문인이 한 해명 정도로는 그 누구도 설득할 수가 없습니다. 물론 증거는 없지만, 무림맹은 두고두고 본문을 의심할 것이 분명합니다. 지금까지 화산의 선조들께서 쌓아 놓으신 위명을 장문인 하나로 인해 잃어서야 되겠습니까?"
현천검제는 더 이상 입을 열 수 없었다. 이런 편협한 사람들과 수십 년 동안 동문이라고 믿고 의지하며 살아왔던 것이 통한스럽기만 했던 것이다.
얼마나 심한 고문을 당했는지 처참한 모습으로 나뒹굴고 있는 자신의 제자들을 바라보는 현천검제의 가슴은 미어질 듯 아프기만 했다. 더군다나 제자들의 목에 검을 들이대고 위협을 하고 있는 저 모습들을 보라. 자신의 제자들은 저들의 사질이기도 하지 않은가.
현천검제는 자랑스럽게만 생각했던 화산파에 대한 자긍심이 일순 역겨움으로 바뀌는 것을 느꼈다. 통한에 젖어 두 눈이 붉게 물든 현천검제는 장로들을 찢어죽일 듯이 노려보며 소리쳤다.
"크흐흐훗, 이런 썩어빠진 인간들을 노부는 그동안 동문이라 여기며 살아왔단 말인가! 지금까지의 생이 후회되는구나! 좋소, 노부가 어떻게 해 주면 되겠소?"

백화 장로는 씁쓸한 미소를 지으며 입을 열었다.

"먼저 장문인직에서 물러나셔야만 하겠소."

현천검제는 쓰러져 있는 자신의 제자들을 바라봤다. 의식을 잃었는지 모두들 미동조차 하지 않고 있었다. 만약 여기서 물러서지 않고 싸운다면? 아무리 그가 화경의 고수라 해도 모든 제자를 장로들에게서 안전하게 구해 낼 자신이 없었다. 싸운다면 결국은 그가 승리하겠지만, 그동안 그들이 제자들을 해코지하지 않는다는 보장도 없지 않은가.

현천검제는 한숨을 푹 내쉬며 중얼거렸다. 제자들을 구하려면 어쩔 수 없는 것이다. 게다가 무림맹까지 화산을 포위하고 있다고 하지 않는가.

"좋소, 장문인직에서 물러나리다. 그러면 되겠소?"

이때, 공천 장로가 나서며 외쳤다.

"장문인직만 내놓는다고 뭐가 해결된단 말입니까? 파문을 시켜야지요, 파문을! 마교와 결탁한 자를 계속 본문에 놔둔다는 게 말이나 됩니까?"

백화 장로는 사제들을 바라보았다. 둘은 고개를 가로저었지만, 나머지는 고개를 끄덕이는 것이 아닌가. 4대 3으로 파문시키자는 쪽이 우세였다. 사실 백화 장로는 이 정도까지 일을 진행시킬 필요가 있나 싶었지만, 어찌 되었건 다수결에 따라 파문을 시켜야만 하는 입장에 놓인 것이다.

"장문인, 장문인께는 죄송한 일이지만 장로들의 뜻이 그렇다 보니 노부 혼자의 힘으로는 어쩔 수가 없구려. 장문인을 화산파에서 파문하기로 결정했소이다."

"허허헛, 이렇게 될 수도 있는가? 좋아, 노부도 내 결백을 믿어 주지도 않는 자들과 더 이상 입씨름하기 싫다."

그러자 공천 장로가 또다시 앞으로 나서며 입을 열었다.

"본문의 문규는 잘 알고 있지 않소? 파문당한 이상, 본문에서 받은 것은 본문에 돌려줘야만 할 것이오."

현천검제는 담담한 어조로 대답했다.

"물론 사문에서 받은 것은 나갈 때 사문에 돌려줘야 함은 잘 알고 있다. 하지만, 노부가 지닌 무공의 근본은 사문의 것이 아닐세"

그 말에 공천 장로가 그럴 줄 알았다는 듯 대꾸했다.

"물론 그렇겠지. 마공이 그 근본일 테니 말이야."

현천검제는 씁쓸한 미소를 지으며 고개를 가로저었다.

"아닐세. 전대 장문인의 허락을 얻어 노부는 문 외의 인물에게 무공을 전수받았었네. 장로들은 그 사실을 잊었단 말인가?"

아주 오래전의 일이었지만 장로들이 그것을 잊을 리는 없었다. 공천 장로가 재빨리 말했다.

"물론 그자에게서 약간의 검술을 배우는 것을 사부님께서 허락하신 것은 알고 있소. 그리고 그자가 마교의 간세일 수도 있다는 것도 말이오. 하지만 지금 그게 중요한 것이 아니잖소. 장문인이 지닌 내공의 근본은 그 누가 뭐라고 해도 화산의 것이 분명하오. 내공의 근본이 화산의 것인 이상 내공을 폐해야만 하오. 안 그렇소?"

내공을 폐(廢)한다 함은 단전을 파괴하겠다는 말이다. 문제는 단전이 파괴되면 무공을 사용하지 못하는 정도가 아니라 완전히 폐인이 되는 것이다.

　현천검제는 고개를 들어 하늘을 올려다봤다. 지금 이대로 도망친다면 그 누구도 자신을 막을 수 없음을 잘 알고 있었다. 하지만 도망칠 수는 없는 노릇이었다. 제자들의 안위도 걱정되었지만 무엇보다 화산파의 문도로서 수십 년을 살아왔다는 것이 그저 허망하게만 느껴졌기 때문이다. 그렇기에 그는 어쩔 수 없이 모든 것을 포기하기로 결정했다.

　"좋소. 사문에서 받은 것, 나가는 마당에 사문에 돌려드리리다."

　그렇게 말하는 현천검제의 어조에는 짙은 허탈감마저 어려 있었다. 말을 끝맺은 현천검제의 손이 일순 푸른빛으로 빛나기 시작했다. 잠시 머뭇거리던 현천검제는 마음을 굳혔는지 주저하지 않고 손을 기해혈(氣海穴)에 깊숙이 박아 넣었다. 일평생 쌓아온 내공을 자신의 손으로 없애는 것이 쉽지 않을 것은 당연했다.

　순간 하단전이 파괴되며 엄청난 충격이 그의 온몸을 휩쓸고 지나갔다. 심한 내상까지 입었는지 그의 입가로는 가는 선혈마저 비치고 있었다. 하지만 그는 애써 내색하지 않으며, 옷섶으로 입가를 쓱 닦은 후 무표정하게 중얼거렸다.

　"마지막으로 장로들께 부탁드리고 싶은 것이 있소."

　백화 장로가 안쓰럽다는 듯 그 말을 받았다.

　"무슨 일이십니까?"

　"노부의 제자들은 아무런 잘못도 없으니 그냥 놔 주기를 바라오. 그리고 이번에 사로잡아 가둬 둔 자들을 조건 없이 풀어 주고, 그들이 장원을 건설하는 것을 그냥 놔두시오. 그들을 풀어 주지 않는다면 마교가 가만히 있지 않을 거요."

무슨 소리를 하느냐는 듯 얼굴을 붉히며 공천 장로가 끼어들었다.

"이자는 이제 본 파의 장문인이 아닙니다. 그런 만큼 저놈의 말에 귀 기울일 이유가 없습니다. 저자가 마교에 물들었다면, 그 제자들도 마찬가지가 아니겠습니까? 결단코 이 녀석들을 받아들여서는 안 됩니다!"

쓰러져 있는 현천검제의 제자들을 가리키며 공천 장로가 말했지만, 백화 장로는 단호하게 거절했다.

"하지만 그렇게 하면 장문인을 파문했다는 것이 외부에 밝혀질 수밖에 없네. 그런 만큼 자네의 의견은 받아들일 수 없어. 대신 이들의 주위에 감시를 붙여 조사를 하다가 뭔가 낌새가 이상하다면 그때 처치해도 늦지는 않다고 보네."

자신의 의견이 묵살되자, 공천 장로는 다른 사안은 결코 양보 못하겠다는 듯 거품을 물고 떠들었다.

"저자의 제자들은 그렇다고 쳐도, 사파 놈들을 풀어 준다는 것은 있을 수 없는 일입니다. 마교와는 그 어떤 협상도, 타협도 할 수 없습니다. 그렇지 않습니까, 대사형? 저는 이번 기회에 그놈들의 목을 베어 본문의 영역에 침입한 사파는 어떤 꼴을 당하게 되는지 본보기를 보여야 한다고 생각합니다. 그렇게 하지 않으면 무림맹이 본문의 저의를 의심할지도 모릅니다. 그렇게 생각하지 않으십니까?"

상당수의 장로가 공천 장로의 뜻을 따라 고개를 끄덕이며 동의를 표했다. 그것을 본 백화 장로는 어쩔 수 없다는 듯 한숨을 내쉬며 말했다.

"장문인의 제자들은 받아들일 것입니다. 하지만 다른 청은 들어 줄 수 없겠습니다. 그들은 본문의 세력권을 침입했으니, 그에 상응하는 처벌을 받아야 할 겁니다."

"쿨럭! 그게 장로들의 선택이라면 좋을 대로 하시오. 이제 노부는 가 봐도 되겠소?"

현천검제가 걸음을 옮기려는 순간, 공천 장로가 싸늘한 표정을 지으며 그의 앞을 가로막았다. 단전이 파괴된 이상 현천검제의 무공을 두려워할 이유가 없는 것이다.

"대사형, 이 녀석을 그냥 가게 놔둘 수는 없는 노릇이잖습니까? 본문의 장문인이 폐인이 되어 거리를 어슬렁거리다가 누군가의 눈에라도 띄어 보십시오. 그러다가 만약 마교와 결탁한 것이 드러나 장문인직을 물러났다는 소문이라도 퍼지면 어떻게 되겠습니까? 그렇게 되면 본문의 제자들은 얼굴을 들고 밖을 나다닐 수 없게 될 것입니다. 그리고 아무리 이자의 내공을 폐했다고는 하지만, 이자는 본문이 자랑하는 모든 무공을 알고 있습니다. 이자가 만약 마교에다가 본문의 무공에 대해 떠벌리기라도 한다면 어떤 사태가 벌어지겠습니까?"

"대사형, 셋째 사형의 말도 일리가 있습니다."

백화 장로는 고개를 설레설레 젓더니 한숨을 푹 내쉬며 말했다. 그의 어조에는 안쓰러움이 가득했다.

"장문인, 노부로서는 어쩔 수가 없구료."

그는 사제들을 향해 지시했다.

"장문인을 참회동(慙悔洞)으로 모셔라."

하지만 그것만으로는 만족할 수 없었는지 공천 장로가 다시금 입을 열었다.

"대사형, 저자를 참회동에 가두시는 것은 좋습니다. 하지만 저놈이 탈출하면 어떻게 하시겠습니까? 그것을 방지하려면 누군가가 입구를 지켜야만 할 텐데, 누구에게 그 일을 시키실 겁니까? 만약 그러다가 입에서 입으로 비밀이 새 나가면 어떻게 하실 겁니까? 그냥 지금 죽여 버리는 것이 가장 뒤끝이 깨끗할 것입니다. 그렇게 생각하지 않으십니까?"

"허어, 아무리 그래도 그럴 수는 없는 일이야. 파문당했다고는 하나 어떻게 장문인으로 모셨던 분을 우리 손으로 죽일 수가 있다는 말이냐? 그건 절대로 노부가 허락할 수 없다."

공천 장로는 살기 어린 미소를 지으며 말했다.

"그렇다면 최소한 손발의 힘줄이라도 절단하여 도망이라도 치지 못하게 만들어야 합니다. 그편이 훨씬 일이 수월할 겁니다."

그 말에 현천검제의 몸이 일순 움찔거렸지만 이미 생을 포기한 듯 별 표정의 변화가 없었다. 백화 장로는 안쓰럽다는 듯 그를 잠시 바라봤지만, 아무리 생각해 봐도 더 이상 나은 대안을 찾을 수가 없었다. 백화 장로는 공천 장로를 향해 어쩔 수 없이 고개를 끄덕였다.

사형이 보고 싶구나

개봉 주위에는 수많은 무림의 문파가 난립해 있었다. 1백여 명이 넘는 식객을 갖춘 제법 규모가 큰 문파들의 수만 해도 1백여 개에 이른다. 게다가 3류 떨거지들이 세운 작은 문파들까지 모두 합하여 그 수를 알려 달라고 묻는다면, 개봉을 본거지로 삼고 있는 개방도들마저도 고개를 가로저을 것이 분명했다. 왜냐하면 하루아침에 망하는 문파도 많았고, 또 그만큼 새로 세워지는 문파도 많았기 때문이다.

모든 사람들이 알다시피 거대 문파 개방의 본거지는 개봉이었다. 그런데도 어떻게 이런 일이 생길 수 있을까? 그것은 바로 개방이 지닌 특수성 때문이었다. 거지들의 문파인 개방은 다른 여타 문파와 달리 주변의 상권을 소유하고 있지 않았다. 왜냐하면 재물이 많은 개방은 더 이상 거지들의 문파가 아니게 되는 것이다. 설혹 어떤 일을 해 준 대가로 많은 재물을 획득하게 된다고 하더라도 개방에서는 그것을 빈민구제 같은 좋은 일에 쾌척해 버렸다. 그렇기에 힘은 미약한 개방이 정파의 한 기둥으로 우뚝 서 있는 것이다.

하지만 개방 외의 다른 문파들은 모두들 하나라도 더 많은 이권을 획득하기 위해 오늘도 피 튀기는 세력 쟁탈전을 벌이고 있었다. 그것은 사파 계열의 제법 큰 방파인 묵룡문(墨龍門)도 예외일 수 없었다.

쾅!

문을 부숴 버릴 듯 박차고 부문주가 뛰어 들어오자, 용이 그려진 검은 장포를 입고 있던 매섭게 생긴 사내는 깜짝 놀랐는지 자리에서 벌떡 일어서며 외쳤다.

"흑사파 놈들의 침입이냐?"

사내는 오늘도 어딘가에서 싸움을 걸어온 것으로 짐작한 것이다. 하지만 부문주의 반응은 평상시와 매우 틀렸다. 부문주는 도대체 뭘 봤는지 겁에 질려 반쯤 정신이 나가 있었다.

"무, 문주님! 무, 무서운 고수가 침입했습니다. 빨리 피하셔야 합니다. 빨리!"

"도대체 그게 무슨 소리를 하는 겐가? 무서운 고수라니? 본문의 고수들은 모두 뭐 하고 있다는 말이냐?"

"그, 그, 그게……."

문주는 답답한지 커다란 손바닥을 들어 부문주의 어깨를 잡고 흔들었다.

"이봐, 정신 좀 차리고 제대로 보고를 해 봐!"

"문주님, 이러고 있을 시간이 없습니다. 빨리 도망치십쇼, 사갈

대(蛇蝎隊)조차 반각을 버티지 못하고…, 헉!"

부문주가 방금 자신이 들어왔던 문 쪽을 보고 경악성을 지르자, 문주도 그쪽으로 시선을 돌렸다. 그곳에는 괴이한 몰골의 중년 사내가 흉악하기 그지없는 눈빛을 뿜어내며 서 있었다. 이마는 두툼한 머리띠로 휘휘 휘감았고, 입 또한 목도리를 이용해서 가리고 있었다. 하지만 그 둘로도 가려지지 않는 부분으로 어디서 쥐어 터졌는지 엉망진창인 몰골이 조금이지만 드러나 있었다.

중년 사내의 허리에는 한눈에 보기에도 매우 값비싸 보이는 검이 걸려 있었다. 하지만 중년 사내는 구태여 이런 싸움에 자신의 애검을 사용할 필요도 없다는 듯 묵직해 보이는 몽둥이를 오른손에 쥐고 있었다. 시뻘건 선혈이 뚝뚝 떨어지는…….

중년 사내는 차가운 어조로 질문을 던졌다.

"한 가지 물어볼 것이 있어서 찾아왔는데 말씀이야."

문주라 불린 사내는 얼른 사태를 파악할 수 있었다. 자신에게 묻고 있는 자가 자신은 감히 범접할 수 없을 정도의 고수라는 것을 말이다. 이런 바닥에서 오래 살아남으려면 무공보다 상대의 실력을 정확히 가늠할 수 있는 눈치가 필요한 법이다. 당연히 문주의 태도는 공손할 수밖에 없었다.

"무, 무슨 일이십니까?"

"거짓말 하면 어떻게 되는지 알지?"

슬그머니 들어 올린 피에 젖은 몽둥이가 그 뒤에 진행될 순서가 뭔지 그들에게 말해 주고 있었다.

비록 묵향에게 손도 못 써 보고 무참하게 깨졌다고는 하지만, 냉파천의 무공은 놀라운 것이었다. 그는 몽둥이 하나만으로 개봉 인근에 자리를 잡고 있는 사파 여덟 곳을 박살 내며 정보를 끌어 모아, 새로이 건설 중인 마교 하남분타의 위치를 파악해냈다. 마교에서 묵룡문의 세력을 이용해 하남분타를 건설 중이었기에 묵룡문 문주를 족치는 것만으로 그 귀중한 정보를 입수할 수 있었던 것이다.

그는 곧장 하남분타로 쳐들어갔다. 그런데 그는 그곳에서 황당한 경험을 할 수밖에 없었다. 마치 자신들이 올 줄 알기라도 한 듯 하남분타의 분타주가 친절하게 그 먹잇감의 위치를 술술 가르쳐 주는 것이 아닌가.

"아, 안 그래도 오시면 얼른 말씀드리라고 하시더군요. 핫핫핫!"

냉파천으로서는 분타주의 말에 의심을 가질 것이 당연했다. 비록 하급 분타기는 했지만 그래도 마교의 분타가 아닌가. 당연히 먹잇감의 위치를 불지 않기 위해 반항을 할 테고, 자신은 마음껏 그동안 쌓인 울분을 풀 수 있을 거라 생각했다. 그런데 이건 마치 기다리기라도 했다는 듯 미소 띤 얼굴로 사근사근하게 말해 주다니…….

이건 분명 뭔가 음모가 있다고 판단한 냉파천은 더욱 힘 있게 몽둥이를 휘둘렀다. 그제야 몇몇 마졸이 반항했지만, 냉파천이 휘두른 몽둥이의 얼룩 색깔을 좀 더 붉게 만드는 데 일조했을 뿐이다. 만약 처음부터 적이라 생각하고 힘을 모아 반항을 했다면 그래도 좀 버틸 수 있었을 것이다.

물론 아직 분타의 틀이 갖춰지지 않은 때였기에 임시 분타주도 무공보다는 건설과 토목 쪽으로 뛰어난 인물이 선정되어 반항을 한다 해도 무리는 있었지만 말이다.

 지엄하신 교주의 명을 받들어 최소한의 방비도 하지 않고 손님을 맞아들이며 위치까지 말해 주었거늘 몽둥이찜질에 머리통이 터진 분타주로서는 억울하기 짝이 없었다. 물론 그로서는 묵향이 말한 자가 이자가 아닌 아르티어스였다는 걸 알 리가 없었지만 말이다.

 참회동은 화산의 중턱에 만들어져 있는 작은 동굴이었다. 문규를 어지럽힌 제자가 있다면 이곳에서 며칠 혹은 몇 달 홀로 참회하라는 명령이 떨어지곤 했다. 물론 그렇게 큰 잘못을 저지른 문도는 거의 없었기에 참회동은 언제나 비어 있다시피 했다.
 지금 참회동 안에는 사람이 살고 있었다. 하지만 그는 지금껏 이곳으로 참회하러 온 문도들이 그랬듯 동굴 밖으로 슬그머니 나와 검법 수련을 하거나 하지는 않았다. 그는 마냥 동굴 안에만 틀어박혀 있었다.
 참회동은 얕은 동굴이었기에 낮이라면 조금 어둡기는 해도 앞을 보는 데 크게 지장이 없었다. 그리고 그런 약한 빛에 의지해 현천검제는 손목의 힘줄이 잘려 쓸모없이 덜렁거리는 살덩어리로 변한 자신의 손을 하염없이 바라보고 있었다.
 "쿨럭! 이것이 내 손이란 말인가?"
 게다가 발은 또 어떤가. 발목의 힘줄을 잘라 버려 아예 걷지도 못하게 만들어 놨다.
 "아아, 너무나도 허무하구나. 소위 명문 정파라고 말하는 것들이 어찌 사람의 탈을 쓰고 이렇게 악독할 수가 있단 말인가. 설혹 철

천지원수라도 이렇게 가혹한 형벌을 내리지는 못할 텐데 말이야. 후~, 그때 그냥 도망을 쳤으면……."

거기까지 말한 현천검제는 세차게 머리를 가로저으며 중얼거렸다.

"아니야, 화산의 장문인이었던 내가 어찌 그런 생각을 할 수 있단 말인가. 아무리 그들이 악독하게 굴었다손 치더라도, 그건 몇몇 짐승 같은 놈들이 한 짓이지 화산파가 한 일이 아니지 않은가."

갑자기 기침이 터져 나오는지 한참 동안 현천검제는 격렬하게 기침을 해 댔다. 이윽고 그가 고개를 들었을 때, 그의 손에는 시커멓게 죽은피가 한 움큼이나 뱉어져 있었다. 단전이 파괴될 때 입은 내상이 점점 더 심해지고 있었던 것이다.

"허어, 아무리 그렇다손 치더라도 원망스러운 건 어쩔 수가 없구나. 그리고 이 꼴을 하고 더 이상 살면 무엇 하리. 차라리 자결을 하는 것이 사부님들을 욕보이지 않는 길이 되지 않겠는가."

그때 시커먼 핏물 사이로 어떤 얼굴이 떠올랐다. 자신만만한 표정을 짓고 있는 패기가 넘치는 사내. 그리 잘생긴 얼굴이 아님에도 그와 함께 있으면 진정한 사내란 이 사람이 아닐까 하는 생각이 들게 만들던 사내. 어느덧 현천검제의 두 눈가에는 축축한 물기가 어려 있었다.

현천검제는 허탈한 웃음을 터뜨리며 중얼거렸다.

"허허헛, 그러고 보니 사형이 보고 싶구나. 서로가 가는 길이 달랐음에도 그는 나를 대할 때 언제나 진심이었지."

물론이었다. 현천검제가 생각해도 묵향 사형의 행동에는 가식이 없었다. 사실 그처럼 엄청난 무공을 지니고 있고, 또 막강한 수하들을 거느리고 있다면 굳이 남의 눈치를 볼 이유가 없지 않겠는가. 만약 마음에 안 드는 인물이 있다면 그냥 목을 따 버리든지, 그것도 귀찮으면 안 보면 그만이니 말이다.

"그러고 보니 내 삶 전체가 허무한 것은 아니로군. 훌륭하신 두 분의 사부님을 만날 수 있었고, 또 멋진 사형이 있으니 말이야."

그때, 밖에서 인기척이 나더니 회색 장포를 입은 중년 사내가 들어왔다. 그는 굵은 쇠사슬에 묶여 있는 현천검제의 모습을 한동안 흐뭇한 표정으로 바라봤다. 바로 공천 장로였다. 공천 장로는 자신이 어제 가져다 놓은 밥덩이의 표면이 바짝 말라 들어가고 있는 것을 보자 빈정거리듯 입을 열었다.

"흥! 죽고 싶은 모양이지? 하지만 이걸 어쩌나. 내가 도와줄 수 있겠지만 대사형께서 한사코 반대하시니 말이야. 제길, 네놈의 목을 내 손으로 직접 잘라 버리고 싶었는데 말이지. 뭐, 좋아. 네놈이 천천히 죽어 가는 것을 구경하는 것도 나쁘지는 않겠지."

한껏 비비 꼬여 있는 상대의 말투에 울컥한 현천검제는 분노를 터뜨렸다.

"공천 장로! 노부가 그대에게 섭섭하게 대한 적이 없었거늘, 나한테 어찌 이럴 수가 있는가?"

"뭣이? 잘못한 것이 없다고? 수없이 많은 동문들 앞에서 나를 망신 준 것을 네놈은 벌써 잊었단 말이냐?"

"노부가 언제 그대를 망신 줬다는 말이냐?"

"크흐흐흣, 전대 장문인의 직계 제자도 아닌 놈이 직계 제자를 능가했다는 사실 하나만으로도 이렇게 되고도 남음이 있다. 사부님의 제자들 중에서 노부가 가장 실력이 뛰어났어. 대사형이 있었지만, 무공만은 내가 제일 나았기에 장문인직도 꿈이 아니었지. 그런데 버러지 같은 네놈이…, 네놈이 내 꿈을 모두 망쳐놓았단 말이닷!"

 공천 장로는 아직도 그때가 생각나는지 몸을 부르르 떨며 노기에 가득 찬 어조로 말했다.

 "사부님의 생신 때 있었던 검술 시합에서 당한 치욕적인 패배를 내 어찌 잊을 수가 있단 말이냐. 네놈의 실력이 그 정도쯤 되는 줄 알았다면 처음부터 최선을 다했을 거다. 하지만 네놈은 내가 너를 봐준다고 살살 공격하는 틈을 이용해서 급습을 가해 왔지. 결과는 강한 상대를 깔보다가 오히려 손도 못 써 보고 패배한 것으로 사부님께선 이해하셨지. 젠장, 그때부터 나는 사부님의 눈 밖에 나 버렸단 말이다. 그게 다 너 때문이야. 알아?"

 "승패(勝敗)는 병가지상사(兵家之常事)라 했느니, 고작 비무에 한 번 패했다고 노부에게 악심을 품었다는 말인가?"

 현천검제의 말에 공천은 입에 거품을 물 듯 악을 써 댔다.

 "고작 그거라고? 네놈은 나를 어쩌다가 한 번 패했다고 상대를 질투하는 그런 한심한 놈인 줄 아느냐? 겨우 한두 번의 패배쯤이야 아무것도 아니지. 상대보다 더욱 열심히 검을 갈고닦으면 언젠가는 상대를 초월할 수 있을 테니까 말이야. 하지만 그렇게 되지 못했어. 왜냐구? 그건 네놈이 더 잘 알지 않느냐. 같은 조건이라면 내가 말도 안 한다. 너만 어디서 엄청난 검술을 배웠지 않느냐. 나도 그 검술을 배웠다면 네놈한테 결코 뒤떨어지지 않을 자신이 있었다. 또, 내가 장문인이 되었다면 너보다도 더 화산파를 잘 이끌어 나갈 능력도 있었고 말이야. 그런데 왜 네놈이 그 모든 것을 다

차지했느냔 말이다."

　한동안 감정을 억누르지 못하고 씩씩거리던 공천 장로는 이윽고 냉정을 회복했는지 차가운 어조로 말했다.

　"좋다, 앞으로 네놈에게는 물만 주겠다. 밥을 얻어먹고 싶다면 네가 배운 그 검술을 나한테 가르쳐 줘야 할 거다. 크흐흐훗, 만약 그걸 가르쳐 주지 않는다면 물만 처먹다가 뒈지게 될 테니 말이야."

　공천 장로는 물병을 새것으로 갈아 준 다음, 밥덩이는 현천검제에게 주지 않고 약이라도 올리듯 천천히 발로 짓이겼다.

　두 덩이의 밥을 모두 짓이겨 버린 공천 장로는 한껏 비웃음을 날리며 현천검제를 노려보더니 돌아가 버렸다.

　공천 장로가 돌아간 후, 현천검제는 천천히 기어서 지금까지 먹지 않아 바짝 말라비틀어진 밥덩이 네 개가 놓여 있는 곳으로 갔다. 발목의 힘줄이 잘려나간 그의 몸으로는 도저히 걸어서 갈 수가 없었기 때문이다.

　"오냐, 이런 식으로 나온다면 누가 오래 버티는지 두고 보자."

　현천검제는 밥덩이 하나를 쓸모없어진 손으로 간신히 집어 올린 후 천천히 씹기 시작했다.

진심은 통하는 법이다

"게 섯거라!"

묵향이 고개를 뒤로 돌리자 그곳에는 낯익은 얼굴들이 서 있었다. 하지만 그들 중에서 가장 눈에 띄는 인물이 하나 새롭게 추가되어 있었다. 수염을 길게 기른, 속세를 저버린 것 같은 아름다운 용모. 저쪽에 머리띠와 목도리로 자신의 용모를 숨기고 있는 놈이 저 꼴이 되기 전의 모습과 매우 흡사한 구석이 있었다.

"노부를 불렀는가?"

"지금 여기에 네놈 말고 또 누가 있다는 말이냐?"

확실히 인적이 드문 곳이라 이곳에는 묵향과 묵향을 뒤쫓아 온 패거리 외에는 아무도 없었다.

"허~, 그래? 그렇다면 노부를 찾은 이유는?"

"물론……."

네놈과 비무를 하기 위해서, 아니 비무를 빙자한 구타를 하기 위해서 찾아왔다고 말하고자 했으나 아무리 봐도 뭔가 만만해 보이지가 않는 것이다. 미서생은 침을 꿀꺽 삼켰다. 고수는 고수를 알아보는 법. 무방비 상태인 듯 보였지만 아무리 봐도 일격을 가하기에 마땅한 빈틈은 보이지 않았다.

'허~참! 저런 놈을 향해서 검을 뽑아 들었다고? 안 죽이고 저 정도로 그친 것만 해도 엄청나게 많이 봐준 거였군.'

"자네가 노부의 못난 제자 놈을 손봐 주었는가?"

묵향은 피식 미소 지은 후 고개를 끄덕이며 말했다.

"물론. 워낙 대가리가 단단한 놈이라 아집에서 좀 헤어 나오라고 손 좀 봐 줬지."

미서생은 이해할 수 없다는 듯 되물었다.

"아집에서 헤어 나오라고? 그건 또 무슨 말인가?"

"검의 소리 운운하기에 그 다음 단계를 일러 줬을 뿐이야. 물론 씨알도 안 먹히기에 화가 나서 그만…, 조금 손 좀 봐 준다고 했던 게 저 모양이 되어 버렸지만."

"잠시만 기다리게."

그는 묵향을 세워 놓고는 냉파천에게로 다가가 전후 사정과 상대가 격투 중에 무슨 말을 했는지 자세히 물어봤다. 과연 제자 놈의 말을 들으니 상대가 한 말에 거짓이 없음을 알 수 있었다.

"이런 멍청한 녀석! 처음부터 그렇게 말했다면 노부가 여기까지 쫓아올 이유가 없었지 않았느냐?"

자신이 생각해도 멍청하기 그지없는 짓을 한 제자 놈의 머리통을 한 대 쥐어박으며 분노를 희석한 그는 다시 묵향에게로 돌아왔다.
 '꽤 괜찮은 놈인 것 같은데…, 어떻게 해야 하나?'
 한동안 할 말을 찾지 못하고 묵향을 바라보고 있던 미서생은 문득 입을 열었다.
 "나하고 술이나 한잔하겠나?"
 갑자기 웬 술인가 하는 생각도 들긴 했지만, 묵향은 쪼잔하게 그런 거 따질 사람이 아니었다. 게다가 술이라면 환장하는 그였기에 좋고 나쁘고를 따질 이유가 없었다.
 "술? 거 좋지."
 갑자기 술 얘기가 나오자 미서생을 따라온 제자들은 도무지 작금의 상황이 이해가 안 가는지 입을 헤 벌리고 서 있을 뿐이었다.
 "빨리 돗자리를 펴지 않고 뭣들 하는 게냐?"
 그제야 제자들은 사부의 의도를 짐작한 듯 발 빠르게 움직이기 시작했다. 주당인 사부를 위해 언제나 술 몇 병 정도는 가지고 다니는 그들이었기에 술자리는 금방 마련이 되었다.
 안주는 없었지만 술만은 최고급이었다. 마개를 따자 향긋한 주향이 묵향이 앉아 있는 곳까지 전해져 왔다.
 "좋은 술이로군."
 "물론이지. 나는 언제나 가장 좋은 술만을 마신다네. 자 한잔 들게나."
 커다란 찻잔 가득 술을 따라 주는 미서생. 묵향은 서슴없이 술을 쭉 들이켰다. 혹시라도 술 안에 독이 들어 있을지도 모른다는 의심 따위는 전혀 하지 않는 거침없는 행동이었다. 미서생의 입가에 처음으로 미소가 걸리기 시작했다.

"호오, 화통하게도 마시는구먼. 간뎅이가 작은 놈들은 이런 술을 마실 자격이 없지만, 자네는 자격이 충분하고도 넘치는군. 자, 한 잔 더 하게."

향은 아주 좋았지만 엄청나게 독한 술이었다. 그런데 둘은 그 독한 술을 대화도 없이 쉬지 않고 들이켜고 있었다.

뒤에서 그들을 지켜보는 제자들은 처음에는 도무지 사부의 속셈이 뭔지 이해할 수가 없었다. 하지만 술이 몇 병 단위로 비워지자 그들은 내심 고개를 끄덕이기 시작했다.

'아마도 사부는 놈을 취하게 하여 빈틈을 만들려고 하시는 모양이군. 확실히 능구렁이 영감이란 말씀이야.'

어느 정도 시간이 흐르자 얼큰하게 취기가 오르는지 미서생은 묵향을 바라보며 입을 열었다.

"흠, 자네 노부의 탄주(彈奏)를 한번 들어 볼 텐가? 술자리에 안주는 없어도 되지만, 음악이 없어서야 안 되지."

미서생의 말에 묵향은 고개를 끄덕이며 맞장구를 쳤다.

"물론이지. 하지만 엉터리 탄주라면 사양하고 싶군. 괜히 이 좋은 기분 망치고 싶지는 않으니까 말이야."

미서생의 입에서 묵향을 만난 후 처음으로 활달한 웃음소리가 터져 나왔다.

"으하하핫! 물론 엉터리 탄주라면 자네에게 권하지도 않았을 걸세."

미서생은 등에 메고 있던 커다란 보퉁이를 주섬주섬 풀어 고색창연한 금(琴)을 꺼냈다. 그 모습을 뒤에서 보고 있던 제자들은 손에 땀을 쥐어야만 했다. 사부가 애용하는 저 금에는 혈영비(血影

匕)가 숨겨져 있기 때문이었다.

혈영비는 저 옛날 오왕 료를 암살하는 데 물고기의 뱃속에 숨겨 들어가 살해했다고 해서 어장검(魚腸劍)으로도 불리는 전설적인 비수였다. 손잡이의 길이 3촌을 합하여 모두 5촌밖에 안 되는 매우 짧은 비수였지만, 상대의 호신강기를 전문적으로 파괴하는 최고의 기습 병기였다. 그렇기에 세인들은 그 짧은 비수를 10대 기병의 여덟 번째로 꼽고 있었다.

과연 언제 혈영비가 그 살인적인 모습을 드러낼 것인가? 애간장이 타 들어가는 제자들의 마음을 아는지 모르는지 미서생의 탄주가 시작되었다.

미서생의 탄금 솜씨는 정말이지 뛰어났다. 탄주를 하기에 앞서 큰소리를 칠 만했다. 때로는 폭풍우가 치듯, 때로는 나비가 꽃을 희롱하듯 흘러나오는 그의 가락은 심금을 울리기에 부족함이 없었다.

마침내 한 곡이 끝나자 묵향은 박수를 치며 감탄했다는 듯 말했다.

"그 정도 탄주가 안주라면 술이 더 있어야겠소."

이 말이 미서생을 매우 기쁘게 했는지, 그는 제자들에게 호령하여 숨겨 놓은 모든 술을 다 꺼내 놓게 하였다. 제자들이 주섬주섬 보따리를 뒤져 꺼내 놓은 술은 모두 다섯 병. 술병은 다시 빠른 속도로 비워지기 시작했다.

"내 탄주를 한번 들어 보겠소?"

묵향의 말에 미서생은 놀란 듯했다.

"호오, 놀랍군. 노부의 탄주를 들은 자들은 감히 내 앞에서 탄주를 할 엄두조차 내지 못하는데…, 역시 배포가 다르군. 좋아, 여기 있네."
 미서생은 생각할 것도 없다는 듯 즉시 자신이 들고 있던 금을 묵향에게 넘겼다. 그것을 본 제자들의 인상이 묘하게 일그러지기 시작했다. 아무래도 사부는 지금 이곳에 뭐 하러 온 것인지 그 목적을 망각했음에 틀림없었다. 사부가 애용하는 금은 뛰어난 장인이 만든 최고의 명기였다. 제자들에게조차 손가락 하나 건드리지 못하게 했던 금을 저놈에게 그냥 선선히 넘겨 주다니 도무지 이해할 수 없는 사건이 벌어지고 있는 것이다.
 하지만 곧이어 그들은 놀라운 경험을 하게 된다. 사부 외에 이토록 뛰어나게 금을 탄주할 수 있는 인물이 또 있다는 것을 알게 된 것이다. 음을 표현해 내는 세부적인 기교는 사부에게 떨어질지 몰라도, 그 힘이 넘치는 탄주는 듣는 이로 하여금 거대한 힘에 압도되는 자신을 느끼게 해 주었다.
 탄주를 들은 후, 미서생의 말은 한층 부드러워져 있었다. 그리고 묵향을 대하는 말투도 한 단계 격상되었다. 더불어 상대가 속한 단체도 '마교(魔敎)'가 아닌 '천마신교(天摩神敎)'로 격상되어 있었다.
 "정말이지 놀라운 솜씨구려. 내 천마신교에 이토록 뛰어난 음의 대가가 있을 거라고는 감히 상상도 하지 못했소이다. 역시, 사람의 선입관이라는 게 얼마나 헛된 것인지 오늘에서야 깨닫게 되는구려."
 "과찬이오."
 "노부의 이름은 석량(席亮)이라고 하오. 강호의 동도들은 노부를 만통음제(萬通音帝)라고 부르지요."

기껏 무게를 잡고 자신을 소개했건만, 상대는 이미 어느 정도 눈치를 채고 있었던 모양이다. 표정을 보면 말투와 달리 그렇게 크게 놀라는 것 같지 않았으니 말이다.

"호오, 귀하가 만통음제셨소? 현 무림에서 가장 뛰어난 금의 대가 앞에서 멋모르고 탄주를 했다니, 지금 생각하니 참으로 낯 뜨거운 일이었구먼. 쩝, 어찌 되었건 탄주는 이미 해 버렸으니 어쩌겠소."

만통음제라면 '음공(音攻)'의 고수였다. 그런 만통음제에게 상대가 금의 대가라고 칭한 것이 오히려 그를 더욱 기쁘게 했다. 왜냐하면 음공이라는 것은 그 기본 원리를 알고 있는 내공의 고수라면 누구나 시전 할 수 있는 것이다. 물론 시전자의 무공이 뛰어나면 뛰어날수록 살상력도 증가할 것이다. 하지만 그렇다고 해서 악기를 아주 잘 다룰 필요가 있는 것은 아니었다. 그렇기에 만통음제처럼 금을 잘 다루는 사람에게는 음공의 고수라는 말보다 금의 대가라는 말이 훨씬 마음에 드는 것은 당연한 이치였다.

"하하핫, 겸손하기도 하시구려. 그대의 금 솜씨도 나 못지않게 뛰어나오. 특히 금음에 섞여 흘러나오는 내공의 조화는 너무나도 훌륭한 것이었소. 살생만을 위해서 금을 익힌 자는 그렇게 세밀한 내공의 조절을 할 이유도 없고, 또 그런 기법을 익힐 필요도 없지요. 그대는 정말로 금을 사랑하시는 모양이구려. 내 오늘 잃어버렸던 지기(知己)를 다시 만난 듯하여 너무나도 기쁘구려. 귀하의 존성대명을 알려 주실 수 있겠소이까?"

"묵향이라고 하오."

묵향은 이름을 밝혔지만 만통음제가 고개를 갸웃하는 것을 보고 뒷말을 이었다. 그런 그의 표정이 매우 재미있었다. 자신에게 붙여진 명호를 아주 싫어하고 있다는 것이 노골적으로 느껴졌던 것이다.

"세인들은 노부를 암흑마제라고 부르지요."

순간, 그 말을 들은 모든 사람의 얼굴에서 핏기가 싹 가셨음은 말할 필요가 없을 것이다. 암흑마제라니……. 바로 마교의 교주를 칭하는 명호가 아닌가. 온갖 나쁜 말을 다 붙여도 오히려 뭔가 부족한 듯한 그런 놈. 그런 악질적인 놈을 일컫는 명호였다. 모두들 그 말이 준 충격에서 벗어나지 못하고 있었지만, 만통음제만은 곧 냉정을 회복했다. 그가 알고 있는 한, 음악을 사랑하는 사람이 악인일 수는 없었던 것이다.

"크하하핫! 노부도 암흑마제에 얽힌 기괴한 소문은 들어 보았소. 하지만 그대의 탄주를 듣고 그것이 모두 사실이 아님을 알 수 있겠소이다. 마음이 메마른 악독한 자라면 결코 그대와 같은 탄주를 할 수 없음을 잘 알기 때문이오."

만통음제는 묵향을 바라보며 잠시 망설이는 듯하더니 이윽고 결심이 섰는지 입을 열었다.

"혹시 갈 길이 바쁘지 않다면 나하고 술이라도 한잔 더 하지 않으시겠소? 천마신교의 교주처럼 높으신 분의 발길을 오랫동안 붙잡고 싶은 마음은 없소. 하지만 내 오늘 이토록 마음이 통하는 벗을 만났으니 그대와 함께 조금이라도 더 술잔을 나누고 싶어서 그러니, 나를 이해해 주시구려."

진심은 통하는 법이다. 그제야 묵향의 퉁명스럽던 어조도 한층 누그러져 부드럽게 바뀌어 있었다.

"그럽시다. 나도 오랜만에 음악에 대해 논할 수 있는 사람을 만나게 되어 기쁘기 한량없소이다. 자, 가시지요."

멀어지는 스승과 마교 교주의 뒷모습을 보며 남은 제자들은 기가 막혀서 한동안 말조차 할 수 없었다. 이게 도대체 어떻게 된 일이란 말인가? 스승께서 정사 중간쯤의 성향을 가지신 분이기는 하지만, 아무리 그래도 정도가 있지. 마교 교주와 친구를 하자고 드신다면 도대체 어쩌시겠다는 것인지 도무지 이해할 수가 없었던 것이다.

"대, 대사형, 아무래도 복수는 물 건너 간 것 같네요."

"지금 복수가 문제냐? 분위기를 보아하니 사부님께서 마교 교주하고 호형호제(呼兄呼弟)하게 생겼는데. 젠장! 빨리 쫓아가서 사부님을 말려야겠다."

다급히 뒤따라가려는 냉파천을 붙잡으며 설취가 입을 열었다.

"그만 두시죠. 괜히 이마에 혹 하나 더 붙이시지 마시구요."

"이런 젠장! 처음부터 복수 따위는 생각도 하지 말았어야 하는 건데. 도대체 왜 일이 이렇게 꼬이는 거야?"

그 길로 술집에 가서 의기투합해 버린 묵향과 만통음제. 둘은 냉파천의 우려대로 아예 의형제까지 맺어 버렸다. 물론 뒤쫓아 온 제자들이 한사코 만류했지만, 그런다고 자신의 뜻을 굽힐 만통음제가 아니었다. 오히려 앞장서서 만류하던 냉파천의 머리빡에 혹이 몇 덩이 더 생겼을 뿐이다.

묵향이 인근 호북성에 건설 중인 호북분타를 둘러보기 위해 가야 한다고 하자, 만통음제는 묵향을 따라나섰다. 화경의 고수인 그에게 남아도는 시간은 주체를 할 수 없는 것. 오랜만에 마음이 맞는 벗을 만났는데, 호북성에 함께 가는 것쯤이야 일도 아니었다.

그리고 사부가 마교 교주와 함께 가는데, 그것을 그냥 놔둘 제자들도 아니었다. 혹여나 이 악독한 마두가 다른 마음을 품고 있는 것은 아닌가 하여 그들도 사부의 뒤를 따랐다. 그렇게 되다 보니 이 일행 전체가 묵향의 행동에 따라 움직이게 된 것이었다.

언제나 그랬듯 식사 후 금을 꺼내는 사부를 잠시 바라보던 냉파천은 슬그머니 일어서서 밖으로 나갔다. 이때, 뒤에서 들려온 사부의 목소리.

"어디에 가는 게냐?"

"아, 예. 잠시 뒷간에 좀……."

그런 다음 그는 슬며시 밖으로 나왔다.

"젠장, 내가 지금 뭐 하는 짓인지. 사부께서 계시니 어쩔 수 없이 따라다니기는 하지만, 불구대천(不俱戴天)의 원수인 마교 놈과 한 자리에 어울려야 하다니……."

냉파천이 뒷간 문을 열었을 때 갑자기 뒤에서 목소리가 들려왔다.

"호오, 자네 생각이 어찌 그리 본좌의 생각하고 같은지 모르겠군."

"허억!"

냉파천이 황급히 뒤돌아보니, 그곳에는 묵향이 싸늘한 미소를 지으며 서 있는 게 아닌가. 그가 자신의 뒤에 있다는 기척조차 느끼지 못했던 냉파천은 식은땀이 등 뒤로 흘러내리는 것을 느꼈다.

만통음제와 동행을 하면서 묵향의 심사는 별로 좋지를 못했다. 사실 음에 대해 논할 수 있는 만통음제와의 시간은 너무도 만족스러운 것이었지만 뒤에서 살기를 뿜어내며 자신을 째려보는 냉파천 때문에 흥이 깨진 것이 한두 번이 아니었던 것이다. 처음 한두 번이야 참았지만 아무래도 버릇을 가르쳐야겠다는 생각에 슬그머니 냉파천의 뒤를 따라 나온 것이다. 당연히 묵향의 말투가 부드러울 수 없었다.

"너 말이야. 본좌가 네놈이 좋아서 데리고 다니는 줄 알아? 짜식이 어디 본좌 앞에서 계속 인상을 구기고 있어. 죽고 싶어서 작정했냐? 응? 어디 한번 죽어 볼래?"

순간 묵향의 몸이 움직였다. 그리고 반사적으로 냉파천의 몸도 움직였다. 현경의 고수 앞에서 방어 동작을 본능적으로 행한 것은 그의 무위가 높아서라기보다는 생존에 대한 본능의 발로였다. 하지만 냉파천의 몸짓은 공허한 것이었다.

퍼버벅!

"끄어어억!"

복부를 거칠게 두들겨 맞은 냉파천은 뱃속에 있는 것을 전부 게워 낼 수밖에 없었다. 숨이 끊길 정도로 아득한 고통에 냉파천이 괴로워하고 있을 때, 묵향은 냉파천이 토해 낸 토사물이 그의 몸에 묻지 않도록 머리끄뎅이를 붙잡아 뒷간 구멍 쪽으로 향하게 했다. 그리고 또다시 손속에 사정을 두지 않고 구타를 가하기 시작했다. 묵향이 구타하고 있는 곳은 모두 다 옷으로 가려져서 밖으로 별 표시가 나지 않는 부위들뿐이었다.

"다음에 한 번만 더 내 기분을 상하게 하면, 그때는 알지? 이것들이 형님 얼굴을 봐서 본좌가 참고 넘어가 주고 있었더니, 주제 파악을 못해. 네 녀석은 본좌가 그렇게 만만하게 보였단 말이냐? 계속 본좌 신경을 거슬리게 하면 아예 태어난 것을 후회하게 만들어 주지, 알겠어?"

만통음제의 나이가 훨씬 더 많은 것도 사실이었지만, 묵향이 그를 형으로 대접한 것은 탄금에 대한 그의 뛰어난 재능을 존경했기 때문이다. 하지만 그를 형으로 대접한다고 해서 그 형의 제자 놈까지 자신의 제자로 대접해 줄 마음은 눈곱만큼도 없는 묵향이었다.

그걸 몰랐던 냉파천은 그날 지독한 악취가 진동하는 뒷간 구멍 위에 볼썽사납게 나자빠진 채 방금 전에 위장 속에 채워 넣었던 것을 몽땅 다 토해 내야만 했다.

냉파천의 눈에서는 힘없는 자의 설움이 방울방울 눈물이 되어 떨어져 내리고 있었다.

"크흐흐흑, 어찌 이럴 수가……."

뒷간에서의 교육이 제대로 통했는지 그날 이후로 묵향을 향하는 냉파천의 대접은 아주 깍듯해졌다. 그 전에는 싫은 표정을 노골적으로 드러냈었는데, 그 후로는 결코 그런 일이 없었다. 그 변화를 눈치 채지 못할 만통음제가 아니었다.

'허어, 동생의 심기를 건드리더니 기어코 매운 맛을 본 모양이구먼. 그렇다고 해서 동생한테 뭐라고 할 수도 없고, 이 일을 어찌할꼬? 잠깐, 가만히 생각해 보니 제자 놈이야 안 되면 나중에 한 놈 더 키워도 되는 거잖아. 그런데 내 음악을 이해해 줄 지기를 어디서 다시 찾는다는 말이냐. 그냥 모르는 척 넘어가는 게 상책이겠군.'

아무리 자신이 음의 대가면 뭣 하겠는가. 듣고 이해해 줄 사람이 없다면 그건 혼자만의 광대 짓거리에 불과했다. 음을 타면 그 속에 담긴 슬픔과 기쁨 그리고 수많은 이야기를 이해해 줄 수 있는 묵향을 만난 만통음제는 요즘 너무나도 행복했던 것이다.

그 후부터 묵향이 무슨 짓을 하든 그는 모르쇠로 일관했다. 그런 사부의 속마음을 모르는 냉파천은 사부가 야속했을지 모르지만, 그도 만약 자신의 그림을 제대로 알아줄 벗을 만나게 된다면 사부의 마음을 조금쯤은 이해하게 될 것이다.

천일루에서의 합주

 호북성에 도착하자 묵향은 그들을 객잔에 남겨 두고 혼자 호북 분타에 다녀왔다. 물론 그들을 못 믿어서 그런 것이 아니라, 자신의 일 때문에 건설 현장에 가는 것인데 구태여 그들을 데려갈 필요성을 못 느꼈기 때문이다.
 그 후, 묵향은 서북쪽으로 길을 잡고 움직이기 시작했다.
 "어디로 가는 길인가?"
 만통음제의 물음에 묵향이 간단하게 대꾸했다.
 "화산에 가려 합니다."
 "호오, 화산에? 좋아, 화산에 들렀다가 거기에서 헤어지면 되겠구먼. 동생도 여러 가지로 바쁠 텐데 우형(愚兄)이 계속 따라다니며 방해를 할 수는 없는 노릇이 아니겠나."
 "무슨 말씀을 그렇게 하십니까? 밤마다 형님과 함께 달빛을 벗

삼아 합주를 하는 재미에 흠뻑 취해 있는데, 그런 식으로 말씀하시면 소제 너무나도 섭섭합니다."

그 말이 만통음제를 매우 기쁘게 한 모양이다.

"그, 그렇지? 으하하핫! 역시 동생은 음이 뭔지를 안단 말씀이야. 역시 독주보다는 합주가 훨씬 좋은 것이지. 서로가 서로의 단점을 보완하고, 장점을 살려 줄 수 있으니 말일세."

"물론입니다, 형님. 그건 그렇고 화아는 천일루(泉溢樓)에 가 봤느냐?"

묵향의 질문에 송화는 재빨리 대답했다. 무림에 첫발을 디디면 꼭 들러야 하는 몇 군데 명소 중 한 곳의 이름이 거론되었으니, 어쩌면 그곳에 데려가 줄지도 모른다는 기대감 때문이었다.

"아뇨, 갈 때는 하남성과 호북성을 거치는 길을 잡았고, 올 때는 좀 급하게 움직이느라……."

물론 묵향한테 붙잡혀서 가게 되었으니 천일루에 들를 여유가 있었겠는가. 묵향은 웃음을 터뜨리며 사과했다.

"하하핫, 미안하게 되었구나. 노부와 만나지만 않았다면 아마 그곳에 들렀다 갔을지도 모르는데 말이다. 그때, 노부가 잠시 장난을…, 아니 착각을 해서 그렇게 된 것이었으니 다 이해하거라."

하지만 저게 이해해 달라는 사람의 눈빛인가? 조금이라도 말을 잘못했다가는 죽여 버리겠다고 협박하는 인간의 눈이지. 그 눈길을 마주한 설취는 찔끔해서 송화를 대신해 재빨리 대답했다.

"그럴 리가 있겠습니까, 사숙님. 이렇게 된 것도 음을 좋아하시는 사부님께 사숙님을 만나게 해 주시려는 하늘의 뜻이었겠지요."

묵향의 옆에 앉아 있었기에 그 표정을 볼 수 없었던 만통음제는 호쾌하게 웃음을 터뜨렸다.

"크하하핫, 취아의 말이 옳구나. 이렇듯 동생을 만난 것도 음을 논할 친구를 얻게 해 주시려는 하늘의 뜻이었겠지."

만통음제의 말이 아주 마음에 들었던 묵향은 빙긋 미소 지으며 송화에게 말했다.

"좋다. 노부가 화아에게 사과하는 의미에서 그곳에 데려다 주지. 천일루에서 보이는 화산의 아름다운 풍취는 정말 꼭 한 번은 봐 둘 만하니 말이다."

"정말이세요? 고맙습니다, 사숙조님."

제자가 묵향에게 연신 고맙다고 고개를 조아리는 모습을 설취는 떨떠름한 얼굴로 바라보고 있었다. 저 괴이한 사숙을 맞이하고 나서 가장 잘 적응하고 있는 인물이 송화였다. 아직 세상 구경을 많이 해 보지 못한 그녀에게 사숙은 그저 사숙일 뿐이었다. 그가 마교건 악당이건 그건 중요한 게 아니었던 것이다. 그런 그녀였기에 묵향도 그녀를 꽤나 총애하고 있었다.

하지만 그녀에 비해 설취는 묵향에게 선뜻 다가가지 못하고 있었다. 워낙 마교 교주에 대한 소문이 극악했기 때문이다. 게다가 마교도와 어울리면 무림에서 어떤 취급을 당하게 된다는 것을 잘 아는 것도 하나의 걸림돌이 되고 있었다.

그에 비해 냉파천은 자신의 속마음을 요즘에는 거의 드러내지 않고 있었다. 또다시 뒷간 바닥에 나자빠져 뱃속에 들어 있는 모든 것을 토해 내고 싶은 마음은 없었으니 말이다.

두 제자가 속마음은 어떤지 몰라도, 일단 겉으로 드러난 표정은 분위기에 장단을 맞춰 주고 있었다. 하지만 그런 억지 장단이라도 맞춰 주고 있는 것이 만통음제는 기분이 좋았다. 제자들이 자신을 위해 그렇게 노력해 주고 있음을 알고 있었으니 말이다.

"화아를 위해 우리들이 천일루에서 합주를 들려주마. 화산을 바라보니 눈이 즐겁고, 합주를 들으니 귀가 즐겁지 않겠느냐. 또 훌륭한 음식이 있으니 입과 코가 즐겁고, 시간이 지나면 배까지 즐거워질 테니 가히 극락이 따로 있겠느냐?"

"하하핫, 형님 말씀이 옳습니다."

천일루(泉溢樓).

이곳은 창밖으로 화산이 바라보이는 절경을 마주하고 세워져 있는 커다란 객잔이었다. 물론 창밖으로 보이는 경치만 뛰어난 것이 아니었다. 그곳에서 팔고 있는 음식의 맛 또한 대단히 뛰어나다. 그렇기에 예전부터 무림초출이라면 꼭 한 번은 들려야 하는 곳으로 자리 잡고 있었다.

"다시 한 번 와 봐도 정말 아름다운 곳이군요. 자, 형님부터 먼저 드시죠."

만통음제가 천일루 안으로 들어서자 꽤 똘똘해 보이는 점소이가 달려 나오며 외쳤다.

"어서옵쇼! 저희 천일루를 방문해 주셔서 너무나도 감사합니다! 손님은 모두 몇 분이십니까?"

"다섯일세."

"예, 자리를 마련해 드리겠습니다. 저를 따라오십쇼."

하지만 만통음제는 점소이를 따라가지 않고 다시금 말을 걸었다.

"3층에는 자리가 없는가?"

"예, 3층은 지금 자리가 없습니다."

"허어, 이 큰 객잔에 자리가 없다는 것이 말이 되는가. 자리를 한 번 마련해 보게. 될 수 있으면 창 쪽으로 말이야."

그러면서 만통음제는 품속에서 동전 몇 닢을 꺼내어 점소이의 손에 쥐어 줬다. 하지만 점소이는 한사코 그 동전을 받지 않으려고 했다. 손님의 기대에 부응해 줄 수 없다는 표시였다.

"손님, 죄송스런 말씀이지만 3층을 통째로 빌리신 손님들이 계시기에……."

그 말이 만통음제의 심기를 건드린 모양이다. 혹시 손님이 너무 많아서 그렇다면 양보를 할 수도 있겠지만, 점소이의 말을 들어 보니 그게 아닌 것이다.

"뭣이? 통째로 빌려? 어떤 돈 많은 놈들이 감히 이 큰 객잔의 3층을 통째로 빌렸다는 말이냐! 사람 수가 그렇게 많더냐?"

"아, 아닙니다, 손님. 손님 수는 적지만…, 매우 많은 돈을 지불해 주셨기에……."

드디어 만통음제의 화가 폭발했다.

"이런 망할 자식들!"

마음이 통하는 의제와 강호 초출을 기념해 줄 사손이 있는 자리에서 자신이 물러나면 만통음제로서는 지금껏 쌓아 놓은 체면이 뭐가 되겠는가. 하지만 그런 그의 속도 모르는 점소이는 한사코 말렸다.

"이러시면 안 됩니다, 손님. 그분들은 무림인들이십니다. 괜히 시비를 거셔도 뒤끝이 별로 좋지 못하실 겁니다."

이게 결정적이었다. 일반인이라면 아무래도 손대기가 껄끄러운 구석이 있겠지만, 무림인이라고? 만통음제의 얼굴에 회심의 미소가 걸렸다.
"허허, 노부가 잘 말해 자리를 얻어 볼 터이니 그럼 되겠느냐? 너에게 피해가 가지 않도록 하마."
불안해하는 점소이를 밀치고 3층으로 올라가자, 역시나 가장 전망이 좋은 탁자에 단출하게 자리를 잡고 있는 청춘 남녀들의 모습이 눈에 들어왔다. 그들의 수는 겨우 다섯 명. 남자 셋에 여자가 둘이었다.
'허어, 이것들 봐라? 밑에는 자리가 없어서 난리법석인데, 여기는 아주 휑하게 비워 놓고 즐기고들 계시구먼.'
묵향 일행이 올라오는 것을 본 그들 중의 한 명이 거만스런 어조로 말했다. 그 행동 하나하나가 돈 많고 세력 있는 집안의 덜떨어진 자식이라는 것을 말해 주는 듯했다.
"이봐 점소이, 3층은 우리가 전부 빌린 것으로 알고 있는데?"
점소이는 난처하다는 듯 중얼거렸다.
"저, 저, 그렇게 말씀드렸지만, 이분들이 워낙 막무가내라서……"
말을 듣자마자 사내들 중 한 명이 자리에서 벌떡 일어나 험악한 인상으로 소리쳤다.
"이것들이 정말! 내가 감히 누군 줄 알고 까부는 것이냐?"
"누군데?"
만통음제가 기가 막히다는 듯 대꾸했다. 사실 적당히 좋은 말로 타일러 자리를 잡으려고 했던 만통음제였지만 사내의 싸가지 없는 말투에 일순 심기가 뒤틀려 버린 것이다.

"이 몸으로 말씀드릴 것 같으면 대 화산파 청심검자(淸心劍子) 장로님의 속가제자이며, 섬서표국을 이끄시는 분이 나의 아버님이시다."

청심검자라면 바로 화산의 일곱 장로들 중의 여섯째인 노숙(魯塾)을 일컫는 말이었다. 그는 매사에 언행을 조심하여 꼭 필요할 때만 검을 휘둘렀기에 젊었을 때 청심검이라는 명호를 얻었고, 또 나이 들어서는 청심검자라고 불리며 많은 사람의 존경을 받고 있었다.

"호오, 자네의 소개가 꽤나 호화롭구먼. 그렇다면 네 눈앞에 보이는 노부는 누군 줄 아느냐?"

자신의 말을 듣고도 전혀 두려워하지 않는 상대를 보자 보창(普彰)은 속이 뜨끔하고 있는 중이었다. 하지만 아무리 봐도 멋을 잔뜩 부린 문사라고밖에는 생각이 들지 않았다. 탐스러운 긴 수염을 배꼽까지 기르고, 백옥 같은 피부에 계집애처럼 손가락마저 희고 고왔다. 잘 봐줘도 서른은 넘지 않았을 것으로 추정되는 나이까지 감안한다면, 저놈도 세도 있는 집안의 자식인지도 모르는 일이었다.

그렇기에 보창은 감히 발작하지 못하고 질문을 던졌다.

"당신이 누군지 밝히지 않는 상황에서 내가 어찌 그것을 알겠소?"

"좋다. 내가 누군지 말을 해주지 않고 너희들을 닦달하는 것도 옳은 일은 아니겠지. 내 이름은 석량이라고 한다."

말투와 달리 만통음제가 주먹을 꽉 쥐는 것을 보면, 아무래도 이들을 가만히 놔둘 것 같지는 않았다. 그 일례로 자신이 만통음제라고만 말해 주면 저들이 알아서 길 텐데, 명호가 아닌 자신의 진짜 이름을 알려 주는 것을 보면 그 속셈이 뻔하다고 볼 수 있었다.

불행하게도 보창은 석량이라는 이름이라고는 들어 본 적도 없었다. 그리고 이 일대에서 석씨 성을 쓰는 사람 중에서 그가 조심해야 할 만한 사람은 단 한 명도 없었다.

"석량이라고? 혹시 누구 석량이라는 이름을 들어 보신 분은 안 계시오?"

동료들 모두가 고개를 살래살래 내젓는 것을 보면, 불행하게도 그들은 만통음제의 진짜 이름을 들어 본 적이 없는 모양이다.

동료들의 행동을 보고 보창은 크게 웃음을 터뜨리며 이죽거렸다.

"아하하, 형씨는 사람을 놀래키는 재주가 있는 모양이구려. 하지만 그런 것에 속을 사람은 여기에 아무도 없다오."

"그래? 그럼 속는 게 뭔지 가르쳐 주마."

만통음제의 신형이 번쩍 했다고 느껴진 순간, 그는 이미 보창의 멱살을 틀어쥐고 배에다가 몇 대의 주먹질을 끝마치고 있는 상황이었다. 그것을 보고 있던 만통음제의 제자들의 두 눈이 놀라움으로 인해 한껏 부릅떠졌다. 냉파천이 묵향에게 당했던 전설적인 신법, 이형환위가 그들의 사부의 몸에서 순간적으로 펼쳐진 것이다.

만통음제가 보창의 배를 두들기고는 들어왔을 때와 마찬가지로 순식간에 뒤로 물러서자마자 보창의 구토가 시작되었다.

"우웨에에엑!"

방금 전에 먹고 마셨던 모든 것이 물줄기처럼 세차게 뿜어져 나왔다. 하지만 만통음제의 몸은 이미 그 사정거리에서 멀리멀리 벗어나 있었다.

"거참, 많이도 처먹었군. 그래, 다음은 누구냐?"

물어볼 것도 없었다. 방금 전에 바라본, 눈으로 좇기도 힘들 정도의 빠른 움직임만 보더라도 엄청난 고수임에 분명했다. 괜히 싸움에 말려들어 봐야 얻어터지기밖에 더 하겠는가. 그들은 모두들 슬금슬금 만통음제의 눈치를 보며, 이제는 서 있을 힘도 없는지 엎어져서 토악질을 하고 있는 보창에게로 다가가 그를 부축해 일으켰다. 그런 다음 더 이상 생각할 것도 없다는 듯 쏜살같이 도망쳐 버렸다.

만통음제는 뒤에서 멍하니 바라보고 있는 점소이에게 부드럽게 말했다.

"자, 손님들이 우리들을 위해 애써 자리를 양보해 주셨으니 어서 자리를 마련하도록 해라. 그리고 저 쓰레기들은 빨리빨리 치우고 말이다."

"예? 예. 분부대로 하겠습니다."

만통음제는 적당한 자리를 택해 앉으며 겸연쩍다는 듯 말했다.

"동생 앞에서 무공을 펼친다는 것이 번데기 앞에서 주름 많다고 자랑하는 것이나 마찬가지라는 것은 잘 안다네. 하지만 아무래도 동생이 내 못난 제자 놈을 손봐 준 것을 미루어 추측해 보건대, 동생이 손을 쓰면 어떻게 될지 뻔하지 않겠나? 아무리 저놈들이 괘씸해도 그렇지, 사손을 위한 자리에서 피를 볼 수야 없지 않은가."

묵향은 쓸쓸한 미소를 지으며 고개를 끄덕였다. 이미 해 놓은 짓이 있는데 어찌 그렇지 않다고 발뺌을 할 수 있겠는가. 그리고 사실이 그렇기도 했고 말이다.

"예, 형님의 그 마음 이해합니다. 기분 좋은 자리인 만큼 피를 봐서는 안 되겠죠. 자, 앉으시죠. 오늘은 소제가 크게 한턱 쓰겠습니다."

점소이 몇 명이 달려 올라와 재빨리 청소를 시작하자 주위는 곧 깨끗이 정돈되기 시작했다.

"무엇을 주문하시겠습니까?"

묵향은 송화를 가리키며 부드러운 어조로 말했다.

"음식은 이 자리의 주빈이 정해야 하겠지?"

"저…, 좀 비싼 거를 시켜도 되겠죠?"

자신이 말해도 좀 부끄러운지 송화는 혀를 살짝 꺼내며 쑥스러운 듯 미소 지었다. 그 모습이 너무나도 귀여웠기에 묵향은 크게 웃음을 터뜨리며 말했다.

"으하하핫! 화아는 이 사숙조를 너무 우습게 보는구나. 여기서 가장 비싼 것을 시켜도 상관없으니 좋을 대로 하거라."

송화는 너무너무 기분이 좋은 듯 상기된 표정으로 이것저것 평소에 먹어 보고 싶었던 음식들을 주문하기 시작했다.

주문을 받은 점소이가 내려가고 나자 만통음제는 등에 지고 있던 금을 꺼냈다. 그것에 맞춰 묵향도 품속에서 한 자루의 적(笛)을 꺼냈다. 이것은 쌍골죽(雙骨竹)으로 만들어진 최상품으로 만통음제가 묵향이 피리도 잘 분다는 것을 안 후 서로의 만남을 기념하기 위해 특별히 묵향에게 선물한 것이었다. 그 후 만통음제는 금을 타고, 묵향은 적을 불며 서로의 우정을 쌓아 가고 있는 중이었다.

금음과 적음이 서로 절묘하게 어울리며 사방으로 퍼져 나가기 시작했다. 그러자 아래층에서 우르르르 손님들이 몰려 올라오기 시작했다. 음식을 몇 가지 시키지 않은 사람들은 자신들의 음식을 직접 가지고 올라오기도 했고, 돈이 있는 자들은 황급히 몸만 올라온 후 점소이를 불러 음식을 새로이 주문하기도 했다. 또 어떤 사람들은 점소이에게 자신의 음식을 위로 가져오라고 하기도 했는데, 그런 사람들은 한참을 기다려야만 했다. 왜냐하면 그렇게 말하고 위로 올라온 사람이 한둘이 아니었기 때문이다.

사람의 심금을 울리던 가락은 점소이가 음식을 내오면서 잠시 멈췄다. 일단 음식이 나왔으니 먹어야 할 것이 아니겠는가. 눈앞에 들어오는 화려한 화산의 자태와 맛있는 음식 그리고 훌륭한 술이 있으니 더 이상 바랄 것이 없었다.

모두들 담소를 나누며 음식을 들고 있는데, 아래쪽이 소란해지는가 싶더니 곧이어 도포 자락을 휘날리며 도사 몇 명이 모습을 드러냈다.

"바로 저놈입니다요, 사형."

방금 전에 뱃속의 음식을 몽땅 쏟아 놓고 간 보창이었다. 보창이 만통음제를 지적하자 도사들이 살기 띤 표정으로 다가왔다. 그것을 본 냉파천의 기분이 좋을 리 없었다. 안 그래도 요즘 묵향 때문에 쌓인 것이 많은 냉파천이었다.

"사부님, 제가 처리하고 오겠습니다."

"괜히 사건 크게 일으키지 말고 적당히 하거라."

"예, 심려 놓으십시오, 사부님."

냉파천은 쓱 몸을 일으키더니 도사들에게 물었다.

"화산파에서 왔느냐?"

고개를 끄덕이는 것을 보면 화산의 제자들임에 분명했다. 냉파천은 아래로 내려가며 말했다.

"여기서 푸닥거리할 필요가 있겠느냐. 모두들 따라오너라."

냉파천이 앞장서서 가 버리자 화산의 제자들은 기가 막힌 모양이었다. 자신들은 거의 10여 명인데, 어찌 한 놈이 나서서 저럴 수가 있단 말인가. 도대체 대 화산파의 제자들을 뭐로 보고 말이다.

"어떻게 할까요, 사형?"

"뭘 어떻게 해? 저놈부터 박살을 내 놓고 다시 올라오면 될 것 아니겠느냐."

그 사형이라는 자의 지시에 따라 모두들 냉파천을 따라 아래로 우루루 내려가 버렸다.

그 꼴을 본 만통음제는 탄식조로 중얼거렸다.

"허허, 처음부터 2층에 자리 잡을 걸 그랬나? 오늘같이 좋은 날, 사람 여럿 잡게 생겼구먼."

묵향이 빙긋 미소 지으며 대꾸했다.

"누가 잡고 싶어서 잡는 겁니까? 자, 상관 마시고 술이나 한 잔 더 드시죠."

잠시 후, 아래쪽에서 뭔가를 때려잡는 소리와 함께 비명 소리가 울려 퍼지기 시작했다.

배를 두둑이 채운 후, 묵향과 만통음제는 한 곡이 끝날 때마다 주거니 받거니 술잔을 기울이고 있었다. 그런데 재미있는 것은 천일루 내의 모든 손님이 그 행동을 함께하고 있다는 것이었다. 음악이 들려올 때는 지그시 눈을 감고 감상하고, 한 곡 끝나고 나면 저마다 담소를 나누며 술잔을 기울였던 것이다.

그런데 이때, 아래쪽이 또다시 소란스러워지는가 싶더니 여러 명의 도사가 다시금 모습을 드러냈다. 새로운 얼굴들이 많이 가세한 것을 보면, 아마도 원군을 이끌고 다시 찾아온 모양이었다.

"누가 너희들을 이 꼴로 만들었단 말이냐?"

40대 후반쯤으로 보이는 도사가 말하자, 절룩거리며 따라 들어온 도사 한 명이 냉파천을 가리키며 악을 썼다.

"저기 있는 저놈이옵니다, 사부님!"

사부라는 자는 한눈에 봐도 꽤 높은 수련을 쌓은 인물이었다. 물론 묵향의 입장에서는 만만하기 그지없는 상대였지만, 냉파천이 상대하기에는 어려움이 있을 듯싶었다. 그렇기에 묵향이 아무 말 없이 쓱 일어서려는 순간, 냉파천이 간절한 눈빛을 보내며 부탁해 왔다.

"제가 처리할 수 있도록 해 주십시오."

"만만한 상대가 아니라는 것은 자네도 잘 알 텐데?"

그 말에 냉파천은 전음으로 답해 왔다.

〈사부님께서 음악을 사랑하시어 음제의 칭호를 받으시긴 하셨지만, 결코 그분의 검술이 약해서 그런 것은 아닙니다.〉

"물론, 형님의 검술 실력을 못 믿는다는 것은 아니네만……."

'네 녀석의 검술 실력을 못 믿는다는 거지'라는 말이 빠져 있다는 것을 냉파천이 눈치 채지 못할 리가 없었다.

그의 몇 가닥 남지 않은 수염이 분노로 인해 가늘게 떨리기 시작했다. 하지만 그는 감히 발작할 수가 없었다. 실력으로도 안 될 게 뻔했지만, 상대는 이제 배분까지 자신의 사숙이 되어 있는 것이다.

"다녀오겠습니다."

냉파천은 노기 띤 어조로 중얼거리며 자리를 박차고 일어섰다.

"노부는 화산의 청심검자라고 하오."

그 말에 냉파천은 씁쓸한 미소를 지었다. 청심검자 노숙. 화산파의 장로였고, 뛰어난 검술 실력을 지닌 절정고수라는 소문이 자자한 인물이었다. 하지만 위에서 그냥 봤을 때와 직접 서로 대치하며 상대의 실력을 가늠해 볼 때와는 그 존재감이 사뭇 차이가 있었다. 그제야 냉파천은 왜 묵향이 슬그머니 나서려고 했는지 이해할 수 있었다.

'정말 대단하군. 한눈에 상대의 실력을 알아봤다는 말인가?'

생각은 그랬지만, 그렇다고 슬그머니 꼬리를 내리기에는 이미 너무 늦었다고 볼 수 있었다.

"노부는 냉파천이라고 하오."

그 말에 노숙 장로는 의외라는 듯 반문했다.

"냉파천? 혹시 파열검군(破裂劍君)이라 불리는 그 냉파천이라는 말씀이오?"

"그렇소."

노숙 장로는 고심하지 않을 수 없었다. 그도 파열검군에 대한 풍문은 익히 들은 바가 있었기 때문이다. 대단한 실력을 지닌 검의 고수로, 불의를 참지 못하는 그 개 같은 성격에 대한 몇 토막의 이야기를 말이다. 제자들의 보고를 종합해 보면 잘못은 분명 자신의 제자들에게 있었다. 괜한 싸움에 말려들어 얻어터진 것이니 말이다.

하지만 그렇다고 자신의 제자들의 잘못이라고 그냥 웃으며 넘길 수는 없는 노릇이었다. 자신의 제자들이 쥐어터지는 모습을 수없이 많은 사람이 봤다. 그들은 작게는 자신의 제자들이었지만, 크게는 화산파의 제자들이었다.

상대편도 대문파의 제자라면 서로 좋은 말로 화해하면 된다. 하지만 세력도 없는 떠돌이 검객을 상대로 물러선다는 것은 대 화산파의 위신에 먹칠을 하게 되는 일인 것이다. 만약 그가 만통음제의 제자라는 것을 알았다면 상황은 또 다르게 흘러갔겠지만 말이다.

"귀하의 실력이 뛰어나다는 소문은 익히 들었소. 하지만 감히 화산파에 검을 들이대다니, 그것은 매우 경솔한 행동이었소이다."

"노부는 그것이 잘못이라고 생각하지 않소. 멋도 모르고 달려든 그들의 잘못이었지."

"쓸데없는 말은 피차간에 하지 맙시다. 화산에 모욕을 줬으니, 그에 따르는 대가를 치르는 것이라고 생각하시오."

노숙 장로가 검을 뽑아 들자, 냉파천 역시 검을 뽑아 들지 않을 수 없었다. 두 고수 간에 팽팽한 긴장감이 흐르기 시작했다.

"어머! 사부님, 대결이 시작됐어요."

"뭐?"

설취가 아래를 내려다보자 노숙 장로와 대사형이 서로 대치하고 있는 것이 보였다. 서로 가만히 서 있을 뿐이었지만, 설취는 그들이 결코 가만히 있는 것이 아니라는 것을 잘 알 수 있었다. 그들 사이에는 뭐라 말로 형용할 수 없는 팽팽한 긴장감이 흐르고 있었던 것이다.

대사형이 섣불리 손을 쓰지 못하고 있는 것을 보자 설취는 사형의 상대가 손쉬운 인물이 아님을 직감했다.
"설마…, 저 화산파의 고수가 그렇게 벅찬 상대라는 말인가?"
설취는 이제 다시금 금을 연주하기 위해 무릎 위에 올려놓고 있는 스승에게 따지듯 쏘아붙였다.
"사부님! 대사형이 위험에 처해 있는데, 금을 타실 기분이 나세요?"
그러자 만통음제는 빙긋 미소 지으며 중얼거렸다.
"사선을 넘나드는 수많은 대결 속에서 한 명의 고수가 완성되는 것이다. 생명을 걸지 않고서 어찌 감히 절정의 경지를 넘보려 하느냐. 첫째의 입장에서 본다면 청심검자는 가장 훌륭한 비무 상대다. 나나 동생은 너무나도 높은 경지에 있기에 첫째에게 오히려 도움이 되지 않는 부분이 있단다. 저 녀석도 오늘의 기회를 이용해서 조금이라도 많은 것을 깨달을 수 있겠지."
만통음제와 묵향의 합주가 시작되는 그 순간, 약속이라도 한 듯 저 아래쪽에서도 두 고수의 격돌이 시작되었다.
두 고수는 자신들이 알고 있는 모든 것을 다 투입하여 이 결전에 임하고 있었다. 자신의 제자들이 뒤에서 지켜보고 있는 노숙 장로나 위에서 사부와 사숙 그리고 사매와 사질이 지켜보고 있는 냉파천이나 둘 다 한 발자국도 뒤로 물러설 곳은 없었다.
절정의 반열에 오른 고수 둘이 생사를 도외시하고 격전을 벌이기 시작하자, 주위에 모여 있던 구경꾼들은 비명을 내지르며 도망치기에 바빴다. 그들이 날리는 검강과 검기의 파편들이 사방으로 흩어지고 있었기 때문이다.

"이런 젠장, 소문보다 더한 놈이구나."

"당신도 마찬가지요. 이것도 한번 받아 보시오!"

두 고수는 눈에 보이지도 않을 만큼 엄청난 속도로 움직이며 검을 주고받았다. 간혹 기합 소리만이 낭랑히 장내를 떠돌 뿐이었다. 둘의 실력은 거의 백중지세. 그렇기에 수백 초식을 주고받았건만 어느 누구도 쉽게 우위를 점하지 못했다.

하지만 그들의 격투가 무한히 계속될 수는 없었다. 사람의 근력과 공력이 무한한 것이 아니기 때문이다. 그렇기에 그들은 점차 상대의 틈을 노리기 시작했고, 또 일부러 빈틈을 보여 주는 척하면서 상대를 함락시킬 계략을 꾸미기에 여념이 없었다.

그러던 어느 한 순간.

"이야앗!"

귀를 찌르는 듯한 기합 소리가 끝났을 때, 그들의 격투는 어느새 멈춰 있었다. 냉파천은 자신의 복부 위로 얕게 훑고 지나간 긴 상흔을 보며 씁쓸한 듯 입맛을 다셨다. 너무나도 오랜 시간 격투가 계속되었기에, 공력이 딸려 호신지기까지 운용할 여력이 없었기에 생긴 상처였다. 냉파천은 뒤로 슬쩍 돌아서서 노숙 장로를 바라보며 입을 열었다.

"노부가 졌……."

하지만 이때, 냉파천은 자신의 최후 공격이 그런대로 먹혀 들어갔음을 알 수 있었다. 상대 또한 얕기는 했지만 상처를 입고 있었기 때문이다.

"크흐훗, 아직 끝난 게 아니로군."

노숙 장로도 자신의 상처를 보며 패했다고 생각하고 있었던 듯 일그러진 미소를 지으며 대꾸했다.
"그렇구료. 그런데 계속 하시겠소?"
일단 멈췄던 싸움을 다시 시작하려니 영 흥이 나지 않는 그들이었다. 또다시 시작한다면 누구 하나는 목숨을 내놔야 할지도 몰랐다. 서로 백중지세인 상태에서 비무를 하면 상대를 봐줄 여유 따위는 없으니 패한 쪽은 대부분 큰 상처를 입거나 목숨을 잃기 쉬웠다.
물론 무림에 적을 둔 그들이 목숨을 아까워할 이유는 없었다. 오랜만에 호적수를 만났으니 어느 한쪽이 패할 때까지 뼈가 녹도록 싸워 보고 싶었을 것이다. 하지만 그러기에는 그들의 등에 지어진 짐이 너무나도 무거웠다.
노숙 장로의 경우 정파의 핵심 중 하나라는 대 화산파의 장로라는 직책을 지니고 있었다. 그런 그가 사문도 알려지지 않은 떠돌이 무사에게 패했다고 한다면, 화산의 명성에 얼마나 큰 누를 끼치게 되겠는가.
냉파천 역시 이 시대 최강의 고수들 중의 한 명인 만통음제의 제자였다. 그런 그가 화산파의 제자 따위에게 패배한다면 사부가 얼마나 낙심할 것인가.
이것을 모두 걸고 싸우기에는 너무나도 명분이 약하다고 느끼는 둘이었다. 그냥 간단하게 사과하고 넘어갈 수도 있었던 사소한 시빗거리가 발단이 아니었던가. 화산 쪽은 얻어터진 제자들이 있다고 하지만 먼저 시비를 건 잘못이 있었다. 그리고 저쪽은 좀 과격하게 대처했다는 죄가 있었지만, 시비를 건 것은 화산 쪽이 아니었던가.

이해득실을 따져본 노숙 장로는 슬그머니 꼬리를 내리기로 결심했다. 그는 슬쩍 검을 거두며 입을 열었다.
"역시 귀하의 명성은 명불허전(名不虛傳)이구료. 노부가 오늘 안계를 크게 넓힌 듯하오."
아무래도 싸울 분위기가 아니다. 그러자 냉파천도 슬그머니 검을 거두며 상대의 말에 맞장구를 쳤다.
"노부 역시 귀하의 명성은 들었소. 하지만 오늘 겨뤄 보니 소문이 사실보다 조금 부족한 듯하외다."
이런 식으로 둘 사이에 시작된 비무는 어영부영 끝이 나 버렸다. 아무래도 사문의 명성과 사부의 명성을 걸기에는 너무나도 위험한 도박이었으니 말이다.
물론 둘은 훗날 어딘가에서 조용히 만나서 다시 한 번 박 터지게 싸워 우열을 정할 속셈을 저마다 지니고 있었다. 하지만 오늘은 때가 아니었다. 그들은 누군가의 대리전이 아닌 홀가분한 대결을 원했던 것이다.

격렬하게 비무를 전개하던 대결이 갑자기 끝이 나자, 손에 땀을 쥐고 구경하던 설취는 아직까지도 두 고수 간의 대결이 그녀에게 전해 준 감동에서 벗어나지 못한 채 멍한 표정으로 창밖을 응시하고 있었다. 하지만 자신의 사부처럼 뛰어난 안목을 갖추지 못한 송화는 싸움이 끝나자마자 사조에게 외쳤다.
"사조님, 방금 전에 비무가 끝났습니다."
하지만 그때까지도 탄주를 멈추지 않고 있던 사조에게서는 아무런 대꾸도 돌아오지 않았다.

괜히 심술이 난 송화는 낮은 어조로 투덜거렸다.
"핏, 왜 저렇게 좋은 구경을 안 하시고 금만 타시고 계시지? 대결의 결과를 묻지도 않으시는 걸 보니 사숙의 안전은 걱정도 안 되시는 모양이야."
잠시 후, 냉파천이 올라와서는 자리에 앉았다. 그는 몹시 목이 말랐는지 차를 들이켠 후, 조용히 눈을 감고 명상에 들어갔다. 아름다운 합주음에 실린 내공이 들끓어 오른 그의 기혈을 살며시 쓰다듬어 주고 있었지만, 그는 그런 것까지 눈치 챌 만큼 정신적인 여유가 없었다. 방금 전에 벌어진 그 비무를 되새기고 자신의 것으로 흡수하는 것이 무엇보다 급했던 것이다.
냉파천이 눈을 떴을 때, 어느덧 합주는 멈추어져 있었다.
"그래, 뭔가 깨달은 것이 있었느냐?"
"예, 사부님."
"목숨을 건 비무는 언제나 많은 것을 깨닫게 해 주지. 어쨌든 네게 깨달음을 얻게 해 줄 만큼 뛰어난 고수들을 지니고 있는 것을 보면 과연 화산이 명문이라 불리기에 부족함이 없구나."
그 말에 공감을 하는지 냉파천은 아무 말 없이 그저 고개만 끄덕였다.

사형의 복수

묵향은 만통음제와 헤어진 후, 화산파를 향해 달려가기 시작했다. 이제 사제의 선택이 어떤 것인지 들어야 할 때가 다가왔기 때문이다. 그런데 화산파로 들어가는 길가에 커다란 방이 붙어 있었다.

"본문의 영역에 침입하면 어떻게 되는지……."

쭉 읽어 내려가던 묵향의 안색이 점점 굳어지기 시작했다. 꼭 죽였다는 표현은 없었지만, 전체적인 말투로 봤을 때 처형했다는 냄새를 슬그머니 풍기고 있었다. 사실 죽였다고 하면 관에서 살인 사건에 대한 조사를 나올 가능성이 다분하므로 이런 식으로 은근슬쩍 경고문을 쓴 것이다.

묵향은 이빨을 갈면서 중얼거렸다.

으드드득!

"이 빌어먹을 녀석! 사부의 얼굴을 봐서 나도 참을 만큼 참았어. 어디 두고 보자. 아예 모가지를 비틀어 주마."

묵향은 염왕대를 찾아서 이동하기 시작했다. 화산 인근에 숨어 있으라고만 명령을 내려놨으니, 그들이 어디에 있는지는 묵향도 알지 못했다. 하지만 묵향은 그들을 찾는 데 그리 많은 시간이 소요될 거라고는 생각하지 않았다.

원래가 마교의 고수들은 엄청난 마기를 뿜어내는 것으로 유명했다. 그것이 마공을 익힌 것에 대한 대가라면 대가였다. 하지만 그 덕분에 보통 무림맹의 고수들처럼 일반인으로 슬그머니 위장하여 사람들 틈에 묻어서 이동한다는 것이 불가능했다. 그렇기에 마교의 정예들은 집단을 이뤄 인적이 드문 길을 이용하여 밤에만 움직여야 했다. 하지만 뛰어난 무공을 지닌 그들에게 그런 것은 큰 장애 요인이 될 수 없었다.

묵향은 염왕대 무사들이 뿜어내는 마기를 찾아서 움직이기 시작했다. 예민한 감각을 갖춘 묵향에게 있어서 그들을 찾아내는 것은 그렇게 어려운 일은 아니었다.

예상과는 달리 묵향은 무려 5일이 지난 후에야 가까스로 염왕대와 합류하는 데 성공했다. 화산이라는 것이 진령산맥(秦嶺山脈)의 끝자락에 자리한 곳인 만큼 산세가 험해 숨을 곳이 무진장 많았기 때문이다.

"교주님을 뵈옵니다."

자신에게 인사를 건네 오는 자가 지옥혈귀(地獄血鬼) 천진악(天進惡)이란 것을 알아본 묵향이 고개를 갸웃하며 물었다.

"천 장로가 여기는 웬일인가?"

그 말에 천진악은 씩 미소를 지으며 대답했다.

"본교에만 있으려니 좀이 쑤시기는 수하들이나 저나 마찬가지가 아니겠습니까? 그래서 속하가 인솔하고 왔습니다."

"잘했군. 그건 그렇고 뒤를 밟히지는 않았겠지?"

잠시 머뭇거리던 천진악은 솔직히 대답했다.

"도중에 무영문으로 추정되는 무리에게 추격을 당하기는 했습니다. 하지만 저 멀리 대파산맥 쪽으로 돌아왔기에 그들은 우리들이 화산 쪽으로 온 것을 도저히 눈치 챌 수 없을 겁니다."

"무영문? 확실한가?"

"확실하지는 않습니다. 워낙 시간이 촉박했기에 그놈들을 사로잡아 신문할 틈이 없었습니다."

"뭐, 놈들을 따돌렸다면 다른 건 상관없겠지. 그런데 화산파에 대한 정보는 입수해 놓은 것이 있나?"

"물론입니다, 교주님. 설민 군사의 명령으로 화산파 일대에 비마대(秘魔隊)의 고수들이 쫙 깔려서 첩보 활동을 벌이고 있습니다."

천진악의 보고에 묵향은 만족스럽다는 듯 웃었다. 알아서 수하들이 척척 일을 잘 처리하고 있으니 당연한 일이었다.

"호오, 그래? 홍진 대주의 힘이 컸겠군."

"물론입니다. 저희들이 도착하자마자 비마대의 대원들로부터 상당한 양의 정보를 전해 받았을 정도니까요."

"좋아, 공격이 시작되면 현천검제는 본좌가 맡겠다. 자네는 부하들을 지휘하여 남은 화산 문도들을 도륙 내버리도록 해라."

하지만 묵향의 지시에 천진악은 이해하기 어렵다는 듯 물었다.

"현천검제는 갑자기 은퇴한 후 행방을 감춘 것으로 보고가 올라와 있는데, 교주님께서는 그가 지금 화산에 있다고 확신하시는 겁니까?"

"뭣이? 그게 무슨 말이냐?"

천진악은 서류 몇 장을 묵향에게 건네며 말했다.

"아직 그의 실종에 대해서 못 들으신 모양이군요. 이것이 비마대에서 보내온 보고서입니다."

순간 묵향은 현천검제에게 뭔가 안 좋은 일이 벌어졌다는 것을 직감적으로 알 수 있었다.

"설마, 그놈들이……."

묵향은 이빨을 으드득 갈면서 천진악에게 명령했다.

"비마대에 연락을 넣어 현천검제를 찾아라."

"예? 은퇴해서 어디에 숨어 버렸는지도 모르는 그를 어떻게……."

"최고의 전성기를 달리는 화경의 고수가 갑자기 은퇴할 리가 없지 않느냐. 뭔가 흑막이 있는 거겠지. 화산을 집중적으로 수색해라. 어쩌면 시체가 되어 있을지도 모르니 새로 만들어진 무덤이 있다면 그것도 파 뒤집어서 확인해라. 무슨 짓을 해서라도 그를 찾아내란 말이다! 알겠느냐?"

"존명!"

그로부터 3일 후, 묵향은 비마대의 첩자들이 현천검제의 위치를 파악했다는 보고를 받을 수 있었다. 묵향이 10여 명의 수하를 거느리고 그곳으로 달려가자, 동굴 앞에는 흑녹색의 우중충한 복장을 하고 있는 사람 셋이 서 있었다.
 그들 중 한 명이 묵향을 알아본 듯 황급히 오체투지하며 외쳤다.
 "비마대 제14조장 왕석(汪奭), 교주님을 배알하옵니다!"
 그러자 왕석과 함께 있던 인물들도 황급히 땅바닥에 엎드렸다. 묵향은 다급히 질문을 던졌다.
 "됐다, 일어서거라. 그는 어디에 있느냐?"
 "바로 이곳이옵니다."
 왕석이 가리킨 곳은 동굴 안이었다. 묵향은 서둘러 동굴 안으로 들어갔다. 그리고 그는 사제를 발견할 수 있었다.
 사제의 모습은 비참하기 이를 데 없었다. 팔과 다리의 힘줄은 끊겼고, 제대로 치료도 안 된 상처는 곪아 터져 파리가 들끓고 있었다. 그리고 개새끼도 아니고 목에는 굵은 쇠사슬이 매여 동굴 벽에 묶여 있었다.
 묵향은 황급히 다가가서 사제의 상태를 살펴봤다. 단전이 파괴되며 상당한 내상까지 입은 모양이었다. 하지만 제대로 치료를 하지 않아, 거의 시체나 다름없는 상태였다. 이 상태로 며칠만 더 지났다면 묵향은 아마도 사제의 시체와 만났을 가능성이 컸다.
 "이런 빌어먹을 자식들! 사제가 무슨 잘못을 저질렀기에 이 꼴을 만들었다는 말이냐! 진정한 무인은 죽일지언정 모욕은 주지 말라고 하였거늘……."
 묵향은 재빨리 손을 사제의 단전에 가져갔다. 그런 다음 주위에서 기를 빨아들여 사제의 단전에 쏟아 부었다. 엄청난 기의 회오리가 사제의 단전에서 소용돌이치며 단전을 복구시키기 시작했다. 하지만 파괴된 단전을 회복시킨다는 것은 결코 쉬운 일이 아니었다. 묵향과 현천검제의 몸이 천천히 허공으로 떠오르기 시작했다. 묵향이 가진 힘을 모두 끌어올리자 주위에 있던 대자연의 기에 의해 허공으로 떠오르게 된 것이다.

 두어 시진 정도가 흘렀을까, 묵향의 이마에 조금씩 땀방울이 맺힐 때쯤 파괴된 현천검제의 단전이 천천히 제 모습을 갖추기 시작했다. 화경에 달하는 거대한 공력을 포용할 수 있는 그런 형상으로 말이다.

 어느 정도 단전에 대한 치료가 끝나자 묵향은 기를 이끌어 사제의 몸속을 휘돌게 만들었다. 기는 일정한 법칙을 그리며 사제의 몸속을 꾸준히 맴돌며, 내상을 회복시키기 시작했다.

 잠시 후, 사제는 정신이 드는지 신음성을 흘리며 천천히 눈을 뜨기 시작했다.

 "사제, 정신이 드느냐?"
 "이, 이 목소리는…, 사형이십니까?"
 "그래, 내가 왔다네."
 "사형을 뵙기도 전에 죽는 줄 알았습니다. 이제 사형의 목소리와 모습을 보고 나니 죽어도 여한은 없을 듯하군요. 외람된 부탁이지만 제가 죽으면 사부님 곁에 묻어 주시면 고맙겠습니다."

 묵향은 빙긋 미소를 지었다. 다 살려 놨는데 자신의 몸 상태도 모르고 유언을 하다니. 하지만 자신을 그렇게까지 생각해 준 사제의 마음이 찡하게 와 닿았기에 묵향의 눈에는 어느덧 살짝 이슬이 맺히고 있었다.

 묵향은 슬쩍 눈물을 닦아 버리고는 품속에서 금창약을 꺼내며 퉁명스럽게 말했다.

"그래, 나중에 죽으면 거기에 묻어 주기로 하지. 그 외에 딴 부탁은 없느냐?"

"사형을 만난 것만으로도 충분합니다. 그런데 그건 뭐 하려고 그러십니까?"

현천검제는 묵향이 품속에서 비수를 꺼내는 것을 보고 물은 것이다. 묵향은 피식 웃으며 슬쩍 손을 써서 사제의 턱뼈를 탈골시키며 말했다.

"마취제도 없고, 입을 틀어막을 것도 없으니 이렇게 하는 것일세. 혹시나 잘못해서 혀를 깨물면 안 되지 않겠는가. 하지만 이런다고 고통이 사라지지 않는다는 것은 자네도 알지? 재주껏 참아 보게나."

턱뼈를 탈골시켜 버리면 당연히 혀를 깨물 일은 없을 것이다. 하지만 이렇게 말하는 묵향이 뭔가 음흉한 미소를 짓는다고 생각한 것은 현천검제만의 착각이었을까?

'아니, 점혈만 하면 끝나는 일을 턱을 뽑다니…, 지금 정신이 있으신 겁니까? 없으신 겁니까?'

하지만 안타깝게도 턱뼈가 뽑혀 버린 현천검제의 입에서 제대로 된 목소리가 나올 리 만무했다. 그의 입에서는 괴상한 소리만이 안타깝게 흘러나올 뿐이었다.

"으… 으… 으… 읍……."

"크흐흐흣, 색깔이 시커먼 것을 보니 확실히 손을 써야겠군."

희번뜩거리는 묵향의 눈을 바라보는 현천검제는 지금 정신이 하나도 없었다.

'설마? 맞아. 저 인간은 그런 놈이었지. 내가 한순간이라도 저

인간을 사형이라고 믿었다니…….'
 묵향의 비수가 썩어 들어가는 사제의 살 속을 헤집기 시작했다.
 "우으으으윽!"
 턱이 빠진 탓인지 짐승이 울부짖는 듯한 기나긴 비명 소리가 참회동 안을 가득 메웠다.
 시커멓게 썩은 핏물이 한동안 쏟아져 나오더니 이윽고 붉은 피가 흘러나오기 시작했다. 묵향은 그 위에 금창약을 발라 준 후, 현천검제를 살펴봤다. 지독한 고통 때문인지 치료를 받던 현천검제의 몸은 이미 축 늘어져 있었다.
 "이런, 벌써 기절해 버렸나? 조금 더 버틸 줄 알았는데 생각보다 약골이었군."

 현천검제는 깨어나자마자 묵향에게 따지기 시작했다. 치료가 끝난 후 묵향이 그의 턱뼈를 바로 맞춰 줬기에 말을 하는 데는 아무런 지장이 없었다.
 "세상에, 그렇게 무식한 치료법이 있다니……. 그리고 혈도만 짚으면 끝날 일을 가지고 다짜고짜 턱을 뽑다니, 정신이 있으신 겁니까?"
 묵향은 순간 흠칫하더니 곧이어 전혀 몰랐다는 듯 고개를 끄덕이며 말했다.
 "어? 그러고 보니 그런 방법도 있었군. 그런 좋은 방법을 알고 있었다면 노부가 손을 쓰기 전에 빨리빨리 말해 줬으면 서로가 좋았지 않겠나. 자네도 고통을 받지 않았을 테고, 내 귀도 고생을 좀 적게 했을 테고 말일세. 사서 고생을 하다니 자네도 참 특이한 성격을 지니고 있군."
 턱뼈를 뽑은 후 그 의도를 말해 줬었기에, 현천검제로서는 그 말을 할 기회조차 없었다. 그렇기에 현천검제는 더욱 화가 치밀 수밖에 없었다.
 '저딴 소리를 변명이랍시고 늘어놓고 있다니…….'
 한 번 상대를 오해하기 시작하니, 상대가 하는 한 마디 한 마디가 그렇게 괘씸할 수가 없었다. 그 오랜 세월 쌓아 놓은 도력(道力)조차 하나도 도움이 안 될 정도였으니, 그가 지금 얼마나 열이 받았는지 이해할 만했다.
 "오리발 내밀지 마십시오. 그렇게 말할까 봐서 재빨리 턱을 뽑으신 거 아닙니까?"
 그의 지적에 묵향은 억울하다는 듯 항변했다.
 "아니, 무슨 말을 그렇게 섭섭하게 하는가, 사제. 설마 노부가 사제를 괴롭히고 싶어서 일부러 그랬다고 생각하는 것은 아닐 테지? 노부는 그렇게 심성이 악랄한 사람이 아니라네."
 묵향의 가증스러움에 현천검제는 치를 떨어야만 했다.
 '이런 젠장, 아니긴 뭐가 아니야. 이런 식으로 나를 괴롭히는 것을 즐기는 주제에. 그건 그렇고 방금 전까지만 해도 죽을 것 같았는데, 어찌 이렇게 힘이 넘치는 거지?'
 그제야 자신의 몸 상태를 확인한 현천검제는 기절할 뻔했다. 단전이 파괴되었었는데 어떻게 그것이 회복될 수 있단 말인가? 사형이 천고의 영약이라도 먹인 것인가? 정파라고 자부하던 사형들은 그토록 악랄하기 그지없었는데, 어떻게 마교에 있는 사형은 이토록 정도 많고 멋이 있는지…….

한 번 사람을 잘 보게 되면 하는 행동 하나하나가 모두 다 좋게 보이는 게 인지상정이다. 그렇기에 현천검제는 방금 전에 당한 모든 일이 자신의 오해였다고 판단했다. 하지만 사실은 오해가 아니었다. 묵향은 자신을 이토록 귀찮게 만든 사제를 혼내 주고 싶어 일부러 그랬던 것이다.

"일단 대충 응급조치는 취했으니 운기요상이라도 좀 하게. 내가 강제로 하기는 했지만 자잘한 곳까지 손을 쓰기는 귀찮은 일이거든."

현천검제는 쇠사슬을 철그럭거리며 가부좌를 틀고 앉았다. 그러자 묵향이 뒤에서 말했다.

"내가 기를 인도할 테니 잘 기억하게. 기왕에 내공을 다시 쌓을 건데 가장 좋은 것으로 하는 것이 좋지 않겠나?"

묵향의 말뜻을 금세 이해한 현천검제가 물었다.

"사형께서 전수하실 심법의 이름은 뭡니까?"

"태허무령심법이라는 것일세. 잊혀진 현문의 심법이지. 뛰어난 효능이 있지만 이것을 대성하는 데 너무나도 오랜 시간이 걸리기에 익히는 자가 없다 보니 어느 사이엔가 절전된 것이라네."

현천검제는 망설일 것도 없이 대답했다. 기왕 사문을 버린 마당에 어떤 심법을 익히든지 그게 무슨 상관이 있겠는가. 또 사문의 심법을 이용하여 내공을 쌓고 싶은 마음도 없었다.

"그럼 잘 부탁드리겠습니다."

거의 한 시진 동안 운기조식을 하던 현천검제가 눈을 떴다. 그가 눈을 떴을 때, 자신의 몸을 구속하던 쇠사슬은 어느샌가 사라지고 없었다.
"이제 끝났느냐?"
"예."
"수하에게 말해 놨으니 객잔에 가서 푹 쉬고, 영양가 있는 음식을 좀 섭취하도록 해라."
"예, 감사합니다, 사형."
현천검제는 잠시 묵향의 눈치를 살피더니 입을 열었다.
"사형, 제 목숨을 구해 주신 것은 너무나도 감사드립니다. 하지만 저는 복수를 원치 않습니다. 제 부탁을 들어주실 수는 없겠는지요?"
"흥! 뭔가 착각하고 있는 것 같은데, 나는 네 녀석의 복수를 하러 이곳에 온 것이 아니다. 주제 파악도 못하고 감히 본좌의 명을 거부하는 놈은 어떤 꼴을 당하게 되는지 보여 주려고 찾아왔을 뿐이지. 하지만 일단 와 보니 그렇게 간 큰 짓을 하는 놈이 네가 아님을 알고 너를 찾은 거다. 알겠냐?"
말이라도 좀 좋게 하면 어디가 탈이 나는가? 현천검제는 씁쓸한 미소를 지을 수밖에 없었다.
"어찌 되었거나 목숨을 구해 주셔서 감사합니다, 사형. 그런데 화산파는 어찌하실 생각이신지?"
"본좌의 말을 거부하는 놈들은 당연히 멸문시켜 버려야지. 내가 그놈들을 그대로 놔둘 리가 없지 않느냐. 화산을 멸문시키는 것은 너와는 아무런 상관이 없는 일이니 절대로 착각하지 말도록 해라."
이미 묵향 사형을 굳게 믿고 있는 현천검제는 상대의 퉁명스런 겉모습에 현혹되지 않고 따뜻하기 그지없는 속마음을 이해할 수 있었다.

'내 마음을 아프게 하지 않으시려고, 내 죄책감을 조금이라도 덜어 주시려고 그렇게 말씀하시는 거로군. 나로 인해 화산파를 공격했다면 내가 너무나도 가슴 아파할 거라는 것을 잘 아실 테니 말이야. 사형의 그 따뜻한 마음, 결코 잊지 못할 겁니다.'

하지만 속마음이 그렇다고 감사하다고 말하며 그냥 넘길 수는 없는 입장이었다. 그도 한때 화산의 제자가 아니었던가. 그리고 화산파를 멸문시킨다면 지금 화산에 남아 있는 자신의 제자들은 어떻게 되겠는가.

그렇기에 현천검제는 자신의 사정을 말하기 위해 묵향의 눈치를 보며 입을 열었다.

"사형, 화산의 전 문도를 쓸어버리는 것은 아무리 사형이시라도 좀 힘드실 텐데요. 웬만큼 하시고 그냥 용서해 주시는 것은 어떻겠습니까?"

"큭, 그럴 줄 알고 염왕대를 대기시켜 놨으니 걱정 말거라. 자, 그럼 오늘은 푹 쉬거라."

그와 동시에 묵향은 방금 전 그 극심한 고통을 당하고 있었던 현천검제가 그렇게 원했던 행위, 즉 혈도를 제압하는 방법으로 현천검제를 잠들게 만들었다. 괜히 그가 사문에 대한 의리를 지킨답시고 이것저것 떠들면 일이 귀찮을 테니 말이다. 손 다리가 불구라고 해도 그는 현재 화경의 무위를 되찾은 상태였다. 그런 그를 수하 몇 명이 통제한다는 것은 사실상 불가능했기에 혈도를 제압한 것이다.

하지만 묵향의 이런 행동 때문에 현천검제는 가장 하고 싶었던 말을 못하고 말았다. 하다못해 자신의 제자들만이라도 살려 달라는…….

"객장에 데려가거라."

"옛!"

"본좌는 화산을 쓸어버린 후 그곳으로 갈 것이야."

"알겠습니다, 교주님!"

"수하들의 배치는 끝났는가?"

묵향의 물음에 천진악은 고개를 숙이며 대답했다.

"하명만 하십시오."

"그럼 지금 시작하기로 하지."

교주의 명령이 떨어지자 천진악은 수하에게 지시했다.

"신호를 올려라."

그 명령에 따라 수하 한 명이 휘파람을 불기 시작했다. 충분한 내력이 실린 장소성은 화산파 주위를 휘감고 돌며 울려 퍼졌다. 그와 동시에 화산파를 중심으로 다섯 군데에 나누어 대기하고 있던 염왕대가 돌격하기 시작했다.

"우와아아아!"

"모두 다 죽여 버려랏!"

묵향은 돌격하는 수하들의 뒷모습을 보다가 문득 시선을 하늘로 돌렸다.

"해 지기 전에 끝나겠군."

화산파에서는 요란한 종소리가 울려 퍼지기 시작했다.

"침입입니다."

"마교 놈들이 침입했다!"

여기저기에서 도포 자락을 날리는 화산파의 제자들과 흑녹색의 옷을 걸친 마교 고수들 간의 격전이 벌어지기 시작했다. 수는 화산파 쪽이 월등하게 많았지만, 마교도들은 염왕대의 고수들. 그것도 처음부터 기습으로 시작된 전투다 보니 마교 쪽으로 전세가 급속도로 기울고 있었다.

하지만 조금 시간이 지나자 화산의 고수들도 적의 침입에 맞서 칠성검진(七星劍陣)이나 옥청검진(玉淸劍陣) 등 각자의 수준에 맞는 검진을 구축하여 저항하기 시작했다. 그러자 순식간에 끝날 것처럼 보였던 전투는 조금씩 장기화되기 시작했다.

이때, 천진악이 나섰다. 그는 여기저기 전장을 누비며 검진에서 주축이 되는 한두 명만을 없애 버리며 돌아다니기 시작했다. 그렇게 되자 검진은 자연스럽게 무너져 버렸고, 순간적으로 검진이 와해된 틈을 노려 공격해 오는 마교도들에 의해 하나하나 죽음을 당하기 시작했다.

묵향은 사방에서 칼부림이 벌어지고 있음에도 불구하고, 별 신경도 쓰지 않고 화산파의 중심부로 걸어 들어갔다. 과연 그곳에는 대단히 뛰어난 고수들이 칠성검진을 치고 격렬한 저항을 전개하고 있었다.

"이봐, 너희들은 딴 데 가 봐."

"존명!"

그와 동시에 가장 핵심이 되는 칠성검진을 공략하고 있던 마교도 수십 명이 공격을 멈추고 다른 곳을 지원하기 위해 달려갔다.

칠성검진을 구성하고 있던 자들 중에서 가장 연배가 높아 보이는 듯한 인물이 앞으로 나서며 말했다. 그는 바로 장로들 중에서 가장 맏이인 백화 장로였다.
"귀하는 누구시오? 노부는 화산의 백화라고 하오."
그때 옆에서 다른 장로가 외쳤다.
"대사형, 저자가 바로 장문인실에 침입했던 마교 교주입니다!"
그 말에 백화 장로는 다시 한번 묵향을 바라보더니 중얼거렸다.
"그때와 상황도 다르고, 또 옷차림도 달라서 교주를 못 알아봤음을 용서하시구려. 그런데 대체 왜 본문을 침입한 것이오이까?"
그 말의 대답은 묵향이 아니라 공천 장로가 대신했다.
"대사형, 그것도 모르시오이까? 저자는 지금 그놈의 복수를 하려는 것이 아니겠소!"
그 말에 묵향은 고개를 가로저으며 말했다.
"복수? 누구의 복수를 말하는 것이냐? 오호라, 현천 사제를 말하는 모양이군."
묵향이 사제라고 하자 장로들은 모두 흠칫했다. 사제라니, 이게 도대체 무슨 말인가?
"교주, 그게 무슨 말씀이시오? 그가 어떻게 교주의 사제라는 말씀이오?"
"아아, 정식 사제라는 말은 아니야. 내 사부들 중의 한 명이 그놈에게 심심풀이로 검술을 조금 가르쳐 준 모양인데, 그 때문에 편의상 사제라고 부르는 거야."
백화 장로는 얼굴 가득 노기를 띠며 따졌다.
"그렇다면 당신은 사제의 복수를 위해 본문을 공격했다는 말씀이오?"
"아니, 그것은 그 멍청한 녀석이 자초한 것. 녀석은 충분히 도망칠 수도 있었어. 그런데 사문에 대한 얄팍한 충성심이 그놈을 그 모양으로 만든 것이지. 그건 놈의 선택이었다. 어찌 감히 네놈들이 그를 그렇게 만들 수 있었다고 개소리를 하는 것이냐."
"그렇다면 왜 화산파를 공격한 것이오?"
"물론, 본좌와의 협상을 거부했기 때문이지. 그렇게 되면 화산을 완전히 쓸어버릴 것을 네놈들은 몰랐단 말이냐?"
그 말에 장로들은 현천검제가 마지막으로 청했던 부탁을 거절한 것을 떠올렸다. 현천검제는 그것을 거절하면 마교가 곧바로 공격해 올 것을 예상하고 있었던 것이었을까?
"그, 그럴 수가······. 겨우 사파의 작은 문파와의 다툼 때문에 대화산파를 건드린단 말이오? 무림맹에서 당신들을 가만히 놔둘 것 같소?"
"호오, 감히 무림맹 따위로 노부를 협박할 수 있다고 생각했냐? 무림맹 따위가 무서웠다면 이곳에 오지도 않았다, 이 멍청이들아."
현경의 고수가 행하는 기습 공격은 너무나도 무서운 것이었다. 화산의 장로들은 상대가 언제 검을 뽑았는지 그것조차 알 수 없을 지경이었다. 한동안 입씨름을 하고 있던 상황이었고, 또 마교의 교주쯤 되는 인물이 이토록 치졸하게 기습을 가해 올 것이라고는 상상도 하지 않고 있었던 터라 기습에 대한 대비는 갖춰지지도 않은 상태였다.
묵향의 목표는 단 한 사람. 칠성검진을 이끌고 있던 핵이라 할 수 있는 백화 장로였다. 이형환위의 신법으로 연결되는 묵향의 공격은 빛과 같이 빨라서 감히 눈으로 쫓아가기도 힘들 지경이었지만, 백화 장로는 최선을 다해서 회피하며 상대의 공격을 피했다. 하지만 현경의 고수에게 기선을 뺏긴다는 것은 너무나도 큰 실책이었다. 주위에 있던 사제들이 대사형을 돕기 위해 뛰어들기도 전에 이미 그들의 결전은 끝난 후였다.

"으아아악!"

푸른빛이 번쩍이는 순간 백화 장로의 두 다리가 뭉텅 잘려 나간 것이다. 피가 뿜어져 흘러내리자 백화 장로는 재빨리 점혈하여 출혈을 막았다.

"대사형, 괜찮으시오?"

"노부는 괜찮으니 사제들은 저자의 공격을 조심하게. 언제 또다시 기습을 가해 올지 알 수 없으니 말일세."

바닥에 주저앉은 채 검을 잡고 전의를 불사르는 백화 장로를 보며, 사제들은 다시금 전의를 불태우기 시작했다. 아무리 교주라고 해도 자신들 모두를 상대하려면 결코 쉽지는 않을 거라고 서로를 격려하며 말이다.

하지만 한번 빼앗긴 기선은 결코 되찾아올 수가 없었다. 엄청난 속도로 이동하며 공격을 가해 오는 묵향의 움직임을 따라가는 것도 쉽지 않은 일인데, 그사이에 이동은 하지 못하고 검만을 휘두를 수 있는 백화 장로가 끼여 있는 것이다. 오히려 그의 존재가 그들의 통합적인 움직임을 방해하고 있었다.

"크아아악!"

또다시 피 보라가 피어나며 한 사람이 쓰러졌다. 공천 장로의 다리까지 깨끗하게 잘려나가자 그들은 이제야 백화 장로의 다리를 자른 것이 완전히 고의적인 행위였음을 눈치 챌 수 있었다.
"이렇게 잔인무도할 수가."
"네놈은 어떻게 이런 흉악무도한 짓을 할 수 있단 말이냐! 빈틈을 노려 공격한 것도 아니고, 다리만을 자르다니! 네놈이 사람의 탈을 쓰고 어떻게 그럴 수가 있단 말이냐?"
하지만 그들에게 돌아온 것은 묵향의 싸늘한 비웃음이었다.
"어떻게 저렇게 얼굴 가죽이 두꺼운지 모르겠군. 자칭 도사라고 하는 네놈들도 그렇게 했잖아. 안 그래?"
묵향의 지적에 그들은 더 이상 할 말이 없었다. 사실 그들도 현천검제를 그렇게 만들었으니 말이다.
"더 이상 말이 필요 없다. 저놈을 쳐라."
하지만 이미 가장 뛰어난 실력을 자랑하던 두 명이 사라진 지금, 그들이 이곳에서 살아남을 가능성은 없었다. 그렇다고 도주한다면? 자신들보다 경공술이 월등히 빠른 상대를 앞에 두고 도망칠 방법은 없었다. 끝까지 저항하는 것 외에 그들에게 주어진 선택은 하나도 남아 있지 않았다.
"으아아악!"
묵향에게 저항하던 화산의 장로들은 절망할 수밖에 없었다. 그들은 한 명씩, 한 명씩 다리가 떨어져 나간 불구자가 되어 가고 있었다. 그들은 끝까지 저항하고 있었지만, 희망이라고는 단 하나도 남아 있지 않았다.
마지막 한 사람의 다리까지 잘라 버린 후, 순간적으로 묵향의 손에서 일곱 줄기의 시퍼런 강기의 덩어리가 뿜어져 나왔다. 그것들은 기묘한 곡선으로 휘어지며 이동하더니 일곱 장로의 단전을 한 순간에 꿰뚫었다.
"크아아악!"
내가의 공력을 익힌 상승고수라면 단 한 올의 기만 있어도 자신의 생명을 끊을 수 있다. 하지만 단전이 파괴되어 기가 흩어진다면, 결코 그런 방식으로는 자살할 수 없게 된다.
상대가 원하는 것이 뭔지 깨달은 순간, 그들은 사형제의 몸을 향해 검을 휘둘렀다. 놈의 목적을 막는 것. 그것 외에는 복수할 방법이 없었다. 하지만 그것도 쉬운 일이 아니었다. 묵향의 손에서 일곱 줄기의 지풍이 쏟아져 나와 검을 쥐고 있는 각자의 손을 격중시켜 버렸기 때문이다.
"크악!"
각자가 쥐고 있던 애검들은 주인의 뜻을 배반하고 맑은 쇳소리를 올리며 바닥에 떨어져 뒹굴었다.
"크흐흐흣, 그렇게 쉽게 죽을 수 있을 줄 알았더냐? 어리석은 것들. 이제 네놈들이 저지른 짓에 대한 대가를 치러라."
또다시 묵혼검이 춤을 추기 시작했다. 그와 동시에 그들의 입에서는 비명이 터져 나왔고, 그들의 팔은 몸에서 떨어져 나가 땅바닥에 나뒹굴기 시작했다.
"제, 제발 죽여 주시오. 그대도 무인이라면 노부들에게 이런 치욕까지 안기지는 말아 주시오."
하지만 그들의 말을 들을 묵향이 아니었다. 묵향은 그들의 혈도를 점하여 지혈까지 시켜 준 다음 싸늘하게 말했다.
"물론 무인에게 치욕을 가할 이유는 없지. 하지만 네놈들은 도사도, 무인도 아니야. 현천 사제에게 행한 일을 생각해 봐라. 네놈들이 과연 무인으로서 행할 일을 했는지 말이야."
 팔다리가 떨어져 나가고 단전이 파괴된 화산의 노고수들은 자신들이 현천검제를 제거한 일이 얼마나 큰 잘못이었나를 깨달았지만, 이미 때는 늦어 있었다. 그들은 탄식과 신음 소리만을 울릴 수 있을 뿐, 더 이상 할 수 있는 일이 하나도 없었다. 오로지 자신들에게 죽음이 찾아오기를 무작정 기다리는 것뿐.

 묵향의 작은 복수가 끝났을 때, 화산에서 들려오던 병장기 부딪치는 소리도 이미 멎어 있었다.
 천진악은 비참하게 울부짖으며 버둥거리고 있는 화산 장로들을 차마 바라보지 못하고 교주께 결과를 아뢰었다.
 "교주님, 승전을 경하드리옵니다."
 "모두들 수고했다. 너희들은 이 길로 본교로 돌아가도록 해라."
 "옛, 그런데 저들은……."
 자신이 그들의 목을 잘라서 더 이상 고통을 당하지 않게 해 줘도 되겠느냐는 물음이었다. 하지만 묵향은 단호하기 그지없었다.
 "저놈들은 그렇게 죽을 가치조차 없는 놈들이다! 그대로 놔두도록 해라!"
 "옛! 그런데 화산의 무공비급이나 재물은 어떻게 하면 되겠습니까?"
 "모두 다 끌어내어 본교의 창고에 넣어 두도록 해라."
 "옛!"
 "그리고 건물에 불을 지르는 멍청한 짓은 하지 말도록!"
 "예?"

보통 쑥대밭을 만든 후 불을 지르는 것은 상식이 아닌가. 그런데 왜 이런 지시를 하는 것인지 알 수가 없는 천진악이었다.
"불을 지르면 그것을 보고 어떤 놈이든 올라올 것이 아니냐. 본좌는 화산이 멸문되었다는 것이 빨리 밝혀지기를 원치 않는다. 그러니 저 밑에다가 '본문에 일이 있어 당분간 손님을 받지 않는다'는 방을 붙여 놓거라. 그러면 너희들이 총타로 돌아가는 데 편리할 뿐더러 저 버러지들이 자신들의 잘못을 참회하는 데 충분한 시간을 얻게 되겠지."
천진악 장로는 교주의 잔인함에 모골이 송연해지는 것을 느꼈지만 즉시 고개를 조아리며 대답했다.
"명을 따르겠습니다!"
묵향은 백화 장로가 사용하던 검을 집어 들어 천진악에게 던져 주며 말했다.
"화산을 멸문시킨 기념품은 챙겨야겠지? 이건 그대가 가지도록!"
그 검은 바로 화산 장문인을 뜻하는 신물인 보검이었다. 천진악 장로는 어쩔 줄을 몰라 하며 고개를 깊숙하게 숙여 감사를 표시했다. 자신에게도 좋은 검이 있긴 하지만, 이런 훌륭한 기념품을 자신에게 양보하는 교주의 배려에 그는 크게 감동했던 것이다.
"감사합니다, 교주님!"
"이건 사제한테 주면 좋아하겠군."
묵향은 또 다른 검을 주워 들며 중얼거렸다. 그것은 바로 공천 장로가 떨어뜨려놓은 것으로, 현천검제의 애검이었다. 그리고 그것은 묵향의 사부인 유백의 애검 명옥검이기도 했다.

검을 주워 든 묵향은 천진악을 향해 말했다.

"그럼 본좌는 이만 가 보겠다. 더 이상 시킬 일은 없으니 정리가 끝나면 수하들과 함께 본교에 귀환하도록 해라."

"옛!"

묵향이 돌아가고 난 후, 염왕대는 전사자들과 중경상자들을 수습하는 한편 화산파 곳곳을 뒤져 보검 같은 귀중한 물품들을 모두 다 챙기기 시작했다.

승부의 세계는 냉정한 법

　무림맹의 대회의실에 모인 수뇌부의 안색은 침중하기 그지없었다.
　"화산파가 멸문당했다는 것이 사실입니까?"
　그 물음에 공수개 장로는 고개를 끄덕인 후 침중한 어조로 대답했다.
　"유감스럽게도 사실이외다."
　"흉수가 누군지 밝혀진 게 있소?"
　누군가 질문을 던지자 그 대답은 공수개 장로가 아닌 다른 곳에서 날아왔다.
　"이런 짓을 할 놈들은 이미 정해져 있는 게 아니겠소!"
　그러자마자 사방에서 격론이 벌어지기 시작했다.
　"물론 그렇기는 하지만, 정확한 물증이라는 것이 필요하지요. 심증만 가지고는 무림의 동도들을 움직이기에 불충분하지 않겠소?"
"불충분하다고? 마교 놈들이 살아 있다는 것만으로도 충분한 증거가 돼! 그놈들은 처음부터 씨를 말려 버렸어야 했다구!"
"맞소!"
"맞기는 뭐가 맞아? 증거가 있어야 한다니까!"
공수개 장로는 손을 들어 장로들을 제지하며 말했다.
"자자, 모두들 그렇게 열을 올리실 필요 없습니다. 이미 증거는 확보되었으니까요. 개방에서 현장을 철저하게 조사한 결과, 수많은 시신에 난 상처라든지, 벽이나 바닥에 난 흔적 등을 종합해 볼 때 최소한 30여 종의 마공이 사용되었음이 확인되었소이다. 지금 철저하게 조사하고 있으니 어떤 마공들이 사용되었는지도 조만간 밝혀지겠지요."
"그런데 갑자기 마교가 왜 화산파를 멸문시켰을까요?"
"단 한 명도 살아 있는 자가 없기에 알아낼 방법이 없었소. 물론 마교도 몇 놈을 잡아다가 주리를 틀면 의외로 간단하게 알 수 있을지 모르지만 말이오. 하지만 그것도 힘들게 되었소이다. 그놈들은 약삭빠르게도 화산파의 아래쪽 길목에 '오늘은 본문에 일이 있어 손님을 받지 못하니 돌아가시오' 라는 글을 붙여놨기에, 아무도 화산파에 변고가 일어났음을 알지 못했소. 나중에 일 때문에 밖에 나갔던 화산의 제자가 돌아와 혈겁이 일어난 것을 보고, 개방에 연락을 보내오기까지 무려 7일 이상이 흘렀단 말이오. 시체들이 푹푹 썩고 있는 판에 무슨 생존자가 있을 수 있겠소?"
"그렇다면 아예 생존자라고는 단 한 명도 찾지 못했소이까?"
"유감스러운 일이지만, 그렇소이다. 하지만 본방에서 다각도로 조사를 해 본 결과, 화산파와 마교 간에 뭔가 심각한 갈등이 있었지 않았을까 하는 추측만 하고 있소."

공수개 장로의 말에 모두가 관심을 나타냈다. 궁금증을 내포하고 있는 모두의 시선이 자신에게 쏠리는 것을 느낀 공수개 장로는 슬쩍 헛기침을 하며 말을 이었다.

"험험, 그러니까 본방에서 그런 추측을 한 것은 그 잔인무도한 살인 방법 때문이오."

정보통 개방이라면 수많은 방법으로 살해당한 시체들을 다 접해 봤을 것이다. 그런데 말을 하던 공수개 장로의 눈에 짙은 어둠이 끼는 것이었다. 그리고 그의 눈빛을 회의 석상에 있는 사람들이 놓칠 리 없었다. 왜냐하면 이곳에 모인 사람들은 모두 다 지금 현재 정파를 이끌어 가는 아주 뛰어난 식견의 소유자들이었으니 말이다.

"본방에서 그렇게 추측하는 것은 화산의 장로들을 살해한 그 잔인한 방법 때문이었소. 먼저 팔다리를 잘라 버리고, 단전을 파괴한 다음, 마지막으로 출혈 과다로 인한 사망을 예방하기 위해 지혈까지 시켜 놓았다고 하더군요. 죽음의 공포와 함께, 설혹 누군가에게 구출된다 하더라도 완벽한 폐인으로 살아야 한다는 절망감까지 느끼게 만드는 아주 잔인한 방법이었소이다. 내공이 흩어져 버렸으니 자살할 방법도 없이 그분들은 처절하게 발악하다가 죽은 것이었소. 심지어 공천 장로의 경우, 발견되었을 때 시신이 사후강직 상태에 놓여 있던 것으로 보아 발견되기 하루 정도 전에 돌아가셨다고 하더군요."

그 말을 들은 좌중의 안색은 창백하게 질려 버렸다. 어찌 한 문파의 최고수들을 그런 식으로 처형할 수 있단 말인가. 뭔가 지독한 원한이 있지 않고서야…….

이때, 옥진호 장로가 문득 떠오르는 게 있다는 듯 외쳤다.

"그건 원한이 아니라 경고외다."

"경고라니요?"

"얼마 전, 우리는 마교와 내통하고 있던 현천검제를 제거했지 않았소이까? 그에 대한 대답이라고 봐야 하겠지요. 마교가 하는 일에 훼방을 놓는다면 이렇게 만들어 주겠다고 경고를 보낸 것이란 말이오."

뚜두둑!

분노에 가득 찬 맹주가 무심결에 의자의 손잡이를 얼마나 세게 쥐었는지, 그 엄청난 압력을 견디지 못하고 나무로 만든 손잡이가 박살이 났다. 그 소리에 장로들도 놀랐지만, 맹주 본인은 더욱 놀랐다. 겨우 이런 일로 수십 년을 닦아온 평상심이 무너지다니.

"무량수불……."

나직하게 도호를 외며 마음을 다잡는 맹주를 보며 모든 장로가 일제히 외쳤다.

"마교 놈들에게 본때를 보여 줘야 합니다!"

"화산파의 원수를 갚아야 합니다!"

맹주는 손을 슬쩍 들어 장로들을 조용하게 만든 후 나직한 어조로 입을 열었다.

"이 사건은 마교가 본맹에 보내는 선전 포고임에 분명하오."

옥진호 장로에게 시선을 돌린 맹주는 엄숙한 표정으로 말했다.

"매화문검 장로는 마교에 대해 전면전을 선포하시오. 마교가 행한 그 잔인무도한 짓을 무림동도들에게 알리고, 그 힘을 집결시켜 마교의 뿌리를 뽑아야만 하겠소."

"명대로 행하겠습니다."

"매화문검 장로, 마교를 칠 만한 세력을 모으려면 얼마나 시간이 필요하겠소?"

"최소한 10만 이상의 인원을 모아야 할 테니, 적어도 2개월 이상은 필요합니다. 격문(檄文)을 띄워 무림의 공분(共忿)을 조성한다고 해도, 그들이 청해성까지 집결을 완료하는 데는 상당한 시간이 필요하니까요."

"무량수불…, 마교가 화산을 멸문시킨 것을 묵인한다면, 그들은 마음 놓고 다른 문파들을 공격할 것이 분명하오. 그런 만큼 본맹은 철저한 보복을 감행하여 마교도들이 다시는 이런 사태를 일으키지 못하게 만들어야만 하오. 이번 공격으로 마교를 멸망시킬 수 있다면 좋겠으나, 사정이 여의치 않더라도 최대한의 피해는 줘야만 할 것이오. 그런 만큼 여러 장로님은 최대한 많은 문파의 지지를 얻어낼 수 있도록 최선을 다해 주시오. 마교에 대한 총공격은 3개월 후로 하는 게 좋겠소이다. 여러분의 의견은 어떻소?"

"맹주님의 의견이 지당하십니다!"

"좋소. 그렇다면 모든 문파에게 마교와의 전면전을 선포하고 대의에 동참하는 격문을 띄우도록 하시오."

모든 장로가 자리에서 일어서서 맹주의 결정에 찬동하며 마교에 대한 전의를 불태웠다. 이제 드디어 마교와의 전면전이 시작되는 것이다.

밀실에서는 경악한 여인의 뾰족한 목소리가 울려 퍼지고 있었다.

"그가 화산파를 박살 냈다고?"

"예, 할머니."

옥화무제는 도무지 믿어지지 않는다는 듯 매영인에게 되물었다.

"분명히 염왕대 5개 대라고 하지 않았더냐? 겨우 그들만으로 화산을 멸문시킨다는 것이 도대체가 가능이나 한 일이냐?"

"하지만 마교에는 그가 있지 않습니까?"

매영인의 지적에도 불구하고 옥화무제는 확신 어린 어조로 대꾸했다.

"훗, 아무리 그가 있다고 해도 말이 안 된다. 화산에는 현천검제가 있지 않느냐. 아무리 그가 지고한 경지를 개척했다고 해도 겨우 그 정도의 부하들을 거느리고 화산을 쓸어버리다니…, 뭔가 이상하구나. 화산파의 멸문에 대해 좀 더 철저하게 조사해 보거라."

"예, 할머니."

매영인이 다소곳하게 고개를 숙이며 대답했다.

옥화무제는 도무지 믿어지지 않는다는 듯 중얼거렸다.

"그자가 제정신인가? 무슨 짓을 했는지는 알 수 없지만, 화산만 쓸어버린다고 해서 일이 끝나는 게 아니라는 것을 모르는 모양이지? 이건 아예 전면전을 시작하자는 선전 포고를 한 거나 마찬가지가 아닌가? 그가 미치지 않고서야……."

그때 굳게 닫혀 있는 회의실 문밖에서 나직한 목소리가 들려왔다. 물론 밖에서는 큰 소리로 외친 것이겠지만, 워낙 방음이 잘되는 방이라서 그런지 작게 들려온 것이다.

"무림맹에서 전서가 도착했습니다."

총관은 황급히 문으로 다가갔다. 회의 중인데도 불구하고 가져온 것을 보면 상당히 중요한 전서인 모양이었다. 총관은 문을 살짝 열고는 서신을 받아 든 다음 다시 문을 굳게 닫았다.

"무슨 일인가요?"

서신을 재빨리 읽은 후, 총관이 공손하게 대답했다.

"무림맹에서 마교에 대해 전면전을 선포했습니다."

"훗, 그 영감으로서도 그것 외에 다른 선택이 없었겠지요. 그 외에는요?"

"예, 3개월 후 마교의 근거지인 십만대산을 공격한다고 합니다. 그런 만큼 무림에 적을 둔 동도들은 무림맹의 결정에 전폭적인 지지를 보내 달라고 호소하고 있습니다."

"일이 아주 재미있게 돌아가는군요."

옥화무제는 상관운 장로에게 말했다.

"나는 요를 멸하는 일에 얽매이다 보니 아무래도 무림 쪽까지 신경을 쓰기에는 어려움이 크군요. 하지만 지금 무림도 격변기에 놓여 있어요. 영인이가 뛰어난 아이기는 하지만, 아무래도 아직까지는 연륜이 떨어지니 상관운 장로가 옆에서 잘 보좌해 주세요."

무영문주는 마교의 움직임에 효과적으로 대처하기 위해 사천분타에 가 있었다. 그런 만큼 총타에서 문주를 지원할 인물이 필요한 것이다. 평상시라면 옥화무제가 있으니 큰 상관이 없었지만, 지금 그녀의 정신은 온통 요에 가 있었다. 그렇기에 현재 무영문을 움직이고 있는 것은 부문주인 매영인이었다.

"예, 분부대로 따르겠습니다."

"그가 돌아온 후 무림이 또다시 소란스러워지기 시작했지만 이번에도 큰 이변이 일어나지 않는 한 지루한 소모전으로 일관되다가 슬그머니 끝마치게 되겠죠. 아무리 마교의 세력이 강성하다고는 하지만 정파 무림을 한꺼번에 복속시킬 만한 능력은 없어요. 또 정파에서도 그 천혜의 요새인 십만대산을 정벌할 만한 힘이 없구요. 최대한 타격을 입힌 후 후퇴하는 정도로 마무리 짓게 되겠죠."

매영인도 살짝 고개를 끄덕여 찬성의 뜻을 표했고, 그것은 상관운 장로도 마찬가지였다.

"속하도 그렇게 생각합니다, 태상문주님."

"그렇기에 본문의 역할이 중요한 거예요. 어느 한쪽의 세력이 돌출하지 않도록 중간에서 최대한 둘 사이의 세력을 조율하는 능동적인 대처가 필요해요. 알겠나요?"

"예, 할머니."

"옛, 최선을 다하겠습니다."

"자, 그럼 오늘 회의는 이것으로 끝내기로 하지요."

매영인과 상관운 장로가 밀실을 나간 후 총관은 옥화무제에게 질문을 던졌다.

"요의 대군이 움직이기 시작했다는 것을 임청 원수에게 전하는 것이 좋지 않겠습니까?"

"아직 완전한 집계가 끝나지 않았으니, 그렇게 서둘러 정보를 전할 필요는 없을 거예요. 현재까지 모인 것만 해도 70만이 넘지만, 아직도 더 많은 병사가 이동 중이라는 보고가 있었어요. 어쩌면 80만 정도일지 모르지만, 그건 조금만 시간이 지나면 밝혀지겠지요."

"예, 태상문주님. 그건 그렇고, 설마 요 황제가 직접 대군을 이끌고 뛰쳐나올 것이라고는 예상 못 했었지 않습니까?"
총관의 말에 옥화무제는 빙긋 미소를 지으며 대답했다.
"그만큼 요 황제의 분노가 극에 달했다는 말이겠죠. 요의 군대가 금의 군대와 전쟁을 시작할 때, 그때가 기회가 될 거예요. 본국의 군대가 국경선을 돌파해 침공을 시작했음을 안다고 해도, 군을 되돌릴 수가 없을 테니 말이에요."
"예, 지당하신 말씀이십니다."
"기회는 단 한 번뿐이에요. 요와 금의 대군이 대치할 때, 그때를 노려 요를 쳐야 해요. 시간이 생명이에요. 이곳 총타로 보내온 정보를 다시 전선에 가 있는 임청 원수에게 전한다는 것은 시간 손실이 너무 커요. 그런 만큼 그에게 곧바로 정보를 전달하라고 하세요. 그러면 최소한 3일의 시간은 단축시킬 수 있을 테니까요."
"그렇게 조치하도록 하겠습니다."

흑과 백의 전쟁터.
전쟁의 규칙은 매우 간단했다. 포위만 되면 무조건 전멸. 그런 다음 나중에 어느 쪽이 더 많은 영토를 확보했는지를 따져 승자와 패자가 결정되는 방식이다.
"허어, 이거 이번에는 제법 저항이 거센걸?"
화경의 고수씩이나 되는 인물이 코앞에 있는 바둑판이 잘 안 보일 리가 없거늘, 머리를 바싹 가져다 대며 주의 깊게 관찰하는 것을 보면서 조령은 약이 바짝 올라 조잘거렸다.
"아니, 정말 이렇게 무자비하게 두실 거예요? 한 집이라도 살려

보겠다고 이렇게 아둥바둥하고 있는 걸 보면, 나 같으면 불쌍해서라도 살려 주겠어욧!"

조령은 흰 돌을 쥐고 있는 패력검제의 손을 애처로운 눈길로 바라보고 있었다. 그녀의 가슴은 지금 심하게 콩닥거리고 있었다. 한수 둬 놓고 보니 판단을 잘못한 것이다.

'제발, 저기 있는 허점을 몰라야 할 텐데⋯⋯.'

하지만 이제 갓 바둑을 시작한 그녀의 눈에도 보이는 허점이 어찌 수십 년 동안 바둑을 둔 패력검제의 눈에 안 보이겠는가. 날카로운 눈초리로 잠시 전장을 관찰하던 패력검제는 인정사정없이 그곳에 흰 돌을 쑤셔 넣으며 이죽거렸다.

"승부의 세계는 냉정한 법!"

패력검제가 돌을 놓자마자 조령의 안색이 헬쑥하게 질렸다.

"제, 제발 한 수만 물려주시면 안 될까요? 예? 제발~~."

애처롭게 사정했지만, 패력검제는 무자비한 어조로 딱 잘라 말했다.

"일수불퇴! 엎지른 물을 다시 주워 담을 수는 없는 법이라네."

결국 검은 돌은 단 한 곳에도 진지를 구축하지 못한 채 바둑판 위에는 흰 돌만이 잔뜩 깔려 있었다. 그리고 그 흰 돌들을 원독 어린 시선으로 노려보고 있는 조령의 얼굴은 분노로 인해 시뻘겋게 상기되어 있었다. 어찌 초보자를 상대로 이토록 무자비한 손속을 발휘할 수 있단 말인가.

상대의 심리 상태를 모르는 척 쓱쓱 돌을 주워 담던 패력검제는 음흉스런 어조로 조령에게 제안했다.

"어때? 또 한 판 하려나?"

그런 패력검제의 모습이 너무나도 얄미워 조령은 순간적으로 발작을 일으킬 뻔했다. 하지만 그녀는 억지로 미소를 지으며 상대에게 사정하기 시작했다.

'차, 참아야 하느니라…, 으드득.'

그렇지만 그녀의 미간에 내천(川) 자가 쓰여 있는 것으로 보아 인내심의 한계가 가까워 오고 있음을 능히 짐작할 수 있었다.

"저…, 다섯 점만 아니, 아홉 점만 미리 깔고 두면 안 될까요?"

"허어, 어찌 공명정대한 바둑을 둠에 있어서 먼저 우위를 점하고 시작하려 하는고? 절대로 그렇게 해 줄 수는 없지."

"훌쩍훌쩍!"

결국 치밀어 오르는 분노를 참지 못하고 조령은 기어코 눈물을 떨구고야 말았다. 하지만 패력검제의 의지는 단호했다.

"눈물을 흘린다고 해결될 일이 아니라네."

"으아아아앙!"

조령이 울면서 어딘가로 뛰쳐나간 후, 패력검제는 바둑판을 한쪽 옆으로 치워 놓으며 중얼거렸다.

"다음에 또다시 바둑 두자고 올 때는 조금 더 실력이 향상되어 있겠군. 어쩌면 다음에는 내기에 질지도 모르겠어. 흐음, 확실히 근성이 있는 아이란 말이야. 그렇게 무자비하게 깨 버리는 데도 계속 도전해 오는 것을 보면 말이야."

이때, 저쪽에서 서량이 차를 가지고 걸어오는 것을 보고 패력검제는 빙긋 미소를 지었다.

"아무래도 네가 늦은 듯하구나. 그 아이는 벌써 가 버렸으니 말이다."

그 말에 서량은 능청스럽게 대꾸했다.

"하하, 무슨 말씀을. 아버지 드리려고 가져왔지, 조령 소저 주려고 가져온 거 아닙니다."

"그럼 왜 찻잔이 세 개인고?"

"소자가 만약 두 개를 가져왔는데, 혹시 조령 소저가 있다면 그 둘을 누구에게 줘야 하겠습니까? 아버님께서 언제나 말씀하셨듯이 삶을 평화롭게 살려면 융통성이라는 것이 필요한 법이죠."

패력검제는 아들의 말에 호쾌하게 웃으며 말했다.

"하하핫! 어서 올라오너라. 오랜만에 너하고 다향을 즐기게 되었구나."

"그런데, 좀 살살 봐주면서 하시지 그러셨습니까? 멀리서 슬쩍 보니 너무 심하신 것 같던데요."

"허허, 내가 결코 심한 것이 아니다. 단 한 집이라도 살리면 무공을 가르쳐 달라는 조건이 붙어 있는 내기 바둑이다. 결코 양보할 수 없지. 또 겨우 이런 것으로 포기할 정도의 마음가짐으로 어찌 상승의 무공을 익힐 수 있다는 말이냐?"

두 부자가 한담을 나누며 다향을 즐기고 있을 때, 누군가가 엄청난 속도로 달려와서 고개를 조아리며 외쳤다.

"문주님, 무림맹에서 전서가 도착했습니다."

"호오, 무림맹에서? 그래, 이번에는 또 무슨 일이냐?"

"무림맹은 불구대천의 원수인 마교와 전면전을 선포했습니다. 3개월 후에 십만대산을 공략할 테니, 각 무림동도들에게 전폭적인 지지를 호소한다는 내용이었습니다."

화산파가 마교에게 멸문당했다는 것은 이제 알 만한 사람은 다 알 정도로 널리 퍼진 사실이었다. 하지만 제령문은 이렇다 할 첩보 조직조차 갖추고 있지 않은 작은 문파였고, 또 소주에 새로운 터전을 잡은 지 그리 오랜 세월이 흐르지 않았기에 아무래도 기반이 취약했다. 그렇기에 지금까지 그 사실을 알지 못하고 있었던 것이다.

"마교와 전면전을? 놀라운 일이로다. 지금까지 마교와 수많은 다툼이 있었지만, 무림맹에서 그렇게까지 강하게 전의를 드러낸 적은 없었는데, 무슨 일이라도 있었나?"

슬쩍 패력검제의 눈치를 보며 서량이 말했다.

"답신을 빨리 보내야 하지 않겠습니까, 아버지?"

"그게 중요한 게 아니다. 자네는 눈치 빠른 녀석 몇을 데리고 나가 무림맹이 왜 마교와 전면전을 선포한 것인지 그 이유를 알아내라. 갑자기 무림맹에서 이런 강수를 둔 이유가 있을 게다."

"옛, 문주님."

"무슨 일일까요?"

패력검제는 느긋하게 차를 마신 후 대꾸했다.

"글쎄, 점쟁이가 아닌 한 나라고 그것을 알 수 있겠느냐?"

사실 그에게 있어서 이제 더 이상 무림맹과 마교의 일은 자신에게 족쇄가 될 수 없었다. 그의 마음은 더욱 높은 경지를 향한 염원으로 가득 차 있었기 때문이다.

3일 후, 패력검제는 무림맹이 마교와 전면전을 선포한 이유를 다른 경로를 통해 알게 되었다.

"나으리, 고혼일검 대협께서 오셨습니다."

고혼일검 여민은 패력검제의 단 하나뿐인 사형이었다. 그 말을 전해들은 패력검제의 안색은 환하게 밝아졌다. 패력검제는 서재에서 황급히 달려 나오며 외쳤다.

"사형께서는 지금 어디에 계시느냐? 빨리 이쪽으로 모시지 않고."

"예, 도련님께서 모시고 계십니다. 아, 저기 오시는군요."

낡고 허름한 옷을 걸친 중년 사내가 서량과 담소를 나누며 들어오고 있었다. 아마도 이마와 뺨에 난 긴 상흔만 없었다면 상당히 잘생긴 얼굴이었을 것이다.

"어서 오십시오, 사형."

"허허, 문주도 건강한 듯하여 마음이 놓이는구먼. 문주, 드디어 마교 놈들에게 복수할 기회가 찾아왔다네."

"아, 사형께서도 무림맹에서 마교에 전면전을 선포한 사실을 들으셨군요."

"물론이지. 내 그걸 듣자마자 만사를 제쳐 놓고 곧장 달려왔다네."

"자자, 안으로 드시지요. 먼 길을 달려오셨는데, 차로 목이나 축이시면서 얘기를 나누는 것이 좋지 않겠습니까?"

"허허헛, 기왕이면 향기로운 술로 주게."

"무슨 대낮부터 술이십니까? 걱정 마십시오. 사형과 밤새 마시려고 준비해 둔 좋은 술이 있으니까요. 자, 우선 안으로 드시지요."

패력검제는 여민이 자리에 앉자마자 자신이 이해할 수 없었던 부분을 단도직입적으로 물었다.

"왜 무림맹이 마교에 대해 그런 초강수를 동원했는지 사형은 들으셨습니까?"
 "아니, 문주는 그것도 아직까지 몰랐단 말인가?"
 "예, 여러 가지로 일이 많다 보니······."
 "마교에서 화산파를 멸문시켰다네."
 화산파가 멸문당했다는 말에 패력검제는 깜짝 놀랄 수밖에 없었다.
 "예? 그, 그럴 리가······."
 "기습 공격을 가해 완전히 씨도 남기지 않고 쓸어버린 모양이더군. 소문을 듣자마자 노부와 면식이 있는 개방의 분타주를 찾아가 확인까지 했으니 틀림없는 사실일세."
 "이상하군요. 그가 그런 짓을 저지를 사람이라고는 생각되지 않았는데······."
 "그라니, 누구를 말하는 겐가?"
 여민이 날카롭게 눈을 빛내며 채근하자, 패력검제는 아무것도 아니라는 듯 슬쩍 넘기며 대화를 다른 쪽으로 돌렸다.
 "아, 아무것도 아닙니다. 그런데 사형께서는 왜 마교가 화산을 공격했는지 아십니까?"
 "아, 그거야 당연한 결과가 아니겠는가."
 "예? 당연하다니요?"
 "전에 문주가 노부에게 무영신마를 사냥하려고 하는데 함께 가자고 청하지 않았나?"
 "그랬었지요."
 "무영신마를 잃은 마교에서는 당연히 복수를 꿈꾸며 이를 갈았을 테고, 그때 재수 없게도 화산파가 걸린 것이 아니겠는가?"

사형의 논리에 패력검제는 잠시 할 말을 잃었다. 아마도 사제의 실력을 인정하는 그였기에 필히 무영신마의 목이 날아갔을 게 분명하다고 여겼던 모양이다. 하지만 그게 아니었지 않은가.

"사형께서 잘 모르시는 모양인데, 무영신마는 있지도 않았습니다. 그러니까 제 생각으로는 뭔가 화산파가 박살 날 만한 짓을 마교에게 저지른 것이 아닌가 하는 생각이 드는데요."

"허허이, 이상한 일이로군. 언제부터 문주가 그렇게 마교를 높이 쳐 줬었지? 원래 그놈들은 아무런 이유도 없이 살인과 방화를 일삼는 놈들이야. 그놈들이 아버님을 돌아가시게 했을 때도 이유가 있었나? 무엇이건 간에 자기들의 마음에 들지만 않으면 곧장 죽이고 파괴하는 놈들이 아닌가 말일세."

"하지만 그렇게 생각하기에는 화산이라는 문파가 그리 만만한 상대는 아니지요."

고혼일검 여민은 예전에 자신들이 당했던 처참한 기억을 떠올렸는지 주먹을 불끈 쥐고 말했다.

"그럴지도 모르지. 하지만 과거 본문에 불어 닥쳤던 혈겁을 생각해 보게. 처음에는 아버지, 그런 다음 일이 커져서 산 위에 올라갔던 대부분의 사형제들, 우리 쪽에서 치밀하게 대비를 했으니 망정이지 안 그랬다면 본문까지 잿더미로 만들었을걸? 안 그런가?"

"그건 알 수가 없으니 논외로 하지요."

"그래, 문주는 언제 출발할 생각이신가?"

"글쎄요, 3개월 후라고 하니 시간은 충분하지 않겠습니까? 완벽한 준비를 갖춘 후 출발해도 늦지 않을 것입니다."

"그건 문주 말이 맞는 것 같구먼."

먼지 나게 한번 맞아 볼래?

 염왕대가 마교를 떠나 화산으로 이동할 때는 대파산맥을 빙 돌면서 야음을 틈타 적의 눈을 속여 가며 전진했었다. 하지만 일단 임무를 끝마치고 귀환하는 마당에 그 짓을 할 이유는 없었다. 오히려 꾸물거리다가 무림맹의 무사들에게 퇴로를 차단당하면 큰 곤욕을 치를 수도 있었다. 천진악이 거느리고 온 것은 겨우 5개 대뿐이었으니 말이다. 그렇기에 그는 수하들을 독려하여 진령산맥을 타고 최대한 빨리 귀환하는 방법을 택했던 것이다.
 천진악과 그가 거느리는 염왕대 고수들은 마교에 복귀하면서 열렬한 환영을 받았다. 이미 비마대를 통해 그들이 이룩한 전과가 마교 내에 널리 알려진 덕분이었다.
 "염왕대주 천진악 이하 염왕대 5개 대, 임무를 무사히 끝마치고 본교에 귀환했습니다."

천진악의 보고를 받은 수석장로 수라혈신(修羅血神) 북궁뇌(北宮雷)의 안색은 험악하기 그지없었다.

"그래, 인명 피해는 없었는가?"

"일곱이 사망했고, 수십 명이 중경상을 당하기는 했지만 화산파라는 대적을 무너뜨린 것을 감안한다면 피해라고 볼 수도 없을 것입니다."

"크하하핫! 그것 참 통쾌한 소식이로군."

여기까지 기분 좋게 말한 수석장로의 어조는 갑자기 이빨 갈리는 그것으로 급변했다. 아무래도 천진악이 뭔가 그의 기분을 나쁘게 만든 행동을 한 모양이다.

"하지만 그런 큰 작전을 어떻게 수석장로인 나도 모르게 수행할 수 있다는 말인가? 그대가 노부를 상관으로 생각했다면, 떠나기 전에 단 한마디 언질이라도 줬어야 하는 것 아닌가?"

북궁뇌가 언성을 높이며 질책할 만도 했다. 더군다나 그는 수석장로면서 내총관까지 겸하고 있지 않은가. 각 무력 단체를 총괄하는 장로들의 권한이 커지면서 내총관의 권력이 축소되기는 했지만, 그래도 명목상은 내총관이 총책임을 지게 되어 있었다.

북궁뇌의 눈치를 보면서 천진악은 난처하다는 듯 대꾸했다.

"아무래도 따지셔야 할 대상이 잘못된 것 같습니다, 수석장로님. 저는 화산 인근에 집결하라는 명령만 받고 교를 나섰을 뿐입니다. 그런데 그곳에 도착해 보니 화산 인근에 비마대가 쫙 깔려서 화산파의 내부 정보를 전해 주더군요. 그것으로 봐서 아마도 군사나 비마대주께서는 그 사실을 이미 알고 계셨지 않겠습니까?"

천진악은 슬며시 군사에게로 팔밀이를 했고, 덕분에 수석장로의 노화를 한꺼번에 감당해야 할 입장에 놓인 군사의 안색은 창백하게 질렸다.
　수석장로는 분노 어린 시선을 군사에게로 돌렸다.
　"사실이오, 군사?"
　군사는 수석장로에게 공손하게 대답했다.
　"아닙니다, 수석장로님. 그런 일이 있을 줄 알았다면 어찌 수석장로님께 보고하지 않았겠습니까. 저는 염왕대를 보내라는 교주님의 명령을 받고, 비마대도 필요하지 않을까 하는 생각에 비마대주께 협조 요청을 했을 뿐, 저도 설마 교주님께서 화산파를 멸문시키시리라고는 상상도 하지 못했습니다."
　수석장로의 시선을 받은 비마대주 홍진이 다급히 말했다.
　"교주님께서는 염왕대와 합류한 이후에 화산을 치시겠다는 결심을 하셨습니다. 수하들에게 그 보고를 받았을 때는 이미 일이 끝난 후였습니다."
　화산파와 마교 사이에는 엄청난 거리가 가로막혀 있었다. 그렇기에 화산이 멸문당한 이후에야 교주가 화산을 치려고 한다는 보고가 홍진에게 도착했던 것이다.
　이제 더 이상 질책할 사람도 없었기에 수석장로는 분통을 터뜨렸다.
　"이런 젠장! 그렇다면 그 작전은 완전히 교주님께서 즉흥적으로 시행하신 작전이었다는 말이오?"
　"그렇습니다. 그러니 저희들을 향한 노화는 거두어 주시길 부탁드립니다."
　"빌어먹을! 어쩔 수 없구먼. 이보게들, 다음부터는 뭔가 조그마

한 낌새만 있어도 노부에게 연락 좀 해 주게. 알겠는가?"
"옛, 명령대로 따르겠습니다."
"젠장, 그 망할 화산파가 끝장나는 통쾌한 순간에, 아무것도 모르고 본교에만 틀어박혀 있었다니……. 이런 빌어먹을!"
"너무 섭섭하게 생각하지 마십시오, 수석장로님. 아마도 곧 그럴 기회가 오지 않겠습니까?"
비마대주 홍진의 말에 수석장로의 입은 한껏 벌어졌다.
"오오, 비마대주, 뭔가 새로운 정보가 있소?"
"아직 이렇다 할 움직임은 없습니다. 하지만 무림맹이 가만히 있을 턱이 없지 않습니까? 뭔가 복수를 하기 위해 움직이겠지요."
"크흐흐훗, 그 버러지 같은 것들이 움직여 봤자지. 이번에야말로 반드시 무림맹을 끝장내 버릴 것이야. 자, 모두들 축배를 들러 가세나. 노부가 좋은 술을 잔뜩 준비해 놓으라고 일렀다네."
그날 수석장로는 모든 장로와 통쾌하게 술을 마셨다. 오랜 세월 마교와 다툼을 벌여 왔던 숙적들 중의 하나가 사라졌으니 얼마나 기분이 좋았겠는가. 그는 다음에는 꼭 자신이 앞장서서 정파 놈들을 쓸어버리겠다고 다짐하며 술잔을 들이켰다.

마교의 장로들은 거의 대부분 무림맹과의 일전을 원하고 있었다. 마교는 그 지닌바 힘의 크기에 비해 너무나도 오랜 세월 숨죽이고 살아왔다. 그렇기에 그들은 자신들이 은퇴하기 전에 무림맹이 끝장나든지 아니면 마교가 멸망하든지 둘 중 하나의 결과가 나오기를 기대하고 있었다. 물론 그들이 간절히 원하는 것은 무림맹의 멸망이었지만 말이다.

하지만 이런 장로들의 움직임과는 달리 갑작스런 무림맹과의 충돌을 우려하는 사람들도 있었다. 화산파가 멸문당했다는 보고를 들은 천리독행은 너무나도 놀라 하마터면 숨이 끊어지는 줄 알았다. 중상을 당하고 몸져누워 있던 그에게 그 소식은 너무나도 큰 충격이었던 것이다. 의원이 달려와서 침을 놓고, 환약을 먹이는 등 치료를 행한 후에야 그는 정신을 차릴 수 있었다.

"화산파가 멸문당했다고 했느냐?"

"예, 부교주님."

'이런 망할! 도대체 교주는 지금 정신이 있는 거야 없는 거야. 무턱대고 전면전으로 나간다면 이쪽도 엄청난 피해를 각오해야 할 텐데……'

하지만 그가 수하에게 한 말은 생각과는 다른 말이었다. 왜냐하면 마교는 강자지존의 세계. 결코 수하에게 자신의 나약함을 보일 수는 없는 것이다.

"으으윽, 그래 교내의 반응은 어떻더냐?"

"지금 교내는 완전히 축제 분위기입니다. 본교의 숙적들 중의 하나인 화산파를 멸문시켰으니 당연하지 않겠습니까?"

"젠장! 아냐, 상처가 쑤셔서 그러니까 네가 상관할 바 없다. 시간이 지나면 괜찮아지겠지. 그래, 장로들의 반응은?"

걱정스러운 눈빛으로 자신을 바라보는 수하에게 천리독행은 욕지거리를 내뱉으며 중얼거렸다. 사실 그를 불편하게 만들고 있는 것은 상처의 통증 따위가 아니었다. 마교의 미래가 한 미치광이 때문에 완전히 망가질 수도 있다는 우려 때문이었다.

"수석장로께서는 승전을 축하하기 위해 모든 장로를 모아 놓고 지금 거나하게 주연을 베푸시고 계십니다."

'이런 빌어먹을! 장로들까지도 지금 본교가 무슨 짓을 저질렀는지 모른단 말인가? 그래, 초류빈! 그놈이라면 그래도 현실을 직시하고 있지 않을까? 아니야, 그놈은 그런 것에는 처음부터 아무런 관심도 없는 놈이었지. 맞아! 흑풍대주라면 어느 정도 말이 통할지도 몰라. 본교의 미래에 대해 꽤나 깊게 생각했던 놈이니 말이야.'

"흑풍대주에게 주연이 끝난 후 노부가 좀 보자고 한다고 전하거라."

"옛."

주연이 끝나고 찾아온 관지는 침상에 누워 있는 천리독행에게 정중하게 인사를 건넸다.

"속하를 찾으셨습니까, 부교주님?"

"노부가 몸이 불편하여 이 상태로 얘기하는 것을 이해하게."

천리독행은 잠시 관지의 안색을 살피더니 어렵사리 말을 꺼냈다.

"자네는 이번 승리를 어떻게 보는가? 자네 또한 지존의 자리에 근접했던 사람, 결코 생각이 얕을 거라 여기지 않기에 묻는 것이네."

관지로서는 상대가 이런 말을 꺼내는 의도를 알 수 없었기에 간단하게 대꾸했다.

"위대한 승리였습니다."

그 말에 천리독행은 씁쓸한 웃음을 터뜨리며 말했다.

"허허헛, 지금까지 노부와 자네는 서로 대립하며 다른 길을 걸어왔으니, 자네가 노부를 의심하는 것은 당연하겠지. 하지만 노부는 이것만은 자네에게 말하고 싶었다네. 무림맹은 결코 약한 집단이 아니야. 서서히 압박하며 무림맹을 뒤에서 떠받치는 군소방파들을 하나씩 해체시켰어야 했어. 그러지 않은 상태에서 화산파를 치는 것은 적을 더욱 단결시킬 뿐이야. 노부는 도무지 이해할 수가 없다네. 이런 식으로 정면충돌을 일으켜 봐야 본교에게 유리할 것은 하나도 없어. 그렇게 생각하지 않나?"
"교주님의 뜻을 따라가는 것이 교도로서 해야 할 최선의 본분이라고 여기고 있습……."
관지의 말이 채 끝나기도 전에 천리독행이 분통이 터진다는 듯 외쳤다.
"이런 제기랄! 자네만은 이 노부의 마음을 알아줄 것으로 생각했거늘……. 가 보게! 아무래도 노부가 자네를 너무 높게 평가했었던 것 같군."
뚜벅뚜벅 걸어 나가던 관지가 잠시 걸음을 멈추더니 슬쩍 뒤로 돌아서며 말했다.
"물론 부교주님의 우려도 이해가 갑니다. 속하도 순간적이나마 그런 생각을 했었으니 말입니다. 하지만 지금에 와서 그분을 부정한다면 지금까지 그분을 믿고 기다린 그 오랜 시간들은 뭐가 되겠습니까? 한 번 믿었으니 끝까지 믿어 보는 것이 최선의 선택이라고 생각했습니다. 속하가 너무 주제넘은 말씀을 올렸군요. 그럼 이만 물러가겠습니다."
관지가 물러가고 난 후 천리독행은 씁쓸한 어조로 중얼거렸다.
"한 번 믿었으니 끝까지 믿어 보겠다? 허어, 어쩌면 그게 최선의 선택인지도 모르겠군."

묵향은 염왕대가 마교에 귀환한 후, 정확히 4일 후에 도착했다. 그의 귀환은 매우 은밀하게 이루어졌다. 왜 묵향이 남의 집에 들어가는 도둑놈처럼 살금살금 돌아왔느냐? 그것도 다 이유가 있었다.

묵향은 최대한 기척을 숨기며 숲 속으로 들어갔다. 과연 초류빈은 그곳에 있었다. 커다란 도를 끌어안고 나무에 기댄 채 고개를 숙이고 있었는데, 잠을 자고 있는 건지 졸고 있는 건지 알 수가 없었다. 하지만 지금 그런 걸 확인할 이유는 하나도 없었다.

"으흐흐, 초류빈 이놈! 내가 네놈을 가만히 놔둘 줄 알았느냐?"

잠시 졸고 있던 초류빈은 지옥에서 울려오는 듯한 울림에 흠칫 잠에서 깼다. 그런데 그의 눈앞에 다리 두 개가 놓여 있는 것이다. 아무리 자신이 졸고 있었다고 하지만 이렇게 가깝게 접근해 올 때까지 눈치조차 채지 못하고 있었다니……. 초류빈은 그 다리의 임자가 누군지 알아 보기 위해 시선을 올렸다. 그리고 그는 봤다. 악귀처럼 미소 지으며 자신을 내려다보고 있는 묵향의 얼굴을.

도대체 그가 왜 여기에 있는 거지? 분명히 그가 중원을 다 돌아보는 데 1년은 걸릴 것이라고 생각했는데…….

"허걱! 교, 교, 교주님께서 여, 여기는 어쩐 일로……."

묵향이 씨익 살기 어린 미소를 지으며 대꾸했다.

"네 죄가 뭔지는 대충 아는 듯하구나."

"죄, 죄라니요. 결코 저는 교주님께 잘못한 것이 없습니다."

"어쭈? 이제는 발뺌까지? 너 먼저 나게 한번 맞아야 정신을 차리겠냐?"

묵향의 얼굴을 보아하니 그냥 넘어갈 리는 없을 게 분명했다. 초류빈은 묵직한 도의 손잡이를 꽉 쥐며 마음을 다잡았다. 손아귀에 꽉 차는 든든한 느낌이 초류빈의 떨림을 멎게 해 줬다.

"먼지 나게 맞다니요? 저도 옛날과 많이 달라졌다 이겁니다. 그런 식으로 애 취급하지 마십시오."

그런 초류빈을 묵향은 가소로운 듯 쳐다보며 이죽거렸다.

"호오, 그래? 놀라운 발전이군. 그렇다면 어떻게 취급해 주랴?"

"저는 천마신교의 부교주입니다. 그에 걸맞은 대우를 원합니다."

"오랜만에 옳은 소리를 하는군. 좋다, 그럼 네가 부교주면 나는 뭐냐?"

갑자기 이 양반이 무슨 소리를 하는가 싶었지만 초류빈은 대답을 해야만 했다.

"교주님이시죠."

"네놈이 나를 교주로 생각하고 그에 걸맞은 대접을 했냐?"

허걱, 이런 식으로 공격해 오다니. 교주의 머리가 갑자기 명석해지기라도 하셨나?

"무, 물론 도망친 것은 잘못한 짓입니다. 하지만 제 입장도 고려를 해 주셔야 하는 것 아닙니까? 제가 마교 부교주가 되었음이 세상에 밝혀진다면 초씨세가의 명성에 똥칠을 하게 될……."

순간 분노에 일그러진 묵향의 표정을 보며, 초류빈은 자신이 말을 잘못했음을 깨닫고 황급히 입을 다물었다.

"뭣이? 네놈은 천마신교를 잡배들의 집합소쯤으로 생각하고 있었다 이거지? 똥칠이 어쩌구 어째? 그냥 봐줄까 하는 생각도 했었는데, 이놈 정신 상태가 글러먹었……."

그 순간 초류빈의 기습 공격이 시작되었다. 이왕에 반쯤 죽을 정도로 두들겨 맞을 거, 반항이라도 해 봐야겠다는 생각에서 비롯된 공격이었다.

초류빈의 주먹이 묵향의 몸을 꿰뚫는 순간, 초류빈은 공격에 성공했다는 생각을 했다. 하지만 그의 주먹에는 그 어떤 감촉도 없었다. 그리고 간발의 차로 묵향의 신형이 사라지는 것을 봤다.

'이형환위? 정말 놀랍군. 간발의 순간에 이형환위를 시전할 수 있을 줄이야.'

하지만 그런다고 물러설 초류빈이 아니었다. 초류빈도 화경의 경지에 다다른 고수다. 나무에 기대어 앉아 있던 그의 몸이 그 자세에서 불가사의한 속도로 튕겨 나오며, 순식간에 묵향에게 따라붙었다. 순간, 초류빈의 손에 들린 거대한 도가 도저히 이해할 수 없을 정도의 쾌속한 움직임을 보이며 강기를 뿜어냈다. 아무래도 교주는 자신이 이런 식의 기습 공격을 감히 가해 올 것이라고는 상상도 하지 않았던 것이 분명했다. 간신히 방어하며 정신없이 뒤로 밀리고 있는 것을 보면 말이다. 그 모습을 보며 초류빈은 회심의 미소를 짓고 있었다.

'드디어 나한테도 기회가 온 거야. 흐흐훗, 저 인간만 없앨 수 있다면 나는 자유라구!'

마교에서만 벗어날 수 있다면 초류빈은 무림최고수의 반열에서 대우받으며 평생을 즐길 수 있을 것이다. 지금이야 마교에 얽매여 있다 보니 자신이 화경을 깨달았다는 사실 자체를 외부에 숨기고 있었지만, 마교만 벗어난다면 얘기가 완전히 달라지지 않겠는가. 그 생각을 하자 거도를 쥐고 있는 초류빈의 손아귀에 절로 힘이 들

먼지 나게 한번 맞아 볼래? 227

어가는 것이었다.
 초류빈은 더욱 공격에 박차를 가하기 시작했다. 거도가 휩쓸고 지나가자 그 강기의 여파로 아름드리나무들이 쓰러졌고, 땅바닥이 파이며 흙먼지가 짙게 피어올랐다. 하지만 눈앞이 보이지 않는 것쯤에 방해를 받을 초류빈이 아니었다.
 '언제 교주가 정신을 차리고 반격을 가해 올지 알 수가 없어. 그러니 무슨 짓을 해서라도 승기를 잡고 있는 이때 저놈을 확실하게 끝장내야 해. 이렇게 살다가 죽을 수는 없잖아.'
 초류빈은 무리를 해서라도 자신이 쓸 수 있는 가장 강력한 공격들을 연속적으로 펼쳐 나가고 있었다. 원래 이런 식으로 무작정 공격하는 것은 자멸하는 길임을 잘 알고 있었지만, 지금은 선택의 여지가 없었다. 20여 초식도 전개하지 않았는데도, 무리한 공력 소모로 인해 기혈이 들끓어 오르는 것 같았다. 하지만 그는 여기서 멈출 수가 없었다. 상대가 간신히 공격을 피하고 있는 게 눈에 보이지 않는가.
 교주는 그야말로 간신히 초류빈의 공격을 피해 내고 있었다. 어떤 때는 피하는 것이 늦어 강기의 여파가 상대의 몸에 직접적으로 충돌하기도 했다. 물론 그 정도로 교주의 막강한 호신강기를 뚫지는 못하겠지만, 거의 간발의 차로 목숨을 건진 거나 다름없었다. 덕분에 그의 옷은 순식간에 넝마 조각이 되어 있었다. 얼마나 피하기에 급급했으면 당황해서 미처 검을 뽑을 여유도 없을 정도가 아닌가.
 '이이익, 기회는 이때야! 조금만 더 하면 아예 보내 버릴 수 있어. 제발 한 방만 맞아라.'

그런데 이게 1백 여 초식 이상이 넘어가기 시작하자, 초류빈은 자신이 지금 속고 있는 게 아닌가 하는 생각이 슬그머니 들기 시작했다. 하지만 눈앞에 보이는 상대의 처참한 몰골이 그의 생각을 가로막고 있었다. 꼭 한 방만 제대로 치면 끝낼 수 있을 것 같은데, 그 한 방이 안 들어가는 것이다. 미치고 환장할 일이 아닌가.

"헥헥헥!"
자신의 모든 공력을 투입해서 연속 공격을 쉴 새 없이 퍼부어 대던 초류빈은 이제 다리가 후들거리고, 손에는 힘이 빠져 거도를 간신히 들고 서 있을 뿐이었다. 하지만 그 많은 공격을 당한 상대는 아직도 생생하지 않은가. 도대체 이게 어떻게 된 일일까?
"이제 힘이 다 빠졌냐?"
묵향은 악마처럼 눈빛을 빛내며 초류빈에게 이죽거렸다.
"오랜만에 재미있었다. 그건 그렇고 명령 불복종에다가 본좌에게 하극상까지 시도했으니, 각오는 되어 있겠지?"
"끄으윽! 여, 역시……."
아마도 그 뒤에 이어질 말은 '속았구나'였을 것이다. 뭐 어찌 되었건 그 이후, 초류빈이 기거하던 숲에서는 뭘 때려잡는지 북치는 듯한 타격음과 돼지 멱따는 듯한 비명 소리가 밤새도록 울려 퍼졌다.

묵향이 돌아오자 마교의 모든 고수가 그를 열렬히 환영했다. 화산파라는 거목을 뿌리째 뽑아 버리는, 역대 교주들 중에서 그 누구도 하지 못했던 일을 그가 돌아오자마자 단번에 해치웠으니 그건 당연한 결과였다.

묵향은 마교에 귀환한 후, 장로급 이상의 수뇌부를 소집했다.

"그래, 무림맹의 동태는 어떠하던가, 군사?"

"예, 무림맹은 전면전을 선포한 후 동조자들을 모으려고 혈안이 되어 있습니다. 속하가 확인한 바에 따르면 무림에 적을 두고 있는 웬만한 문파에는 다 격문을 돌렸다고 합니다."

"호오, 그래? 정공(正攻)으로 들어오시겠다 이거군. 그래, 각 문파에서 호응은 좀 있다고 하던가?"

"물론입니다, 교주님. 본교가 너무 오랜 세월 동안 잠잠했었기에, 본교의 무서움을 모르는 수많은 문파가 거기에 동참하고 있는 모양입니다."

이때, 수석장로가 끼어들었다. 그의 목소리에는 자신감이 넘치고 있었다.

"교주님, 명령만 내려 주십시오! 중원을 휩쓸 준비는 이미 끝났습니다. 놈들에게 자신들의 힘이 얼마나 보잘것없는 것이었나 보여 줘야만 합니다."

"수석장로의 용맹은 익히 잘 알고 있네. 하지만 지금은 때가 아니야."

수석장로를 치하한 후, 묵향은 홍진에게로 시선을 돌리며 말했다.

"비마대주, 놈들이 언제쯤 공격을 가해 올 것인지에 대한 정보는 입수했나?"

"물론입니다, 교주님. 3개월 후에 총공격을 가해 올 것입니다."

"그래, 수고했군."

묵향은 이번에는 군사에게로 시선을 돌리며 질문을 던졌다.

"군사가 생각한 대응책이 있다면 한번 들어 보세."

"아무래도 무림맹은 정파의 연합체입니다. 본교처럼 정예 무사들을 항시 보유하고 있는 입장이 아닙니다. 일단 격문을 돌려 동참할 고수들을 모집할 것입니다. 그런 다음 청해성까지 이동한 후, 그곳에서 집결된 세력을 정비하여 본교에 대한 공격을 감행해 올 것으로 사료됩니다. 그런 만큼, 그들의 세력이 집결되기 전에 각개 격파해 나간다면 충분히 승산이 있다고 보여집니다."

"흠, 군사의 말에 일리가 있군."

"예, 무림맹이 보유하고 있는 정예 무사는 겨우 5천이 넘습니다. 그리고 8파1방, 5대세가가 그들이 지닌 모든 힘을 쥐어짠다고 해도 5만이 채 되지 않을 겁니다. 그 외 나머지는 숫자만 차지할 뿐 그리 위협적인 전력이 아닙니다."

군사는 커다란 지도를 가져다가 탁자 위에 펼쳐 놓으며 말했다.

"지금까지 무림맹이 본교를 공격했을 때, 특별한 경우를 제외하고 거의 대부분의 경우 집결지까지는 각자 행동했습니다. 소림사의 세력은 소림사대로 이동했고, 무당의 세력은 무당대로……."

군사는 지도를 짚으면서 몇몇 문파가 이동한 경로들을 그려 보인 후 말을 이었다.

"놈들이 청해성에 완전히 집결을 완료했을 때는 최소 10만 이상의 엄청난 규모의 세력을 보유하게 되겠지만, 아직까지는 그렇게 되지 않았다는 것이 최대의 약점입니다. 강력한 세력을 지닌 몇몇 문파만을 청해성에 도착하기 전에 포착하여 괴멸시켜 버린다면 승리한 것이나 다름없다고 봐야 할 것입니다."

묵향은 잠시 지도를 바라본 후 장로들을 쭉 훑어보며 말했다.

"그 외에 또 다른 의견은 없는가?"

아무도 의견을 말하지 않았기에 묵향은 군사의 계획대로 작전을 시행할 것임을 밝혔다.

"좋다, 자네의 작전대로 수행하기로 하지. 군사는 장로들과 상의하여 세부적인 작전 계획을 수립한 뒤 본좌에게 제출하라."

"옛, 교주님!"

회의가 끝난 후 모두들 밖으로 나갈 때 묵향이 군사를 불러 세웠다.

"군사는 잠깐 나 좀 보세."

"예, 무슨 일이십니까, 교주님? 이번 작전에 대해 뭔가 미심쩍은 부분이라도 있으십니까?"

"아니, 그건 아니고 딴 일일세. 왜국과의 무역 준비는 제대로 되어가고 있는가?"

"옛, 아주 순조롭게 진행 중입니다. 잘만 된다면 2개월 후에 무역선을 출발시킬 수 있을지도 모르겠습니다."

이건 묵향으로서도 의외였다. 그가 생각하고 있던 것보다 훨씬 빨랐기 때문이다.

"배를 건조하는 데 최소한 9개월 이상이 필요하다고 하지 않았나? 그런데 어떻게……."

"물론 그렇게 보고 드렸었습니다. 그것도 본교가 필요로 하는 것은 수군 전선(戰船)이 아니겠습니까? 새것으로 건조하려면 보통 사용되는 무역선에 비해 2개월 정도의 시간이 더 필요합니다. 그런데 이번에 운 좋게도 수군 전선 3척을 입수하게 되었습니다."

"오, 그래? 상태는 어떻던가?"

"꽤 상태가 좋기에 조금만 손을 보면 충분할 것 같습니다. 사실 요 근래에 북방이 어수선하다 보니 수군 진영에서 병사들을 뽑아내어 국경선으로 보내고 있습니다. 대대적으로 수군을 감축시키고 있는 것이지요. 그렇다 보니 꽤 쓸 만한 배들이 흘러나오고 있는 것입니다."

"잘되었구먼."

"예, 무역할 상품들이 준비되는 대로 출발시키도록 하겠습니다."

"그래, 그렇게 하게. 참, 관지에게 빠릿한 놈으로 1천 정도 준비시키라고 해."

군사는 어리둥절한 표정으로 되물었다.

"예? 그들을 어디에 쓰시려고 그러십니까?"

"왜국에 보낼 거야."

그 말에 군사는 말도 안 된다는 듯 되물었다.

"아니, 이제 곧 정사대전이 벌어질 판인데, 1천의 정예를 빼신다는 말씀이십니까?"

"여기는 본좌가 있으니 어떻게든 처리해 나갈 수 있어. 1천의 정예를 왜국에 보내는 것은 더욱 장기적인 계획을 세우고자 함이야. 그들을 보내 후지와라 영주가 그 일대의 패권을 장악하도록 도와주면, 대영주로 성장한 그는 본좌에게 아주 큰 도움이 될 수 있을 게야. 안 그런가?"

"교주님께서 그렇게 생각하신다면, 명대로 따르겠습니다."

뜻밖의 방문객

 묵향은 회의가 끝난 후 마화를 호출했다.
 "찾으셨습니까, 교주님?"
 "응, 한 가지 부탁할 것이 있어서 불렀는데 말이야."
 "무슨 일이십니까?"
 묵향은 화산파에서 있었던 일을 마화에게 어기전성으로 설명했다. 묵향의 설명에 마화는 경악할 수밖에 없었다. 현천검제가 누구인가. 현재 3황6제 중에서 6제에 속하는 거물이 아닌가. 그가 교주의 숨겨진 사제라니, 정말이지 놀라울 뿐이었다.
 호사가들은 지금 3황6제를 거론하고 있었다. 3황은 불계불황과 현 무림맹주인 태극검황 그리고 곤륜무황을 이른다. 그리고 6제는 옥화무제, 수라도제, 만통음제, 패력검제, 현천검제, 황룡무제를 이르는 말이다. 과거 3황에 속했던 무극검황과 뇌전검황이 죽은 후, 새롭게 패력검제, 현천검제와 황룡무제가 나타났으니 하나 더 늘어서 3황6제의 시대가 된 것이다.

"그렇다면 현천…, 아니 사제님과 함께 오신 겁니까?"

마화는 혹시나 현천검제의 신분이 새 나가면 묵향에게 곤란한 일이 있을까 봐 급히 사제라는 말로 바꿨다.

"아니, 나 혼자 먼저 왔어. 그 녀석은 내일쯤 올 거야."

"경치 좋으면서도 인적이 드문 곳을 골라서 기거하실 곳을 마련해 두겠습니다. 눈치 빠른 하녀 둘 정도를 붙여 드리면 지내시기에 불편하시지 않으실 겁니다."

"그렇게 해 줘. 내가 모르고 그 녀석 제자들까지 몽땅 다 죽여 버렸거든. 나중에 그놈에게 제자가 있었다는 것을 알았을 때는 이미 늦어 버렸지. 하지만 어쩌겠어. 죽은 놈을 살려 낼 재주는 나한테 없는데 말이야. 그 녀석, 말은 안 했지만 많이 상심했을 거야. 그러니 잘 보살펴 주라구."

마화는 살며시 고개를 조아리며 대답했다.

"예, 그렇게 하도록 하겠습니다."

"참, 아버지는 아직도 안 나오셨나?"

"예, 그때 들어가신 다음 한 번도 안 나오셨습니다."

"이런 젠장. 어쩔 수 없지, 내가 가 보는 수밖에."

묵향은 마화와 헤어져 자신의 연공실로 갔다. 천마대전 지하로 들어가는 어두운 통로를 따라 계속 걸어가니 갑자기 길이 끝나고 거대한 강철 문이 모습을 드러냈다. 묵향은 다짜고짜 철문을 두드리기 시작했다. 이것 외에는 방법이 없으니까 말이다.

쾅! 쾅! 쾅! 쾅!

"아버지! 문 좀 열어 봐요! 방해 안 할 테니 한 가지 부탁만 들어 줘요."

아무리 두들겨도 안에서 뭘 하고 있는 건지 그 어떤 기척도 느껴지지 않았다.

"이런 젠장! 드래곤 주제에 진짜 운기조식이라도 시작한 거 아냐?"

문을 몇 번 더 두들긴 후, 어쩔 수 없이 묵향은 발걸음을 돌릴 수밖에 없었다. 진짜로 아르티어스가 내공을 수련하고 있는 중이라면 옆에서 약간의 충격만 줘도 비명횡사로 연결되는 수가 있으므로 조심해야만 했기 때문이다.

"이런 빌어먹을! 더러워서 부탁 안 한다! 안 해! 컴컴한 연공실에서 잘 먹고 잘 살아 보라구요!"

사실, 연공실 안에 있는 존재가 아르티어스가 아닌 다른 사람이었다면 묵향은 문을 때려 부쉈을지도 모른다. 혹시나 안에서 무슨 큰일이 벌어졌을지도 모르기 때문이다. 하지만 아르티어스는 드래곤, 지상 최강의 생명체였다. 그런 아르티어스의 생명에 그 누구도 해를 입힐 가능성은 없었다. 그렇기에 묵향은 아르티어스가 나오기를 기다리며 미련 없이 발길을 돌린 것이다.

묵향이 아르티어스를 찾은 것은 현천검제의 치료를 부탁하기 위해서였다. 하지만 아르티어스가 묵묵부답이니 어쩔 것인가? 다음 기회를 기다리는 수밖에. 나중에 아르티어스가 수련하는 것도 지겨워서 튀어나오면 그때 부탁해도 하나도 늦을 것은 없었다. 어찌되었든 손발이 잘린 것은 자신이 아니니 묵향으로서는 답답할 것이 없었던 것이다.

묵향은 연공실에서 나와 자신의 방으로 돌아갔다. 아무래도 정사대전이 시작되기 전에 왜국과의 밀무역에 대한 일 처리를 마무리 짓는 것이 좋을 것 같아서였다. 정사대전이 시작되고 나면 마교에서 외부로 통하는 통로들은 전부 차단될 가능성이 컸다. 그 전에 왜국으로 보낼 모든 인원을 현지에 보내 놓는 게 좋을 것이다.

묵향은 자신의 방구석에 놓여 있던 검들을 집어 들었다. 후지와라 영주에게서 선물 받은 크고 작은 검 한 쌍이었다. 썩 좋은 검은 아니었지만 사람의 신분을 상징하는 검. 그렇다면 이 검을 사용할 곳이 있었다.

마사코는 묵향이 자신의 거처로 들어오자 황급히 일어서며 말했다.

"어서 오십시오, 주인님."

"노부가 없는 동안 잘 지냈는지 모르겠군. 여기 있는 녀석들은 모두 다 무공에만 미쳐 있을 뿐 그 외에는 거의 백지 상태거든. 그래서 손님 대접을 어떻게 하는지 잘 모르지."

"아닙니다. 모두들 친절하게 대해 주셨습니다."

"그건 그렇고, 너에게 줄 것이 있어서 들렀다. 자, 받거라."

마사코는 묵향이 건네주는 물건이 뭔지 확인한 순간 두 눈이 화등잔만 해졌다.

"예? 이…, 이건……."

"이 검은 후지와라 영주가 나에게 준 검이다. 이걸 네게 주마. 너는 이 검을 가지고 나를 대신해 후지와라 영주와의 무역을 행하거

라. 이 검은 네가 나의 대리인임을 증명하는 신물이 될 것이다. 알겠느냐?"

"옛!"

마사코는 무릎을 꿇고 엎드려 절을 한 후, 두 손을 높이 들어 검을 받았다.

"교역할 물품들 외에 1천 명의 수하를 준비하라 일렀다."

"예?"

"물론 배가 세 척밖에 없으니 이번에 전부 다 데려갈 수는 없을 것이다. 하지만 조만간에 형편이 되는 대로 다 보내 줄 거라고 후지와라 영주에게 전해라. 모두 무공이 뛰어난 우수한 무사들이다. 게다가 군에서 활동한 경험도 있기에 전쟁에도 익숙하다. 그런 만큼 영주가 영토를 넓히는 데 큰 힘이 될 거다."

"주인님의 배려에 영주님께서도 크게 기뻐하실 겁니다."

"출발은 내일이니, 마음의 준비를 해 두도록 하거라. 절강성분타까지는 대단히 멀다. 긴 여행이 될 거야."

다음 날 새벽, 흑풍대 2개 대 1천 명과 마사코는 절강성에 위치한 비밀 분타를 향해 떠났다. 그들은 준비가 되는 대로 왜국으로 떠날 것이다. 물론 이것은 묵향이 후지와라 영주와 좀 더 원활한 무역을 하기 위한 배려였다. 후지와라의 세력이 커질수록 더욱 많은 물품을 수출할 수 있을 테니 말이다. 하지만 세력이 커진 후지와라 영주가 다음에 어떤 식으로 도움이 될지 그건 예상하지 않고 있었다.

묵향은 시원한 나무 그늘 아래 마련된 탁자에 앉아 현천검제와 함께 술잔을 기울이고 있었다. 현천검제의 숙소는 교내에서도 꽤 외진 곳에 위치하고 있었기에 인적이 없고, 조용해서 좋았다. 아마도 그런 분위기와 사부와의 추억담을 나눌 수 있는 대작 상대가 있기에 묵향이 자주 이곳을 찾게 되는 건지도 몰랐다.

"사제한테 혹시 사부님이 시, 서, 화 뭐 이런 것들을 가르친 적이 있나?"

"아뇨, 소제의 미천한 실력으로는 검술 하나만 배우기에도 벅찬 상태였습니다. 아마도 사부님께선 사형에게 더 이상 가르치실 것이 없으니 그쪽으로 유도하신 게 아닐까요?"

"글쎄…, 지금 생각해 보면 사부님이 가르친 것이 별로 대단한 것도 아니었어. 얄팍한 지식에, 엉터리도 많았지. 하지만 그때는 어떻게나 사부님이 존경스러워 보였던지……. 그때를 생각하면, 얼굴이 다 화끈거리는구먼. 나도 정말 무식하기 짝이 없었거든."

묵향이 과거 옥영진 대장군의 집에서 식객 노릇을 할 때, 그 분야에 뛰어난 수많은 사부를 초빙하여 깊이 있는 공부를 했다는 것을 현천검제가 알 리 없었다. 그리고 아르티엔에 의해 모든 기억이 되살려졌을 때, 그때 배운 지식들이 서서히 자신의 밑바탕에 깔리게 되었음을 묵향 자신도 인식하지 못하고 있었다.

"저는 전혀 사형께 그런 생각을 해 본 적이 없습니다. 처음에는 너무나도 강한 분이라고 생각했지만, 지금은 폭넓은 식견으로 저를 감탄하게 만드시거든요."

묵향은 자신의 앞에 놓인 커다란 사발에 든 독한 화주를 쭉 들이켠 후 웃음을 터뜨리며 말했다.

"크흐흐홋, 사제도 아부가 많이 늘었군. 나도 내 주제 파악 정도는 하고 있지. 그 정도는 누구나 다 조금만 생각해 보면 알 수 있는 거야."

"그건 아닌 거 같은데요."

묵향은 육포 한 조각을 집어서 질겅질겅 씹으며, 커다란 술독에서 술을 떠서는 사발에 채웠다.

"노부는 처음에 살수로 키워진 소모품이었다네. 보통 살수들은 일회용이나 다름없기에 그렇게 수준 높은 교육은 시키지도 않지. 조용히 침투해서 목표물만 암살한 후, 거기서 생을 마감하는 경우가 대부분이야. 그렇기에 대부분의 살수는 길어봐 야 20대 중반쯤이면 살아남은 자가 거의 없게 되지."

살수의 생활에 대해서는 들어 본 적도 없었기에 현천검제는 사형의 과거가 아주 뜻밖이라는 듯 대꾸했다.

"그, 그렇습니까?"

"그러다가 내 나이 스물둘에 사부를 만났지. 그것으로 살수 생활은 끝이었어. 안 그러고 계속 살수를 했다면, 나는 서른도 넘기지 못하고 죽었을 거야. 그걸 보면 사부님은 참 대단하신 분이셨지."

"저도 그렇게 생각합니다, 사형."

요즘 현천검제는 자신이 얼마나 복 받은 환경 아래서 살아왔었는지를 뼈저리게 느끼고 있었다. 사형은 지금 교주가 되어 온 무림을 공포에 몰아넣고 있었지만, 그의 인생은 너무나도 황폐했던 것이다. 어떻게 그런 환경에서 성장한 사람이, 이토록 큰 거목으로 성장할 수 있었을까? 정말 존경스럽기까지 했다.

묵향은 일어서서 커다란 나무로 다가가 바지춤을 풀며 말했다.

"뛰어난 스승을 만난다는 것은 참으로 복 받은 일이지. 노부는 제자를 키워 본 적이 없기에 잘 모르지만, 자신의 기대를 충족시키는 훌륭한 제자들을 키운다는 것도 기분 좋은 일일 거야. 어찌 되었건 화산파 멸문에 자네 제자들이 휩쓸린 것은 정말 미안하게 되었네."

오줌 줄기가 시원하게 뿜어져나가 나무에 부딪치는 소리와 묵향의 말소리가 함께 들려왔다.

사실 어떻게 보면 저게 사과하는 사람의 태도냐고 생각할 수도 있겠지만 현천검제의 생각은 달랐다. 방금 전의 말은 언제라도 할 수 있었다. 꼭 오줌을 누면서 얘기할 필요가 없는 것이다. 아마도 사형은 자신에게 대놓고 이런 말을 하기 힘들었기에, 자신과 얼굴을 보지 않아도 될 일, 즉 오줌을 누면서 얘기를 한 것이리라.

묵향과 많은 대화를 나누면서 느낀 결과 사형의 속마음은 의외로 여렸다. 전형적인 외강내유형의 성격이었다. 만약 그때, 자신이 화산에 남아 있어 사형의 바지라도 붙잡고 늘어지면서 사정을 했다면, 결코 화산을 멸하지 않았을 것이다. 사형은 그런 사람이니까.

오줌을 누고 있는 묵향의 뒷모습을 보며, 현천검제의 눈가로 존경심이 가득 차올랐다. 저런 위대한 무이이 자신의 사형이라니, 얼마나 가슴 뿌듯한 일인가.

"외곽 호위대에서 보내온 전갈입니다. 이것을 지니고 온 자가 교주님을 뵙기를 청하고 있습니다. 어찌 처리하면 되겠습니까?"

경비 무사는 그렇게 말하며 품속에서 서찰 하나를 꺼내어 묵향에게 바쳤다. 묵향이 보니 그것은 얼마 전에 자신이 직접 써서 만통음제에게 준 통행증이었다.
"이것을 가지고 온 사람은 어디에 있느냐?"
"예, 일단 통행증을 가지고 있기에 귀빈을 모시는 숙소로 안내했습니다."
"잘했다. 안내하거라."
"옛!"
묵향은 경비 무사를 따라 급히 발걸음을 옮겼다.
마교에도 귀빈을 위한 숙소는 존재한다. 물론 귀빈 숙소라고 해서 그렇게 호화찬란하게 만들어 놓은 것은 아니었지만, 오랜 여행을 한 손님이 충분히 휴식을 취할 수 있을 정도로 안락하게 만들어 놓은 것은 사실이었다. 중원 곳곳에 산재한 사파의 거두들도 많았기에, 그런 자들이 마교를 방문했을 때 이용하도록 배려해 놓은 것이다.
"여기까지 발걸음을 하시다니, 오랜만입니다 형님."
만통음제는 인사를 받은 후, 간단하게 이런저런 세상 얘기를 하며 시간을 보냈다. 사실 하고 싶은 얘기는 따로 있었지만, 오랜만에 동생을 만나 처음부터 언성을 높여 싸우고 싶지 않았던 것이다.
차를 마시며 담소하던 만통음제는 기회를 보아 서두를 꺼냈다.
"그런데 동생, 들리는 소문으로는 동생이 화산파를 멸문시켰다고 하던데, 그게 사실인가?"
"그것 때문에 오셨습니까?"
"솔직히 말하면 그렇다네. 하지만 이 우형(愚兄)이 화산파를 두둔하고자 이런 말을 꺼낸 것은 아니니 오해하지는 마시게."
"물론 다짜고짜 오해를 하지는 않습니다. 그건 형님의 얘기를 다

들어 본 후에 판단할 일이죠."
 "그렇게 말해 주니 고맙구먼. 화산파를 멸문시키면 무림맹과 전면전에 들어갈 수 있다는 것을 알고 그렇게 한 것인가?"
 "물론이죠."
 "혹시 괜찮다면 화산파를 친 이유를 물어봐도 되겠나?"
 "뭐 말씀 못 드릴 것도 없죠. 제가 그들에게 최후통첩을 보냈음에도 불구하고 그것을 무시했기 때문에 멸문시킨 것입니다. 그놈들도 이쪽의 제의를 거절하면 어떻게 될지 뻔히 알면서 저지른 일이니, 저를 탓하시면 안 되죠."
 무림은 약육강식의 세계다. 힘이 있다면 빡세게 나갈 수 있는 것이고, 힘이 없다면 강자의 눈치를 보며 알아서 기어야 하는 것이다. 하지만 그런 간단한 이치조차 행하지 못했다면, 멸문당해도 싼 것이다.
 "동생이 억지를 부려 화산파를 자극하지는 않았을 것이라 믿네. 그런데 우형이 도저히 이해할 수 없었던 것은 화산파 장로들을 왜 그렇게 처참하게 살해했느냐 하는 것일세. 이 우형에게 숨길 생각은 하지 말게. 개방에 있는 친구 녀석이 다 알려 줬으니 말이야."
 묵향은 빙긋 미소를 지으며 대답했다.
 "숨길 생각도 없습니다. 저는 당한 만큼 돌려준 것일 뿐 그 이상도 이하도 없으니까요."
 그 말에 만통음제는 도저히 이해할 수 없다는 듯 질문을 던졌다.
 "당한 만큼이라고? 그게 무슨 말인가?"
 "오랜만에 만났으니 술이나 한잔하시죠. 그리고 제 사제도 소개해 드릴까 하는데, 그 녀석에게 화산파 얘기는 하지 말아 주셨으면 좋겠습니다."

"뭐, 그러지."

왜 그런 조건을 다는 것인지 이해할 수는 없었지만, 만통음제는 일단 묵향의 말에 동의했다. 그 사제를 만나면 자연히 알게 될 테니 말이다.

만통음제가 본 묵향의 사제는 불구자였다. 그것도 보통 불구자가 아닌, 어떤 놈인지 지독한 독수를 써서 손과 발의 힘줄을 잘라 인위적으로 만들어 놓은 불구자였다. 하지만 만통음제를 놀라게 한 것은 그 불구자의 전신에서 뿜어져 나오는 엄청난 기도였다. 상대의 무공 수위는 놀랍게도 화경에 달해 있었다. 그런데 어찌 화경의 고수가 이 모양이 될 수 있다는 말인가. 도무지 이해가 안 되는 일이었다.

"인사 드리거라. 이쪽은 내 의형이시다."

묵향의 소개에 만통음제가 미소 띤 얼굴로 말했다.

"노부는 석량이라고 한다네. 사람들은 나를 만통음제라고 부르지. 잘 부탁하네."

현천검제는 마주 포권하며 말했다.

"잘 부탁드립니다. 저는 고천(古闡)이라고 합니다. 사형께 말씀은 많이 들었습니다."

상대의 이름을 들은 만통음제는 아연한 표정으로 되물었다.

"고천? 설마 자네가 현천검제라는 말인가?"

현천검제는 씁쓸하게 미소 지으며 대답했다.

"미천한 검술로 허명만 얻었을 뿐이지요."

그의 대답을 들은 만통음제는 화산파의 몰락에는 뭔가 자신이 알지 못하는 뒷얘기가 있음을 눈치 챘다. 화산파를 멸문시킨 당사자와 화산 장문인이 사형제지간이라니, 말도 안 된다. 게다가 더욱 말이 안 된다고 느낀 것은 현천검제의 몸이 왜 저 모양이 되었느냐 하는 것이었다. 하지만 만통음제는 자신의 궁금증을 삭이며 묵향을 향해 너스레를 떨었다.

"내, 동생에게 이렇게 훌륭한 사제가 계신 줄은 미처 몰랐구먼."

"뭐라구요? 사제만 훌륭하고 저는 아니라는 식으로 들리는 그 묘한 어감은 뭡니까? 제가 잘못 이해한 겁니까?"

"설마, 그럴 리가 있는가. 동생이 잘못 이해한 걸세."

그러면서 그는 현천검제에게 시선을 돌려 말을 이었다.

"원래 동생이 검술에는 통달했는지 모르지만 인간성은 영 꽝이거든. 그러니 자네도 사형하고 함께 생활하려면 참 힘들겠구먼. 노부가 그 마음 이해하지."

셋이 함께한 술자리는 더없이 통쾌한 것이었다. 그리고 만통음제와 묵향의 합주는 현천검제가 지닌 가슴 아픈 마음의 상처를 살며시 쓰다듬어 주기에 부족함이 없었다.

현천검제와 헤어진 후, 만통음제는 언제 그렇게 유쾌하게 떠들고 놀았냐는 듯 침중한 어조로 입을 열었다.

"사제 때문이었나?"

"뭐가 말씀이십니까? 형님은 다 좋은데 한 번씩 대가리를 떼고 말씀하셔서 알아듣기 힘들다니까요."

"화산파를 멸문시킨 것이 사제 때문이었나?"

묵향은 피식 미소 지으며 대꾸했다.

"그런 시시한 원한 때문에 일개 문파를 박살 내지는 않습니다."

"화산 장로들을 그렇게 지독한 방법으로 죽인 것이 사제 때문인 모양이로군."

만통음제의 말에 묵향은 씁쓸한 미소를 지으며 대답했다.

"물론입니다. 당한 만큼 갚는다는 생각으로 그렇게 만들었지만, 별로 통쾌하지도 않았고 귀찮기만 하더군요."

"화경의 고수를 저 모양으로 만든다는 것은 사실상 불가능하지. 먼저 단전부터 파괴했을 텐데, 어떻게 치료했나? 아, 그렇게 보지 말게. 저 정도 고수를 단전부터 파괴하지 않았다면 어찌 손발의 힘줄을 끊을 수 있단 말인가. 그건 말도 안 되지."

"놈들이 파괴한 것이 아니라 스스로 파괴한 것이었죠. 한 가지 경고해 줄 것이 있어서 사제를 찾아갔던 건데, 그 일이 빌미가 되어 파문당한 모양입니다. 그런 다음 저 모양을 만든 다음 치료도 제대로 안 해 놓고 토굴 속에 가둬 놨더군요. 사실, 저놈이 멍청해서 그 꼴을 당한 것이니 누구를 탓하겠습니까? 하지만 제가 경고한 것을 무시한 것은 그냥 넘어갈 수 없는 일이죠. 화산파의 멸문은 그것 때문이었습니다."

"잠시나마 동생을 오해한 것 같아 너무나도 미안하구먼."

"뭐 어쩔 수 없죠. 워낙 악명이 자자하다 보니, 그런 거 신경도 안 씁니다. 오히려 요즘은 일부러 상대가 오해하도록 만들고 있죠. 그거 생각 외로 재미있거든요. 형님도 한번 해 보시죠."

묵향이 조금은 익살스러운 표정으로 말하자 만통음제는 두 손을 내저으며 다급히 대꾸했다.

"됐네. 우형은 아직까지 동생만큼 얼굴 가죽이 두껍지 못해서 그렇게까지는 못하겠어."

나는 빨래나 하지

 장덕팔은 지금 울고 싶은 심정이었다. 불과 한 달 전까지만 해도 그는 정말이지 남부럽지 않은 생활을 영위하고 있었다. 크고 넓은 저택, 창고 가득히 쌓인 쌀과 고기들 그리고 향기로운 술과 재물들이 넉넉히 쌓여 있어 보기만 해도 마음이 든든했었다. 그뿐인가. 50여 명에 달하는 수하는 용맹스럽기 그지없어서 그가 이 일대의 패권을 주름잡는 데 부족함이 없었다.
 "두목! 빨리 식사하셔야죠. 오늘 할 일도 많은데 무슨 생각을 그렇게 하고 계시는 겁니까?"
 장덕팔은 우람한 근육에 수염까지 사방으로 뻗쳐 기골이 장대해 보였지만, 어쩐지 그의 모습은 풀이 죽어 보였다.
 "밥 먹고 나서 할 일은 뭐냐?"
 부두목은 우물거리던 음식을 삼킨 후 대답했다.

"빨래도 해야 하고, 그들이 묵는 숙소도 청소해야 하는데…, 두목께서는 어떤 걸 하시겠습니까?"
 "야, 내가 이 나이에 그걸 꼭 해야겠냐? 한때 천령무적(天嶺無敵)이라고 불렸던 내가 말이다."
 "에이 두목, 말은 바로 하십쇼. 천령산에 우리 산채 말고 아무도 없었는데, 당연히 우리가 무적이었죠. 하지만 지금은 아니지 않습니까?"
 "크흐흐흑, 내가 어쩌다가 이런 꼴이 되었는지……."
 "옛날 생각 해 봐야 뭐 합니까? 괜히 대들었다가 쥐어터지기밖에 더 하겠습니까? 다 잊으시라니까요."
 장덕팔은 문득 그놈들이 산채에 들이닥쳤던 때가 생각났다. 두목답게 호기롭게 나섰던 그는 상대가 슬쩍 휘두른 손짓에 거의 2장여를 날아가서 짱돌에 맞은 개구리마냥 땅바닥에 패대기쳐져 비명도 못 지른 채 부들부들 떨었었다.
 그때 장덕팔은 고통이 너무나도 심하면 비명도 지르지 못한다는 것을 몸소 깨달았다. 순간 한기가 느껴지며 온몸이 부르르르 떨렸다. 선택의 여지는 없었다.
 "나는 빨래나 하지. 부두목은 청소를 맡아라."
 물론 장덕팔이 직접 빨래를 하는 것은 아니었다. 부하들이 빨래하는 것을 감독만 하면 되는 것이다. 요는 빨래만 깨끗하게 해 놓으면 되는 것이다. 하지만 청소는 달랐다. 그 꼴도 보기 싫은 놈들을 다시 봐야 하니까.
 부두목은 역시나 하는 표정으로 잔뜩 풀이 죽어 대꾸했다.
 "예."

한편 장덕팔이 우거지상을 하고 앉아 있는 곳에서 30장(약 90미터) 떨어진 곳에서는 이곳 산채를 무단으로 점거하고 있는 자들의 두목이 무료함에 지쳐 크게 하품을 한 후 투덜거리고 있었다.

"허, 거참 이상하네. 약속한 3개월이 넘은 지가 언젠데, 이놈들은 왜 소식이 없는 거야. 도대체 싸우자는 거야 말자는 거야? 에잇, 제기랄! 비마대에 연락은 해 봤느냐?"

묵향의 짜증 어린 물음에 혈랑대주인 인도 동방뇌무 장로는 밖에 대고 외쳤다.

"여봐라!"

수하 한 명이 달려 들어와 부복했다.

"옛!"

"비마대에서 온 연락은 없었느냐?"

"아직 없었습니다, 대주!"

수하의 대답에 동방뇌무 장로는 혀를 차며 말했다.

"쯧쯧, 알았다. 나가 보거라."

"옛!"

묵향은 지도를 다시 한 번 자세히 훑어봤다.

묵향은 군사의 의견을 받아들여 전진 방어선을 구축했다. 물론 말이 방어선이지 실제로는 무림맹의 최종 집결지인 청해성으로 들어오는 무림맹의 집단들을 기습 공격하여 괴멸시키는 공격선이라고 할 수 있었다.

청해성으로 들어가려면 사천성, 섬서성, 산서성을 거쳐야만 했다. 그리고 그곳에는 깊은 산과 계곡이 많아 매복 공격을 가한 후, 도망치기에 적격이었다.

지금 묵향은 마교 최고의 정예인 혈랑대, 수라마참대, 천랑대를 거느리고 매복 공격을 지휘하고 있는 중이었다.

수석장로가 지휘하는 수라마참대는 섬서성을 근거지로 삼아, 그 일대에서 이동하는 무림맹의 고수들이 있다면 공격할 준비를 갖추고 있었다. 이때, 산서성도 그들의 활동 범위 안에 포함되었다. 사실 수라마참대만으로 2개 성을 맡는다는 게 말도 안 되는 것 같지만, 그것이 가능한 이유가 있었다. 산서성의 일부를 요가 차지하고 있었던 것이다. 그렇다 보니 요의 군대와 송의 군대가 대치하고 있는 곳이라서 다수의 무림인이 병장기를 휴대하고 이동하기는 매우 힘들었다.

초류빈 부교주가 지휘하는 천랑대(千狼隊)는 사천성을 근거지로 삼아 사천성 일대에서 이동하는 무림인들을 공격할 준비를 갖추고 있었다.

마지막으로 묵향이 마교 최고의 정예라고 할 수 있는 혈랑대를 거느리고 이곳에 자리를 잡고 있었다. 혹시 수라마참대나 천랑대 단독으로는 건드리기 힘들 정도로 많은 무림인이 이동할 때 지원하기 위해서다.

그런데 문제는 이상하게도 대규모로 이동하는 무림인들이 없다는 것이었다. 문파 단위로 이동한다고 해도 최소한 수천씩은 움직여야 하는데 말이다.

"거~참, 이상한 일이네. 혹시 본교가 노리고 있는 줄 알고 한 놈씩 개별적으로 움직이고 있는 거 아니야? 하지만 그것도 말이 안 되잖아. 어떤 미친놈이 위험이 예상되는 지점을 단독으로 통과하겠느냔 말이야."

가만히 듣고 있던 동방뇌무 장로가 슬그머니 참견했다.
"혹시 본교에서 매복하고 있다는 정보를 미리 입수하고, 집결 장소를 바꾼 것이 아니겠습니까?"
그 말에 묵향은 머리를 긁적거리며 대꾸했다.
"글쎄…, 듣고 보니 그럴 수도 있겠군."
그때 밖에서 흑녹색 무복을 입은 무사가 들어오며 말했다.
"비마대에서 연락이 왔습니다!"
초조해하던 동방뇌무 장로의 안색이 환해졌다.
"오오, 드디어 왔군. 들여보내라."
비마대 소속 무사는 들어오자마자 납죽 엎드려 오체투지하며 예를 올렸다.
"교주님을 뵈옵니다!"
묵향은 무사가 들어오자마자 다짜고짜 질문부터 던졌다. 지금 자신이 가장 궁금하게 생각하고 있던 것이 그것이었으니 당연한 일이었다.
"오냐, 그래 어디로 침입하고 있느냐?"
"예?"
"놈들이 어디로 침입하고 있느냐니까."
비마대 무사는 교주의 질문을 처음에는 이해할 수 없었던 모양이다. 사실 그는 적의 침입로를 알려 주기 위해 파견된 전령이 아니었던 것이다.
"그, 그게 아니오라 속하는 군사께서…, 본교로 돌아오시라고 전하라는 군사님의 명령을 받고 파견되었습니다."
"돌아오라고? 젠장, 이거 어느 장단에 맞춰 줘야 할지 도무지 알 수가 없군. 이봐, 공식 명령서는 가지고 있겠지?"
"예!"
그는 재빨리 품속을 뒤져 밀봉된 서신 한 장을 꺼내 두 손으로 받쳐 올렸다. 묵향은 그 서신을 휙 낚아챈 후 밀봉을 뜯어 내용을 확인했다. 몇 번을 읽어 봐도 진짜로 군사가 보낸 명령서가 확실했다.
"이런 젠장!"
묵향은 서신을 옆에 앉아 있던 인도 동방뇌무 장로에게 휙 건네며 외쳤다.
"본교로 돌아가자."

순간, 장덕팔은 자신의 귀가 잘못된 것이 아닌가 의심했다. 그는 도무지 믿어지지 않는다는 듯 다시 한 번 질문을 던졌다.
"지금…, 떠나신다고 하셨습니까?"
"오냐. 본좌가 떠난다는 데 있어서 무슨 불만 사항이라도 있냐?"
그 말에 장덕팔은 화들짝 놀라며 변명을 늘어놨다.
"아, 아닙니다. 소인이 무슨 불만이 있겠습니까? 이렇게 저희 같은 미천한 것들을 찾아주신 것만 해도 영광이었습죠."
"그렇게 생각했었다니 다행이구먼."
"그런데 어찌 소인을 부르셨는지 여쭤 봐도 되겠습니까요?"
덩치에 안 어울리게 애교스럽게 질문을 던지는 장덕팔을 보며 묵향은 씁쓸한 듯 입맛을 다시며 대답했다.
"혹시 계획이 변경되어 본좌가 다시 찾아올지도 모르니 청소 깨끗이 해놓고 기다리거라. 그리고 술도 좀 더 구해 놓고 말이야. 며칠 안 마셨는데 벌써 술이 다 떨어지다니…, 쯧쯧."

며칠 안 마시다니, 이게 말이 되는가. 거의 한 달 가까이 이곳에서 민폐를 끼쳐놓고 말이다. 하지만 힘없는 자의 설움이 아닌가. 장덕팔은 한껏 미소 띤 얼굴로 대답했다. 지키지도 않을 약속인데, 입으로 인심 좀 써두면 어떻겠는가.

"물론입니다. 다녀오실 동안 깨끗이 청소해 놓고, 수하들을 보내 술도 대량으로 구입해 두겠습니다. 혹시 그 외에 또 필요하신 것은 없으십니까?"

"없다. 그럼 잘 있거라. 다음에 보자."

상대가 그 무지막지한 공포스러운 기운을 뿜고 있는 부하들과 함께 사라지자마자, 장덕팔은 소리 높여 만세를 외쳐 불렀다. 그런 장덕팔에게 부두목이 다가와서 말했다.

"술은 얼마나 사 오라고 시킬깝쇼, 두목?"

"뭐, 뭣이? 내가 왜 그놈들이 처먹을 술을 사야 한단 말이냐!"

"그래도 그들이 다시 돌아왔을 때 술이 없으면 두목을 가만두지 않을 텐데요."

"허걱! 그, 그렇구나."

순간 장덕팔은 짐을 싸서 딴 곳으로 이사하는 것을 심각하게 고려하기 시작했다.

묵향은 최대한 빠른 시간 안에 마교 총타에 도착했다. 기록적인 속도로 총타에 도착할 수 있었던 것은 그가 거느리고 있던 집단이 마교 최강의 무력 단체인 혈랑대였기에 가능한 일이었다. 생각 같아서는 혼자 앞서 달려가고 싶었지만, 혹시 뭔가 엉뚱한 계략이 있을지도 모른다는 생각에 수하들과 함께 온 것이다.
"어서 오십시오, 교주님."
"도대체 어떻게 된 일인가, 군사?"
묵향은 질문을 던지며 단상에 마련되어 있는 호화로운 태사의에 앉았다.
"예, 무림맹의 본교 총공격이 취소되었기에 일이 이렇게 된 것입니다."
"뭐? 도대체 무슨 말도 안 되는 소리를 하는 겐가? 화산파를 박살 내 놨는데, 그놈들이 가만히 있을 턱이 없잖아. 혹시 잘못된 정보를 획득하고 놈들의 손에 놀아나고 있는 것은 아닌가?"
"아, 물론 속하도 그 점을 고려하여 치밀하게 조사를 했습니다. 그리고 내린 결론은 그게 거짓 정보가 아니라는 것입니다."
"도대체 어떤 정보를 획득했기에 그렇게 단정할 수 있단 말이냐?"
"예, 사실 본교는 얼마 전까지 정사대전이라는 압력 때문에 모든 정보력을 정파의 움직임을 좇는 데 투입하고 있었습니다. 그 때문에 요와 금에서 일어나고 있었던 변괴를 알아차리는 것이 늦은 것이죠."
그 말에 묵향은 흥미롭다는 듯 말했다.
"변괴라고? 자세히 말해 보게."
"예, 중원의 동북방에 거란족이 세운 대 제국 요가 있습니다. 그리고 고려 위쪽에 여진족이 금이라는 제국을 세웠죠. 이 둘이 얼마 전에 격전을 벌인 모양인데, 놀랍게도 금이 대승을 거뒀다는 것입니다."

묵향은 도무지 알 수 없다는 듯 머리를 긁적거리며 대꾸했다.

"그런데 변방 오랑캐들이 치고받은 거하고 무림맹하고 무슨 상관이 있다는 거지?"

"금이 요의 세력을 급속히 흡수하며 남하하기 시작했습니다. 그런 다음 요금전쟁 속에서 어부지리를 챙기기 위해 북진하고 있던 임청 원수의 60만 대군을 격파하고 급속도로 남하, 지금 개봉을 포위하고 있다고 합니다."

그 말에 묵향은 경악할 수밖에 없었다.

"뭣이?"

"오랑캐들이 황하(黃河)를 도하하는 것조차 막지 못했을 정도니 황실이 초전에 입은 피해가 얼마나 막심한 것인지 추측하실 수 있을 것입니다. 어찌 되었건 전화가 개봉에 임박해 버린 상태니, 개봉을 본거지로 하고 있는 개방이 딴 데 신경 쓸 틈이 있겠습니까? 게다가 소림사도 그렇게 멀지 않은 위치에 있으니 몸을 사리며 그곳에 신경을 집중할 수밖에 없는 입장이 된 것이죠. 뿐만 아니라 황실에서는 무림맹에 나라가 오랑캐의 발굽에 짓밟히는 것을 막아달라는 칙령까지 내린 모양입니다."

묵향은 웃음을 터뜨리며 말했다.

"크크크, 일이 아주 재미있게 되어 버렸군. 이 기회에 세력을 몰아 무림맹을 끝장내 버리는 것도 한 가지 방법이 되겠어."

"물론 그럴 수도 있을 것입니다. 하지만 아무래도 사태가 좀 심상치 않은 부분이 있습니다."

"사태가 심상치 않다고? 그건 또 무슨 말인가?"

"예, 교주님. 아무리 오랑캐라는 족속들이 힘에 잘 굴복하여 힘 있는 자들에게 빌붙는다고는 하지만, 금이 요를 흡수한 속도는 상식을 뛰어넘은 것이었습니다. 처음 아구다라는 대족장이 금을 건국했을 때, 그의 휘하에는 10만 남짓한 병력밖에 없었다고 합니다. 그런데 어찌 된 일인지 그런 전력으로 대 제국 요를 일격에 멸망시켜 버린 것입니다. 또 순식간에 요의 세력을 대거 흡수하여 북진하는 어림군의 주력을 괴멸시켜 버렸습니다. 첩자들의 보고에 따르면 엄청난 대군이 어림군을 덮쳤다고 합니다. 그걸 보면 최소한 어림군에 맞먹는 전력을 보유하고 있는 것이 아니겠습니까? 한두 달 사이에 이민족 무장들을 복속시켜 자신들의 수하로 부린다는 것은 매우 어려운 일입니다. 아무래도 뭔가 이상하기에 홍진 대주님께 좀 더 철저히 조사해 달라고 부탁해 두었습니다."

"조사 결과는 언제쯤 나오겠나?"

"길게 잡아도 한 달 이내에는 끝날 것입니다."

"좋아. 그건 그렇고, 며칠 내로 수라마참대와 천랑대가 돌아올 것이다. 그들이 모두 돌아오면 연회라도 거나하게 베풀어 그들의 노고를 치하하도록 하라."

"예, 명대로 시행하겠습니다."

무림맹의 결의

 무영문의 옥화무제는 도무지 정신을 차릴 수가 없었다. 아니, 그녀가 지금껏 쌓아 올린 것이 일순간에 가루로 흩어질 상황에 처하게 되었으니 미치기 일보 직전의 상태라고 하는 것이 더 적합한 표현일 것이다.
 "도대체 이게 어떻게 된 일입니까? 방어를 어떻게 했기에 일격에 황하 방어선이 뚫린단 말이에요!"
 총관은 옥화무제의 심기를 건드리지 않기 위해 애쓰며 조심스럽게 말했다.
 "아직까지 확실한 것이 드러나지 않았습니다만, 아무래도 초전에 당한 피해가 너무나도 컸던 것 같습니다. 미처 황하에 방어선을 구축하기도 전에 놈들이 밀어닥쳤는지라……."
 "아무리 그래도 그렇지, 광활한 평원을 주름잡던 오랑캐들은 본능적으로 물을 겁내게 되어 있어요! 그런데도 방어선이 뚫렸다는 게 말이나 됩니까? 이런 망할!"
"소, 송구합니다, 태상문주님. 하지만 몇 다리 거쳐서 뒤를 조종하는 입장이기에, 급작스런 상황이 전개되면 이쪽에서는 어림군을 통제할 방법이 그 무엇도 없다는 것을 잘 아시지 않습니까?"
옥화무제는 주먹을 꽉 움켜쥐었다. 얼마나 세게 움켜쥐었는지 손톱이 살을 파고들면서 핏물이 아래로 떨어져 내리기 시작했다. 하지만 그것을 그녀도, 또 그녀 앞에 서 있는 총관도 모르고 있었다.
"황궁에서 전서가 도착했습니다."
"뭣이? 빨리 들어오너라!"
문사복 차림의 중년인이 허겁지겁 들어오더니 전서 한 장을 전했다. 그는 자신의 일을 끝내자 곧바로 인사를 한 후 재빨리 밖으로 나갔다.
중년인이 건넨 아주 작은 양피지는 매우 세심하게 처리되어 매미 날개처럼 얇았다. 그 위로 매우 작은 기호들이 빽빽하게 기록되어 있었다. 암호로 기록되어 있음에도 불구하고 옥화무제는 단숨에 내용을 읽어 내렸다.
"헉!"
전서를 읽은 옥화무제는 너무나도 큰 충격을 받았는지 전서가 자신의 손에서 떨어진 것도 모른 채 의자에 털썩 주저앉았다.
총관은 조심스럽게 다가가 전서를 집어 들었다. 암호를 해독해 본 총관 역시 경악할 수밖에 없었다. 동관이 보내온 전서는 금과의 화친이 진행되고 있다는 보고서였다. 물론 황도(皇都)가 포위되어 있는 데다가 금군을 몰아낼 뾰족한 대책도 없으니 일단 굴욕을 감수하면서 화친을 감행한 후 훗날을 도모할 수도 있을 것이다.

하지만 그들을 그렇게 경악시킨 것은 화친의 조건이었다. 요에 해마다 바치던 양과 똑같은 분량의 세폐를 금이 원하는 것쯤은 충분히 이해할 수 있는 조건이었다. 하지만 황제가 태자에게 자리를 물려주고 퇴위해야 한다는 조항은 지금껏 옥화무제가 황실에 만들어 놓은 모든 끈이 떨어져 나가는 것을 뜻했다.

재상 채경이 결사적으로 화친을 반대하고는 있었지만 대안을 제시하지 못했기에 공염불에 불과했다. 개봉을 포위하고 있는 금군의 압력이 있으니, 결국은 금과 화친할 수밖에 없는 입장이었다.

"이럴 수가, 그동안 황실을 장악한다고 얼마나 고생했는데……."

"고정하십시오, 태상문주님. 지금 단계에서는 어떻게 할 도리가 없습니다. 개봉에 주둔하고 있는 황군은 4만밖에 안 됩니다. 아무리 그들이 대 송제국의 최정예라고 해도 수십만의 금군이 공격을 감행한다면 막을 방도가 없지 않겠습니까?"

"무림맹의 동태는 어떤가요?"

"지금 무림맹도 허겁지겁 대처에 나섰지만, 이미 때는 늦었습니다. 무림맹의 전 세력이 마교를 치기 위해 대거 청해성으로 이동하고 있던 상황 아니었습니까? 급히 그들을 뒤로 빼고 있는 모양이지만, 도저히 시간에 맞춰 돌아올 수 있는 상황이 아닙니다. 금군은 바로 코앞에 닥쳐 있으니까요."

"크흐윽!"

입을 꽉 다문 옥화무제의 눈에서 이슬이 맺혀 아래로 떨어져 내리고 있었다. 아마도 그녀가 눈물을 흘린 것은 이때가 처음이었을

무림맹의 결의 259

것이다. 그녀에게 있어 황실에 대한 통제권을 상실한다는 것은 그녀의 장대한 꿈이 완전히 끝장났음을 뜻하는 것이었다.
"고정하십시오, 태상문주님. 하늘이 무너진다 해도 살아날 길이 있다고 하지 않았습니까? 뭔가 차분히 대책을 마련해 본다면 방도가 있을 것입니다."
"그렇지! 일단 화친을 맺은 후 채경에게 지시해서 천도를 하게 만드는 거예요."
"예? 천도 말씀이십니까?"
"네, 그래요. 지금 금군을 달래 놨다고 하더라도 언제 다시 쳐들어올지 알 수 없는 일 아니겠어요? 물을 겁내는 오랑캐들이 쳐들어오기 힘든 저 장강(長江 : 양자강) 이남으로 황도를 옮겨야 해요. 그리고 보니, 태호 인근에서 봉황을 봤다는 사람이 많잖아요. 상서로운 짐승인 봉황이 나타났다는 말은 곧 나라가 그곳에서 세워진다는 말. 그 점을 이용하면 남쪽으로의 천도가 힘을 얻게 될 수도 있어요."
옥화무제의 말에 총관은 기가 막힌 전략이라는 듯 고개를 주억거렸다.
"과연! 태상문주님의 혜안에 탄복할 따름입니다."
"총관은 장강 이남의 도시들 중에서 황도로 쓰기에 적합한 곳이 있을지 알아 봐 주세요."
"예, 알겠습니다."
"군부의 동향은 어떻던가요?"
"문사들로 구성된 추밀원(樞密院)은 지금 믿을 것이 못 되고, 정군관도 그건 마찬가지입니다. 고위급 장수들이 일거에 다 전사해 버렸으니 그럴 만도 하죠. 하지만 연경(燕京 : 북경)에서 벌어진 대회전(大會戰)에서 살아남은 패잔병들이 후퇴하며 새롭게 전력을 정비하고 있는 모양입니다."

옥화무제는 지도를 펼치면서 말했다.

"새롭게 천도를 감행한 후, 가장 중요한 전장이 될 곳은 바로 여기가 될 거예요."

옥화무제가 가리킨 곳은 양양성(襄陽城)이었다.

"회하 유역에 수군이 배치되고 전열이 가다듬어진다면 금은 결코 회하를 넘어올 수 없어요. 그렇다면 그들은 회하의 상류를 빙 돌아 공격해 들어올 수밖에 없겠죠."

바로 그 길목을 막고 있는 것이 양양성이었다.

총관은 존경심 어린 눈빛으로 옥화무제를 바라보며 말했다.

"속하의 생각도 그렇습니다."

"총관은 사람을 보내서 연경 대회전에서 살아남은 장수들을 이쪽으로 돌려 주세요. 양양과 무한(武漢)을 연결하는 방어선만 구축할 수 있다면 훗날을 도모할 수 있어요."

"명대로 따르겠습니다."

"황도를 옮긴다고 하더라도 양양성이 뚫린다면 아무 소용이 없는 일이에요. 그런 만큼 그들이 원하는 것은 최대한 지원을 아끼지 마세요. 돈, 군량, 무기 등 원하는 것은 뭐든지 말이에요. 그리고 본문의 고수들도 파견해서 그들을 돕도록 하세요."

"명대로 시행하겠습니다."

"그리고 그 일대에 있는 모든 무림문파에 격문을 보내 황실을 위해 일어서 달라고 요청하세요. 만약 주변의 무림인들이 돕는다면 충분히 금을 막아 낼 수 있을 거예요."
"예."
"그리고 마지막으로 금제국을 철저하게 조사해서 뭔가 허점이 될 만한 것이 있는지 알아 보세요. 저놈들이 본녀에게 이토록 큰 피해를 입혔으니, 받은 만큼 돌려줘야 할 거 아니겠어요?"
"물론입니다, 태상문주님. 철저하게 조사하라 이르겠습니다."
총관이 나가고 난 후, 홀로 남은 옥화무제는 길게 한숨을 내쉬며 씁쓸한 어조로 중얼거렸다.
"휴우~, 남쪽에 봉황이 나타났다고 할 때 그게 상서로운 조짐인 줄만 알았더니, 설마 그게 남쪽으로 천도해야 한다는 최악의 징조였을 줄이야……."

금의 갑작스런 남하로 인해 치욕적인 화친을 선택할 수밖에 없었던 송의 상황은 무림맹에도 적지 않은 영향을 끼쳤다.
지금 이곳 드넓은 평원에는 수천 명의 무림맹 고수들이 진을 치고 있었다. 무림맹의 주력 고수들답게 그들의 눈에는 정기가 가득했다. 그들은 저마다 담소를 나누며 가운데에 쳐진 커다란 천막을 바라보고 있었다. 지금 저 안에서는 무림맹의 수뇌들이 모여 앞으로 자신들이 나아갈 방향에 대해 의논을 하고 있었기에 저곳에서 결정된 사항이 그들의 미래와도 깊은 연관을 지니고 있었던 것이다.
무림맹의 주력은 금군이 갑작스럽게 남하하여 송의 주력 부대를 격파했다는 소식을 접하자 마교 정벌을 포기하고 최대한 빨리 개봉으로 직행했다. 하지만 그들이 개봉에 도착하기도 전에 화친이 성립되었다. 그리고 그들은 그 보고를 받자마자 이곳에 자리를 잡고 회의를 시작한 것이다.

"지금까지 관과 무림은 서로 간섭하지 않음을 최고의 미덕으로 삼아 왔소이다. 그런데 어찌 맹주께서는 금과의 전쟁에 뛰어들려 하시는 건지 이해할 수가 없소이다. 그 때문에 마교를 멸망시키기 위해 장시간 공들여 마련해 놓은 모든 계책이 허사가 되지 않았소이까? 지금이라도 늦지 않았습니다. 처음 계획대로 마교를 끝장내야만 합니다."

맹호검군(猛虎劍君) 백량(白諒) 장로였다. 그는 마교도라면 치를 떠는 매우 호전적인 인물이었다. 그리고 굳이 따지자면 매화문검 옥진호 장로 쪽의 사람이기도 했다. 사실 옥진호 파의 장로들은 무림맹이 황실의 일에 얽매이는 것에 회의적인 입장을 지니고 있었다.

하지만 맹주는 황실과 민초를 위한다는 생각에 금과의 전쟁에 무림맹이 나설 것을 원하고 있었다. 그런 점에서 지금의 회의는 이 두 세력 간의 의견 절충을 위한 자리라는 성격을 띠고 있었다.

역시나 백량 장로의 말이 끝나기가 무섭게 맹주 파의 청호진인이 슬그머니 걸고 넘어졌다.

"이보시오, 맹호검군 장로. 관과 무림이 서로 불간섭해 왔던 건 사실이외다. 하지만 금도 무림에 대해 간섭하지 않을 거라고 생각하시오? 과거 요가 남하하여 연운16주를 차지했을 때, 그 일대에 터전을 잡았던 모든 문파는 남쪽으로 피난을 가야만 했소이다. 그 이유가 뭣이라고 생각하시는 거요? 결코 오랑캐 놈들은 무림을 인정하지 않을 거라는 걸 왜 모르신단 말이오."

옆에서 지켜보고 있던 공수개 장로가 청호진인의 의견에 손을 들어 주었다.
　"청호진인 장로의 말씀이 옳으신 것 같소이다. 이 땅을 점령한 오랑캐들은 우리 한족들이 검이나 도, 창 같은 무기류를 소지한 채 돌아다니는 것을 결코 묵인해 주지 않을 것이오. 처음 요가 연운16주를 차지했을 때, 그들은 무림 세력이 끼어드는 것을 방지하기 위해 무림을 건드리지 않겠다는 약속을 했었소. 하지만 그게 헛소리가 된 것이 몇 달 만이었소이까? 사실 그들에게 저항하는 한족 세력과 무림인들을 구분한다는 것 자체가 불가능하니, 결국에는 이런저런 다툼이 생길 수밖에 없었지요. 거기에 설상가상으로 권법의 명가인 하북팽가(河北彭家)까지 끼어들어 더욱 큰 난리통을 만들지 않았소이까? 연경 일대에서 벌어진 대규모 민란을 진압하는 데 수십만의 정병을 쏟아 부은 후, 요는 한족은 결코 무기를 소지할 수 없다고 공포했소. 무림인도 포함해서 말이오."
　백량 장로는 공수개 장로의 말에 대해 따지고 들 수 없었다. 왜냐하면 그가 여기 모인 장로들 중에서 가장 많은 것을 알고 있는 정보통이었기에 부인 자체가 불가능했던 것이다. 하지만 그는 자신이 공개적으로 망신당했다고 느꼈는지 노기로 인해 얼굴이 붉게 상기되었다. 그럼에도 그는 거친 숨만 몰아쉴 뿐 다른 행동을 할 수는 없었다. 무림맹을 대표하는 맹주 앞이었기 때문이다.
　백량 장로가 판정패한 것이 분명해지자 여기저기서 장로들이 중얼거렸다.
　"결국은 싸울 수밖에 없는 것 같소이다."
　"노부도 찬성이오."

자신들의 의견이 받아들여지지 않자 옥진호 장로는 씁쓸한 표정으로 중얼거렸다.

"노부가 저어하는 것은 본맹에서 오랑캐들을 몰아내기 위해 총력을 다할 때, 마교 놈들이 뒤통수를 치면 어떻게 하느냐 하는 것이오. 처음부터 딴 거 신경 쓰지 말고 무조건 마교부터 끝장내 버렸다면 이런 걱정은 할 필요가 없었을 것을……."

그 말을 시작으로 기가 오른 백량 장로가 청호진인 들으라는 듯 큰 소리로 말했다. 그의 어조는 그의 심사를 반영하듯 비비 꼬여 있었다.

"허, 듣고 보니 매화문검 장로님의 말씀이 옳은 듯합니다. 그놈들은 애당초 황실은 안중에도 두지 않고 행동해 온 무뢰배들이 아닙니까. 지금 당장 공수개 장로께서 그놈들이 금과 협약을 맺어 한쪽은 송을 집어먹고, 한쪽은 무림맹을 집어삼키기로 합의했다고 말씀하셔도 노부는 믿을 겁니다. 안 그렇습니까?"

말을 한 당사자는 화가 난 김에 반쯤은 농담 삼아 또 반쯤은 위협 삼아 떠든 말이었던 모양이지만, 그 말을 들은 다른 장로들의 안색은 순식간에 창백해졌다. 그들 모두가 마교 놈들은 충분히 그러고도 남을 족속들이라고 굳게 믿고 있었던 탓이다. 그리고 만약 그렇게 된다면 무림맹은 파멸의 길을 달릴 수밖에 없었다. 왜냐하면 송은 이미 거의 무너진 상태였고, 그들은 금과 마교를 동시에 상대해야 하는 최악의 상황과 맞닥뜨려야 하기 때문이다.

맹주의 안색이 급격하게 흐려진 것도 그 때문이었다. 맹주는 걱정스러운 듯 말했다.

"무량수불…, 듣고 보니 맹호검군 장로의 말도 그럴듯한 것 같소. 허~, 만약 그렇게 된다면 큰일이 아니겠소?"

맹주는 공수개 장로에게 말했다.

"공수개 장로, 혹시 마교 놈들이 금과 손을 잡았다는 정보가 들어온 적은 없었소?"

"그런 보고를 받은 적은 없었습니다. 하지만 맹호검군 장로의 말씀을 듣고 보니 뭔가 짚이는 것이 있군요. 마교가 갑자기 왜 화산파를 멸문시켰겠습니까? 그렇게 하면 바로 정사대전으로 연결될 것을 분명히 알면서 말입니다. 그건 정사대전을 벌이기만 하면 무조건 승리할 수 있다는 자신감의 표현이 아니겠습니까?"

여기까지 들은 옥진호 장로도 뭔가 떠오른다는 듯 말했다.

"그러고 보니 요 몇 달간 있었던 일을 되짚어 보면 뭔가 묘하게 끌려 다니며 농간당한 것 같은 기분이 들지 않소이까? 먼저 마교 놈들이 화산파를 치면서 바람을 잡고, 본맹의 모든 이목은 마교 쪽으로 이동하고, 또 본맹의 모든 세력이 청해성 쪽으로 달려가고 있을 때 금이 남하한다. 덕분에 중간에 끼여 버린 본맹은 이도저도 못 해 보고 우왕좌왕하다가 지금 여기에 있지 않소이까."

그 말을 들은 공수개 장로는 피가 나도록 두 손을 꽉 그러쥐었다. 옥진호 장로의 말을 가만히 듣다 보니 충분히 가능성이 있는 얘기였다. 그렇다면 이 망할 마교 놈들이 금과 손을 잡았다는 말인가? 그런 사실도 모르고 있었던 것은 분명 정보를 담당하고 있는 자신의 실책이었다.

"본방에 연락해서 그것이 사실인지 최대한 빨리 확인해 보라 이르겠소이다."

공수개 장로의 말을 들은 맹주는 침중한 어조로 중얼거렸다. 그런 그의 말에는 깊은 분노가 어려 있었다.

"수고해 주시오, 공수개 장로. 만약 마교 놈들이 무림의 일에 외세를 끌어들인 것이 사실이라면, 무슨 일이 있더라도 마교의 씨를 말릴 것이오."

"본방은 맹주님의 명을 목숨 바쳐 받들 것입니다."

그때 옆에서 곰곰이 생각에 잠겨 있던 백량 장로가 입을 열었다.

"만약 금이 마교와 손을 잡았다면 무림의 미래는 풍전등화와 같다고 할 수 있을 것입니다. 마교의 총타는 워낙 험지에 세워진 난공불락을 자랑하는 요새인 데다, 그들은 또한 수많은 고수를 보유하고 있습니다. 게다가 교주는 엄청난 마공을 지닌 자라 어떻게 해 볼 도리가 없습니다. 하지만 금 황제는 다르지 않습니까? 노부에게 명만 내려주신다면 금 황제의 목을 가져오겠습니다. 그렇게 되면 더 이상 걱정할 필요가 없을 것 아니니까?"

그 의견에 대한 대답은 옥진호 장로가 대신했다. 괜히 다른 사람들이 이견을 제시하게 하는 것보다 자신이 직접 하는 것이 자신의 편인 백량 장로의 체면을 보증하는 길이라 여긴 것이다.

"그건 그렇게 가볍게 생각할 수 있는 사안이 아니외다. 만약 진짜 마교와 금이 동맹을 맺었다면, 그 간교하기 이를 데 없는 마교 놈들이 금 황제를 위험에 노출되게 그냥 놔둘 이유가 없지 않겠소이까? 틀림없이 마교의 정예 고수들이 금 황제를 암암리에 보호하고 있다고 봐야 할 것이외다."

만약 다른 사람이 반대 의견을 제시했다면 억지라도 부려 볼 텐데, 옥진호 장로가 하는 말이니 가만히 있을 수밖에 없는 백량 장로였다.

맹주는 좌중을 둘러본 후 더 이상 의견을 말할 인물이 없다는 것을 확인하고는 위엄 있는 음성으로 말했다.

"자, 일단 서로 간에 합의는 끝난 것 같으니 어느 정도 진실이 밝혀질 때까지 총타로 돌아가서 대기하도록 합시다. 무작정 여기서 기다리고만 있을 수는 없지 않겠소."

회의가 끝난 후, 무림맹주 이하 모든 고수는 무림맹으로 돌아갔다. 혹시 마교의 공격이 가해진다면 요새화된 무림맹이 훨씬 더 안전할 것이 분명하기 때문이다.

묵향의 제안

족히 수만 명은 넘어 보이는 장정들. 그들은 지금 자신들을 둘러싸고 있는 오랑캐들을 향해 불안에 가득 찬 시선을 던지고 있었다. 그들은 연경 주변에서 벌어진 대회전에서 패해 금군의 포로가 된 송군의 일부였다. 그들은 완전히 무장 해제 당한 채 상대의 자비만을 바라고 있는 상태였다.

그때 금군의 복장을 한 장수 한 명이 앞으로 나서며 큰 소리로 외치기 시작했다. 얼핏 보기에도 그는 여진족처럼 보였지만 어디서 배웠는지 꽤 유창한 한어를 구사하고 있었다.

온갖 미사여구를 동원해 대 금제국 황제를 칭송하고, 또 송나라의 무능함을 욕해 대던 그가 원하는 것은 단 한 가지였다. 자유를 줄 테니 10년 동안 금나라를 위해 병역에 종사하라는 것이었다. 물론 이것은 포로들에게 아주 매력적인 제안임에 틀림없었다.

병역을 거부한다면 노예가 될 수밖에 없었다. 일단 노예가 된다면 자신만 노예가 되는 것이 아니다. 자신이 나중에 낳을 자식들까지 모두 노예의 삶을 살아갈 수밖에 없게 되는 것이다. 자손 대대로 노예가 되느냐, 아니면 딱 10년만 금을 위해 병역에 종사한 후 풀려나느냐.

이런 식의 설득이 여기저기서 행해지고 있었다. 연경 근방에서 벌어진 대회전에서 포로가 된 송군의 장졸만 20만에 가까웠으니 당연한 일이었다.

포로들이 한참 고민에 빠져 있을 때 그것을 몰래 바라보며 음흉스레 미소 짓고 서 있는 인물이 있었다. 이제 겨우 30대 초반쯤으로 보이는 젊은 장수는 아름다운 수달피를 여기저기 덧붙여 만든 호화로운 갑주를 입고 있었다. 그것으로 보아 여진족 가운데서도 꽤나 높은 지위를 지닌 자의 아들처럼 보였다.

"고민하는 것처럼 보여도 결국에는 병역을 선택하게 되겠지."

놀랍게도 그의 입에서 튀어나온 말은 여진어가 아니라 아주 매끄러운 한어였다. 그것도 중원에서 태어나서 자란 인물만이 구사할 수 있는.

한동안 포로들을 바라보던 그는 다시금 중후한 음성으로 말했다.

"노예가 되기를 원하는 놈들 가운데 무공을 익힌 놈들도 있을 것이다. 그런 녀석들은 철저하게 가려내어 따로 모아 뒀다가 금광으로 보내라."

주인이 더 무공을 지니고 있지 않은 한 무공을 익힌 노예를 감당할 수 있을 리가 없다. 그들은 분명 기회를 봐서 은근슬쩍 도망치기 위해서라도 병역보다는 노예가 되려고 할 것이다. 그렇기에 그들은 따로 관리할 필요가 있었다.

그 말에 뒤에 서 있던 장수가 고개를 조아리며 대답했다.

"예, 철저히 가려내겠사옵니다, 대원수님."

수하 장수의 입에서 대원수라는 말이 튀어나왔다. 그렇다면 이 젊은 장수가 대원수라는 말인데, 그 젊은 나이에 그게 가당키나 한 일일까? 아무리 현 황제인 아구다가 뛰어난 인재를 중용한다고는 하지만 이건 너무 심한 벼락출세였다.

"휘하 장수들은 집합을 마쳤느냐?"

"예."

대원수는 장수들이 모여 있는 곳으로 발걸음을 옮겼다. 커다란 여진식 천막 안에 앉아 있던 여덟 명의 장군은 대원수가 들어오자 황급히 일어서서 군례를 올렸다. 대원수는 호피가 깔려 있는 의자에 앉은 후 근엄한 어조로 장군들에게 말했다.

"자, 제장도 앉게나."

대원수는 장군들이 모두 자리에 앉자 입을 열었다.

"3일 후, 요의 잔여 세력을 소탕하기 위해 출발할 것이다. 그런 만큼 각자 준비에 만전을 기해야 할 것이다."

"옛, 대원수님!"

요 근래 금군이 보여 준 전광석화 같은 군사 작전은 겉보기에는 매우 화려해 보였지만, 사실 금으로서는 엄청난 무리수를 둔 작전이었다. 모든 것이 잘 끝난 데다가 전과(戰果)도 엄청난 것이었기에 모두들 눈치 채지 못했지만, 사실 어디 한 군데만 삐끗했어도 금은 탐스럽게 자라나던 새싹이 된서리 한 방에 시들어 버리듯 그렇게 멸망할 수도 있었다.

금은 처음부터 요 황제를 참살하는 것에 모든 것을 걸었다. 다행히 그것에 성공하자 대 제국 요는 구심점을 잃고 비틀거리기 시작했다. 서로가 대권을 이으려는 치열한 권력 암투가 벌어진 것이다. 그 틈을 놓치지 않고 금은 포로로 잡은 요의 병사들을 설득해 자신들의 전력으로 흡수하는 것에 어느 정도 성공을 거두었다.

하지만 아직까지도 대 제국 요가 지닌 저력은 무시하지 못할 만큼 강력한 것이었다. 하지만 금은 요의 잔당을 토벌하는 대신 남하하기로 결정한다. 송군이 갑자기 북상하기 시작했기 때문이다.

송은 수십만 대군을 동원하여 연운16주를 탈환한 후 만리장성까지 진출하려 하고 있었다. 만약 그것을 방치한다면 틀림없이 송은 만리장성을 차지할 것이 분명했고, 엄청난 높이와 폭을 지니고 있는 강력한 방어선이 송의 것이 된다면, 훗날 송과의 전쟁이 벌어졌을 때 매우 불리한 처지에 놓이게 될 것이 분명했다. 그만큼 만리장성이 지니는 방어력은 상상을 초월하는 것이었다.

그렇기에 금은 요의 잔여 세력 소탕은 아예 포기하고 그대로 남하해 버린 것이다. 하지만 그때까지도 요의 잔여 세력 규모는 엄청난 것이었다. 그 세력을 통합할 만한 인재만 하나 있었어도 수십만의 정병을 끌어 모으는 것도 가능할 정도였다. 하지만 금에게는 천만다행으로 그런 인재는 나타나지 않았고, 소규모 국지전만 여기저기서 벌어지고 있는 상태였다.

어쨌든 그런 우환거리를 뒤에 놔둔 채 남하를 결심한 금 황제의 배포도 배포였지만, 전군을 지휘하는 대원수의 능력을 믿지 못했다면 애당초 시작도 안 했을 작전이었다. 북진하는 송군은 60만 대군이었다. 그들과 자웅을 겨루는 한판 대결을 위해 금군이 동원할 수 있었던 병력은 50만. 만약 여기서 패했다면 끝장이었을 것이다.

하지만 대원수는 한참 연경을 공략하고 있던 송군을 기습적으로 공격, 결국 대승을 거두었다. 송군은 7일 밤낮으로 연경을 함락시키기 위해 열을 올리고 있던 상태였기에 모두들 피곤에 지쳐 있었다. 그런 그들을 뒤에서 쳤으니 어쩌면 금의 승리는 당연한 것이었는지도 모른다. 그리고 이 한 번의 대회전으로 송은 완전히 끝장난 것이나 다름없었다.

그렇기에 황제는 40만을 이끌고 남하하여 개봉을 공략하기로 하고, 대원수는 남아서 송군 포로들을 금의 전력으로 흡수한 후 요의 잔당을 소탕하기로 작전을 짰다. 요의 잔여 세력을 더 이상 그냥 방치할 수 없었기 때문이다.

이때, 금군의 최정예는 모두 대원수 휘하에 있었다. 그렇다 보니 황제가 거느린 병사의 수는 40만이나 되었지만 실상은 요의 투항병으로 구성된 오합지졸이나 다름없었다. 그들을 이끌고 개봉을 함락하는 것은 매우 어려운 일임에 틀림없었다. 하지만 금 황제는 처음부터 개봉을 함락시킬 생각 따위는 하지도 않았다. 사실 현재 점령한 땅 덩어리만 해도 통제가 불가능할 정도로 넓었기에 더 이상 점령지를 늘일 생각도 없었던 것이다.

하지만 그런 금 황제의 생각을 송의 조정이 알 리 없었다. 더군다나 송으로서는 그가 거느린 병력이 요의 투항병인지, 금의 정예인지도 알 수가 없지 않은가. 그 점을 노려 40만이라는 숫자로 송의 조정과 황실을 위협하여 최대한 많은 이익을 뽑아내기만 하면 되는 일이었다.

황제가 개봉으로 향한 지 7일 후, 대원수는 무려 30만에 달하는 대 병력을 지휘하여 요의 잔여 세력을 소탕하기 위해 북진하기 시작했다. 30만 중 거의 절반 이상이 송군 포로라는 점이 약간의 걸림돌이기는 했지만, 대원수는 그런 것쯤은 대수롭지 않게 생각했다. 그는 송군 출신 포로들을 확실하게 다룰 자신이 있었던 것이다.

그날도 조령과 내기 바둑 두기에 여념이 없었던 패력검제는 총관이 다가오자 의문의 시선을 던졌다. 총관은 고개를 조아리며 패력검제에게 말했다.
"문주님, 무영문의 옥화 봉공님으로부터 서신이 도착했습니다."
"옥화 봉공님이? 이리 다오."
"예."
서신을 쭉 훑어본 패력검제는 이빨을 뿌드득 간 후 총관에게 말했다.
"사형께 연락을 드리거라. 노부는 양양성으로 간다고 말이다. 그러면 알아서 오시겠지."
"예? 갑자기 그건 무슨 말씀이십니까?"
"노부가 고향을 떠난 지 벌써 몇 년이 흘렀느냐. 그런데 점점 고향 땅에 돌아갈 수 있는 희망은 사라지고, 오히려 지금 있는 곳에서마저 쫓겨날 가능성이 커지고 있지 않느냐. 이번에는 노부가 직접 나서서 한 팔 거들려고 한다."
"예, 알겠습니다."
"진팔에게도 전하거라. 혹여 노부를 따라 양양성에 갈 생각이 있느냐고 말이다."

"예, 문주님."

이때, 바둑판을 사이에 두고 앉아있던 조령은 패력검제의 눈치를 살피며 조심스럽게 질문을 던졌다.

"저, 바둑은 이제 안 두실 거예요?"

"아무래도 지금은 양양성으로 가는 것이 급할 듯싶으니, 그곳에 가서 다시 두도록 하지."

"예, 그러죠 뭐. 안 그래도 한 집도 살릴 자신이 없었거든요."

그러면서 조령은 흰색으로 점철되어 있는 바둑판을 향해 절망적인 시선을 보냈다.

패력검제는 제령문의 무사 50여 명을 이끌고 양양성을 향해 길을 떠났다. 그가 움직이게 된 것도 다 옥화무제가 그에게 보낸 서신에 자극을 받은 탓이다. 이렇게 그녀의 뜻에 따라 양양성을 향해 떠난 무림인의 수는 결코 적지 않았다.

총관이 집무실로 들어오자 옥화무제는 곧장 질문을 던졌다. 그녀는 지금 자신에게 엄청난 피해를 안겨 준 금에 대한 복수심으로 가득 차 있는 상태였으니 그건 어쩔 수 없는 일이었다.

"금에 대한 조사는 얼마나 진행 중인가요?"

"예, 상당 부분 진척이 있었습니다. 그런데 조사하던 중 한 가지 재미있는 사실을 발견하게 되었습니다."

옥화무제는 본능적으로 드디어 기회가 왔다고 기뻐하며 다급히 말했다.

"좋은 것을 찾아낸 모양이군요. 말해 보세요."

"예, 속하가 찾아낸 인물은 완옌 렌지에라는 인물입니다."

옥화무제는 고개를 갸웃하며 중얼거렸다.

"처음 들어 보는 이름이군요."

"예, 그렇게 밖으로 자신을 잘 드러내지 않는 인물이라서 그렇습니다. 하지만 이번 요금전쟁과 송금전쟁을 치르며 갑작스럽게 전면에 등장한 인물입니다. 요금전쟁을 통틀어 가장 혁혁한 전과를 세운 인물로, 요 황제를 참살한 공로로 대원수의 칭호까지 받았답니다. 금 황제 아구다가 직접 완옌이라는 성을 하사했을 정도로 그를 신뢰한다고 하더군요."

"그런데요?"

"문제는 그가 지닌 세력이 황제와 거의 동등한 수준이라는 겁니다."

옥화무제는 말도 안 된다는 듯 중얼거렸다. 한 산에 호랑이가 둘이 있을 수 없듯, 한 나라에 최고 권력을 지닌 인물이 둘씩이나 된다는 건 말이 안 되는 소리였다.

"그럴 리가……."

"물론 약간 잘못된 정보일 수도 있을 겁니다. 하지만 그런 소문이 나돌 정도로 그의 세력이 대단한 것은 사실이 아니겠습니까? 그와 황제를 이간질시킨다면 어떻겠습니까?"

총관의 말에 옥화무제는 살포시 미소 지었다.

"재미있는 제안이군요. 그래, 대원수는 지금 어디에 있죠?"

"요의 잔여 세력을 소탕하기 위해 30만 대병을 거느리고 북진 중이라고 합니다."

그 말을 들은 옥화무제의 미소가 더욱 짙어졌다.

"그건 더 재미있는 정보군요. 그 둘이 가까이 있을 때는 의심나는 것이 있다면 서로 대화해서 풀 수가 있겠지만, 대화가 끊어지면 의심이 의심을 낳게 되어 있죠. 슬슬 이간질을 시작해 보세요."

"예, 태상문주님. 그건 그렇고, 사실 속하가 찾아뵌 것은 동관으로부터 전서가 도착했기 때문입니다."

"동관으로부터? 무슨 일인가요?"

"예, 채경 재상이 지금 탄핵받고 있는데, 아무래도 현재 자신의 힘으로는 그를 구해 줄 수가 없다고 합니다. 그래서 태상문주님의 도움을 구한다는 내용이었습니다."

아마도 구법당 쪽에서 패전의 책임을 물어 채경 재상을 탄핵하고 있는 모양이었다.

"재상을 탄핵하다니, 언제부터 구법당의 힘이 그렇게까지 커진 건가요?"

"과거 금과의 동맹을 표면적이기는 하지만 구법당 쪽에서 행했지 않습니까? 금의 세력이 커지니 자연히 그들을 등에 업은 구법당의 세력도 커질 것은 당연한 이치가 아니겠습니까?"

총관의 말에 옥화무제는 골치가 아픈지 머리를 감싸 쥐었다. 혹시나 작전이 실패했을 때를 대비하여 슬며시 구법당을 앞세운 것인데, 오히려 그것이 최악의 패가 되어 버린 것이다.

"이런, 이제는 채경까지……. 그를 잃는다면 기껏 세워 놓은 천도 계획까지 물거품이 될 거에요. 최대한 여러 통로를 이용해서 그의 구명 운동을 전개해 보세요."

"그렇게 해 보겠습니다만 너무 기대는 하지 마십시오, 태상문주님."

총관이 이렇게 대답할 수밖에 없는 이유가 있었다. 황제도 새로 바뀌었다. 그런 만큼 황제를 등에 업고 깝죽거리던 환관 동관도 이제는 이빨 빠진 호랑이나 마찬가지가 된 것이다. 그리고 임청 원수는 전사해 버렸고, 이제는 재상 채경까지……. 이제 그녀가 동원할 수 있는 힘 있는 세도가들은 다 사라져 버린 것이다.

"동관을 통해서 혹시 황제를 배알할 수 있을까요? 새로 바뀐 황제만 조종할 수 있다면 어쩌면……."

총관은 고개를 가로저으며 말했다.

"아마 힘들 것입니다, 태상문주님. 이번 작전 실패로 인해 태상문주님에 대한 상황제의 총애가 끝났음을 모르신단 말씀이십니까? 더 이상 황실과 끈을 연결하기는 힘들 것 같습니다."

"어쨌든 가능한 모든 방법을 통해서 그의 구명 운동을 전개해 보세요. 구법당 쪽 사람들과도 접촉을 해 보고 말이에요."

"예, 그렇게 처리하겠습니다. 그리고 한 가지 소식이 더 있습니다."

"뭔가요?"

"마교에서 연락이 들어왔습니다."

이 소식만은 옥화무제가 예상할 수 있는 범주를 크게 벗어났던 모양이다. 그녀는 깜짝 놀란 듯 뾰족한 음성으로 되물었다.

"마교에서요?"

"예, 그가 태상문주님을 만나 뵙기를 원하고 있습니다."

그 말에 옥화무제의 안색은 심각하게 바뀌었다. 그 녀석이 자신을 만나자고 할 이유가 없으니 말이다. 만약 무림맹의 고수들이 쳐들어간다고 할 때 만나자고 했다면 그 이유를 짐작할 수도 있었겠지만 지금은 아니었다. 지금 마교를 건드릴 자는 아무도 없지 않은가. 옥화무제는 생각하면 생각할수록 아리송하기만 했다.

"무슨 일이죠?"
옥화무제의 질문에 묵향은 능청스럽게 대꾸했다.
"아, 얼굴을 보자마자 다짜고짜 그러는 것은 실례지. 아무튼 얼굴을 보니 잘 지내는 모양이군."
"이게 잘 지내는 사람 얼굴로 보여요?"
안 그래도 황실이 절단 난 것 때문에 울화가 치밀어 얼굴이 반쪽이 되어 있는 옥화무제에게 그런 말을 했으니 좋은 대답이 돌아갈 리가 없었다.
"허허, 물론 사업상 난관이야 많겠지만 그걸 대놓고 남에게 말하는 것도 실례라고 생각하지 않나? 잘 안 되도 잘되는 척, 잘되면 더 잘되는 척, 그래야 살아남지."
이 인간이 정말! 마교 교주면 교주답게 놀아야지. 지가 무슨 사업가도 아니고. 연배도 자기보다 낮은 인간이 무공 좀 세다고 이토록 오만방자하다니.
순간 옥화무제는 약이 바짝 오르는 것을 느꼈지만, 그래도 이 사업을 해온 지 수십 년. 그녀의 얼굴 표정은 저 두꺼운 철판마냥 아무런 변화도 없었다.
"호호, 그래 무슨 일로 본녀를 찾으셨나요? 저는 그게 가장 궁금하군요."
"한 가지 의뢰를 하고자 하는데 말이야……."
그러면서 묵향은 옥화무제의 눈치를 슬쩍 봤다. 물론 상대의 의

뢰가 뭔지 매우 궁금한 옥화무제였다. 막 말해 줄 것 같아서 기대감에 마른침을 꿀꺽 삼키는 순간, 상대의 말이 딴 방향으로 흐르기 시작했다.

"참, 그러고 보니 요즘 금나라 때문에 난리가 났다면서? 저 시골 변방에 사는 우리들은 요 근래에야 그걸 들었지. 아주 재미있었어."

뭔가 상대에게 놀림을 당하는 것 같다는 생각에 옥화무제는 약간 퉁명스레 대꾸했다.

"재미도 있었겠군요."

"본의 아니게 금나라 덕분에 목숨을 건졌지. 그렇게 생각하지 않아?"

누가 목숨을 건졌는지 그게 빠져 있었다. 알아서 상상하라는 말이었다. 물론 묵향이 한 말은 매복 공격에서 벗어난 '정파'를 이르는 것이었겠지만, 옥화무제는 그것을 '마교'로 오해했다. 그럴 수밖에 없는 것이 그 당시 겉으로 드러난 전개로 봤을 때 마교가 절대 약세였기 때문이다.

"그렇겠죠. 하지만 공격은 없었으니 서로 간에 좋았던 것 아닌가요?"

"뭐, 썩 좋았다고는 볼 수 없지. 그건 그렇고, 변방의 소국인 금의 약진에 대해서 어떻게 생각하고 있는지 그게 궁금하군. 무림 최고의 정보통이 생각하는 시국론이 아주 듣고 싶었거든."

"지금 그거 물어보려고 바쁜 사람을 부른 거예요?"

발끈하는 옥화무제를 향해 묵향은 재미있다는 듯 미소를 지으며 고개를 가로저었다.

"물론 아니지."

"그렇다면 뭐예요?"

"금에서 한 인물에 대해 조사를 좀 해 줬으면 하는데 말이야."

"어떤 사람이죠?"

뾰로통해 있는 듯 겉모습을 가장하고 있었지만, 그녀의 관심은 온통 묵향의 다음 말에 가 있었다. 과연 이 엉뚱한 인간이 관심을 보이는 인물은 누구일까? 궁금하지 않을 수 없었다. 왜냐하면 자신을 여기까지 부른 것으로 보아 아주 중요한 인물일 것임에 틀림없을 테니 말이다.

"금에 대해 어느 정도 조사해 봤을 테니 이름 정도는 들어 봤을 거야. 대원수 완옌 렌지에. 바로 이 인물에 대해 최대한 많은 정보를 얻어다 줬으면 좋겠어."

"시킬 일은 그것뿐인가요?"

"물론 아니지. 사실 진짜 부탁하고 싶은 건 그게 아니고…, 어쨌든 당신이 무림맹의 3대 봉공 중 한 명이니 어느 정도 가능성이 있지 않을까 해서 한 가지 부탁을 하려고."

그녀의 예상은 빗나갔다. 이름이 아니라 이게 진짜였던 것이다.

옥화무제는 은근슬쩍 질문을 던졌다. 자, 빨리빨리 토해 내라고, 이 단순무식한 놈아!

"뭔데 그래요?"

"정파와 연합 전선을 형성하고 싶은데 말이야, 공동의 적은 금나라로 하고 말이지."

옥화무제는 잠시 할 말을 잊었다. 저 인간이 원래 제정신이 아닌 줄은 알았지만 이 정도로 중증일 줄은 미처 몰랐던 것이다.

"연합이라고요? 그게 지금 말이 된다고 생각하는 거예요? 불구 대천의 원수끼리 연합이라니, 말이 되는 소리를 좀 해 보라구요!"

묵향은 뻔뻔스럽게 대꾸했다.

"그건 그거고 이거는 이거지. 우리들도 송의 충성스런 신하들인데, 황실과 나라를 위해 이 한 몸 바쳐 충성을 다할 생각이 없는 줄 알아?"

'물론 없다는 거 다 알아 이놈아!'

하지만 옥화무제는 그 말을 입 밖으로 꺼내 상대의 기분을 망치지는 않았다. 가만히 생각해 보면 마교가 한 손을 보태 주기만 해도 금을 아작 내는 것은 한결 수월해질 것이 아닌가.

"무림맹도 요즘 금 때문에 정신이 없을 테고, 그런 상황에서 본좌가 뒤통수를 까지 않고 있는 것만 해도 많이 봐주고 있는 거라구. 안 그래?"

그건 옳은 말이었다.

"물론 여기에 찬성하지 않을 바보들도 많을 테니 한 가지 덧붙이기로 하지. 만약 무림맹과의 연합이 성립되지 않는다면, 본좌는 금에다가 똑같은 제안을 할 거야. 바로 그 완옌 렌지에라는 인물에게 말이야."

그 말을 들은 옥화무제의 안색이 창백해졌다. 만약 그렇게 된다면 정파 무림은 씨가 마를지도 모를 일이었다. 너무 놀란 탓일까. 옥화무제의 입에서는 자신도 모르게 뾰족한 목소리가 튀어나왔다.

"당신, 제정신이에요?"

하지만 묵향은 아주 능청스럽게 대꾸했다.

"물론 아주 멀쩡해. 좋은 대답 기다리지. 참, 완옌 렌지에 대한 부탁 잊어버리지 말라구. 장차 우리 쪽의 중요한 고객이 될지도 모르는 인물인데, 어떤 녀석인지 정확히 파악하고 있어야 협상이 편할 거 아닌가? 크흐흐훗."

비웃음을 날리며 사라지는 묵향의 뒷모습을 옥화무제는 잡아먹을 듯 노려봤다. 만약 묵향이 그 렌지에라는 놈과 협약을 맺는다면, 송제국과 무림이 무너지는 것은 순식간일지도 모른다.

"저런 썩어빠진 놈! 오랑캐한테 빌붙으려 하다니……."

현재 송의 정규군은 거의 괴멸당한 상태나 다름없었다. 일부 살아남은 장졸들과 현지의 향방군 그리고 그녀의 부탁을 받은 무림인들이 뒤섞여 새로운 방어선을 서서히 구축해 나가고 있는 중이었다.

하지만 여기서 소수기는 하지만 막강한 힘을 지닌 마교가 금에 동참한다면, 그 방어선은 순식간에 붕괴될 수밖에 없는 노릇이었다. 왜냐하면 수적으로도 밀리는 판국에, 질에서까지도 밀리는 최악의 사태가 벌어지게 되기 때문이다.

하지만 한 가지 옥화무제가 몰랐던 것이 있으니, 그것은 바로 묵향이 그 누구보다도 금의 멸망을 간절히 원하고 있다는 사실이었다. 장인걸이 만약 금의 요직에 앉아 있다면 마교의 힘만으로 그를 제거한다는 것은 불가능했다. 왜냐하면 금이라는 엄청난 세력이 그의 뒤를 받쳐 주고 있기 때문이다. 하지만 그놈의 보호막이라고 할 수 있는 금이 무너진다면? 그놈을 철저하게 뭉개 버릴 수 있게 되는 것이다.

그 한 가지를 모르고 있으니, 옥화무제로서는 묵향이 왜 그런 제안을 했는지 머리를 아무리 쥐어짜도 도무지 이해할 수가 없었다.

마교로서는 그냥 가만히만 있어도 정파의 세력이 갉혀 들어가는 절호의 기회를 맞이한 상태다. 그런데 왜 굳이 불구대천의 원수라고 할 수 있는 정파와 손을 잡아가면서까지 금과 싸우려고 하는 것일까?
 묵향의 말대로 황실에 대한 충성? 지나가던 개가 들어도 비웃을 소리다. 마교도가 황실에 대한 충성을 운운하다니. 그렇다면 뭘까? 그렇게 해서 얻을 수 있는 게 뭐지?
 옥화무제는 오랫동안 고민에 고민을 거듭하느라 자리에서 일어설 줄 몰랐다.

양양성 전투

"그건 말도 안 되는 소리요! 뭔가 다른 꿍꿍이속이 있는 것이 틀림없소."

"불구대천의 원수 놈들과 동맹이라니, 이건 말도 안 됩니다!"

"그놈들이 황실에 대한 충성을 운운하다니, 하늘이 무섭지도 않은 모양이군!"

옥화 봉공의 말을 들은 무림맹 장로들의 반응이었다. 안 그래도 옥화 봉공이 마교와 뭔가 뒷거래를 하고 있을지도 모른다고 의심하는 판인데, 그 상황에서 이런 제의를 하다니…….

옥화무제는 씁쓸한 미소를 지으며 말했다.

"우리 쪽에 선택의 여지는 없어요. 만약 이쪽에서 제의를 거부한다면, 그는 금에 똑같은 제의를 하겠다고 말했어요. 만약 그가 금과 연합한다면 어떻게 될지 생각해 보고 그런 말씀들을 하시는 건가요?"

그 말에 장로들은 모두들 입을 꽉 다물었다. 만약 그렇게 된다면 그 이후는 생각조차 하기 싫었으니 말이다.

옥화무제는 맹주에게 말했다.

"사실 본녀도 그가 왜 이런 제의를 했는지 알 수가 없습니다. 하지만 한 가지는 알 수가 있어요. 일단은 그가 금의 멸망을 원한다는 것. 이유야 어떻든 간에 그들과의 제휴를 고려해 볼 수는 없을까요?"

맹주는 잠시 생각해 본 후 대답했다.

"노부는 그가 금의 멸망을 원하는 것인지, 아니면 금과 모종의 뒷거래를 하면서 간세로서 무림맹에 접근하는 것인지 판단할 수가 없소. 그런 만큼 좀 더 시간을 두고 생각해 보는 것이 좋겠소."

판단은 맹주가 하는 것이다. 그녀로서는 맹주가 판단하기 편리한 자료만 전해 주면 끝인 것이다. 그렇기에 옥화무제는 고개를 조아리며 다소곳하게 대답했다.

"알겠습니다, 맹주님."

"공수개 장로."

"예."

"공수개 장로의 어깨가 더욱 무거워졌다고 할 수 있겠소. 꼭 노부의 신뢰에 보답해 주기를 바라겠소이다."

"감사합니다, 맹주님."

맹주와 공수개 장로 사이에 오가는 대화를 들으며 옥화무제의 안색은 차갑게 굳어지고 있었다. 언제부터 맹주가 개방을 이렇게 신뢰하게 되었을까? 아무래도 돌아가는 대로 수하들을 시켜 조사하게 해야겠다고 다짐하는 그녀였다.

　금이 건국되었을 때, 그들은 수도를 만주 벌판에 있는 상경(上京)으로 정했었다. 하지만 동북에서 가장 번화한 대도시 연경을 손에 넣은 지금, 구태여 수도를 계속 상경으로 고집하고 있을 이유가 없었다. 오히려 금제국의 전체적인 인구나 생산력을 기준으로 판단했을 때, 연경을 수도로 삼는 것이 가장 좋다고 볼 수 있었다. 더군다나 연경의 경우 현재 금군의 가장 큰 집결지라고 할 수 있는 황하 일대와 가깝기에 최전선의 병사들을 통제하기에도 알맞았다. 그에 비하면 상경은 너무 멀었다.
　또한 금제국의 경우 상경에 거대한 궁전을 지어 놓은 것도 아니었다. 그런대로 제국의 모양새를 갖췄다고 새로이 대규모 궁전을 짓느니 연경에 있던 요의 황궁을 접수하면 끝나는 일이었다. 사실 연경에 있는 요의 황궁도 송의 왕부를 뜯어 고쳐 만든 것이니, 장대했던 연경 왕부 건물이 꽤 많은 민족에게 혜택을 주고 있었던 것이다.

　허연 수염을 흩날리며 여섯 명의 장수가 걸음을 재촉하고 있었다. 그들이 거느리고 온 병사들은 황궁 밖에 대기시켜 뒀기에 이들 여섯 명만이 다급히 걸음을 옮기고 있는 것이다.
　황제의 집무실 앞을 가로막고 서 있던 장수가 그들을 알아보고 고개를 숙이며 군례를 올렸다.
　"어서들 오십시오. 발극렬(勃極烈)들께서 갑자기 어쩐 일로 오셨습니까?"

발극렬이라 하면 금의 가장 강력한 여섯 부족의 부족장들을 이르는 말이었다. 금제국의 영토는 급속도로 확장된 상태인 데 비해 그 정치 형태는 아직까지 원시적이라고 할 수 있는 부족 연합의 성격을 벗어나지 못하고 있었다. 그렇기에 발극렬들의 발언권은 대단히 강력했다.

"급한 일로 폐하를 뵙고자 한다. 빨리 고하거라."

"예."

장수는 황제에게 고한 후 발극렬들에게 전했다.

"드시지요."

호화로운 용상에 앉아 발극렬들을 내려다보는 금 황제 아구다. 이민족의 황제라고는 하지만 자연스럽게 뿜어져 나오는 위엄이 보는 이로 하여금 절로 고개를 조아리게 만들었다. 과연 여진족을 통합하고, 대 제국 요를 멸하고, 또 송의 대군을 격파하여 연운16주를 차지한 맹호의 기상을 지닌 영웅이라 할 수 있었다.

황제는 발극렬들의 인사를 받은 후 자리를 권했다.

"자, 모두들 자리에 앉으시오. 그래, 무슨 일이 있기에 여섯 발극렬께서 함께 오시었소?"

발극렬들 중에서 가장 연배가 높은 인물이 입을 열었다.

"황제시여, 지금 연경에는 대원수가 모반을 꾀하고 있다는 소문이 파다하게 떠돌고 있습니다. 혹시 들어 보셨습니까?"

황제는 고개를 끄덕이며 대답했다.

"이미 들어 봤소."

"그런데 어찌 이리 태평하게 앉아 계실 수가 있단 말입니까? 만약 대원수가 배신한 것이 사실이라면 이제 갓 태동하기 시작한 이

나라는 풍전등화나 다름없지 않겠습니까?"

물론이었다. 황제가 거느린 병사들의 수가 더 많다고는 하지만 대원수가 거느린 병사들은 금나라 최고의 정예들이었다. 게다가 대원수는 많은 장수들의 절대적인 지지를 받고 있었다. 현 상태에서 맞붙는다면 승산이 전혀 없다고 봐도 과언이 아니었다.

하지만 황제는 너털웃음을 터뜨리며 호기롭게 말했다.

"크하하핫, 저 드넓은 요동 평야를 호령하던 그대들이 언제부터 그렇게 간덩이가 작아졌단 말이오? 짐은 그를 믿소. 그는 지금껏 마음만 먹었다면 여러 번 황제가 될 수 있었을 것이오. 짐의 형님 오야속(烏雅束)께서 돌아가실 때 그분이 후계자로 점찍은 것도 그였소. 하지만 그는 후계자 자리를 짐에게 양보했소. 그 후 그는 짐에게 가장 친한 벗이자 가장 믿을 수 있는 신하였소. 짐이 여진의 대족장으로 성장할 수 있었던 것도 다 그가 짐의 곁에 있어 줬기 때문이오. 그런데도 짐이 그를 믿지 못한다면 누구를 믿을 수 있다는 말이오? 짐은 그의 모반을 고하고 있는 그대들은 못 믿어도 수천 리 밖에 떨어져 있는 그는 믿을 수 있소."

"하지만 조사는 해 보심이 옳지 않겠습니까? 만약 그가 행동을 개시한 이후라면 늦습니다."

황제는 고개를 끄덕이며 대답했다.

"물론 조사는 해 봐야겠지. 국론홀로(國論忽魯 : 제2부족장)!"

국론홀로는 부복하며 외쳤다.

"예, 황제시여."

"그 소문을 퍼뜨린 자가 누군지 철저하게 조사해라. 한 달의 시간을 주겠다. 만약 그때까지도 소문의 출처를 밝혀내지 못한다면 그대의 목을 걸어야 할 것이다. 알겠는가."

"신, 무슨 일이 있더라도 폐하의 명을 완수하겠나이다."

한 달 후, 금 황제는 연경에 떠돌던 소문의 진상을 알게 되었다. 그리고 그것이 다 정체를 알 수 없는 한족에게 매수된 자들이 꾸민 일이었다는 것을 알게 된 금 황제의 분노를 막을 수 있는 자는 아무도 없었다. 배후가 누구인지는 중요하지 않았다. 매수한 자가 한족이었다는 것만으로도 충분했던 것이다. 금 황제는 곧장 전 병력을 휘몰아쳐 송의 수도인 개봉을 함락시켜 버렸다. 그리고 송 황제와 상황제, 3천에 이르는 조정 대신을 포로로 잡아 만주로 압송해 버렸다.

그러고도 금군의 진격은 멈추지 않았다. 일격에 송제국을 멸망시키려는 듯 금군은 노도와 같이 하남을 집어삼킨 후 남쪽으로 진격했다. 하지만 그들의 앞을 가로막은 것이 있으니 바로 회하(淮河)였다. 강의 폭이 워낙 넓어 강을 건널 엄두조차 내지 못한 금군은 강을 따라 상류 쪽으로 전진하기 시작했다. 상류로 가면 당연히 강의 수량이 줄어들 것이고, 도하 작전을 감행하기가 손쉬울 것이기 때문이었다.

그러던 그들이 만난 것이 회하 상류, 한수(漢水) 연안에 위치한 전략 요충지에 세워진 양양성이었다.

전략적 요충지에 건설된 성인만큼 양양성은 한눈에 척 보기에도 대단히 튼튼하고 견고하게 건설되어 있었다. 하늘을 찌를 듯한 높은 성벽과 그 주위로 둘러쳐진 깊은 해자(垓字 : 성 주위를 둘러싸고 있는 깊은 구덩이로 안에 물을 채워 둔다) 때문에 공격하기가 매우 까다로운 성이었던 것이다.

그렇다고 피해를 우려해 그냥 지나쳐 전진해 버리자니 보급로가 문제였다. 드디어 결단을 내린 금군은 서서히 양양성을 포위하기 시작했다. 금군의 병력은 무려 30만. 양양성을 몇 겹으로 포위해도 사람이 남을 정도였다.

진팔은 패력검제와 그가 거느린 제령문도 50여 명과 함께 성의 한쪽에 자리를 잡고 있었다. 그는 서서히 포위진을 갖추고 있는 금의 병력을 보는 것만으로도 기가 질리는 것을 느꼈다. 저렇게 많은 사람이 움직이는 것을 처음 봤던 것이다.

'저, 저게 도대체 몇 명이야?'

저도 모르게 도를 쥔 손이 부들부들 떨릴 지경인데, 뒤쪽에서 침착한 목소리가 들려왔다.

"겉에 드러난 수에 현혹되지 말거라. 그건 단지 허상일 뿐이다. 눈앞에서 자신을 공격하는 적 몇 명만 상대하면 된다. 꾸준히 죽이다 보면 자연 이 전쟁은 끝나게 될 게야. 너희들은 이 전쟁을 지휘하는 장수가 아니다. 그런 만큼 적의 전체 수를 따질 이유가 없다. 알겠느냐?"

"예!"

진팔 같은 무림인들도 살이 떨릴 지경인데 성벽에 도열해 있는 일반 병사들이야 말할 것도 없었다. 하급 군관들이 오가며 병사들을 격려하고 있는 모습이 보였다. 그리고 병사들은 지시에 따라 커다란 돌덩이라든지 화살 뭉치, 창, 갈퀴 같은 것들을 언제든지 쓸 수 있도록 여기저기에 쌓아 놓고 있었다.

포위를 완료한 금군은 이상하게 생긴 수레 같은 것을 끌어다가 앞쪽에 설치하기 시작했다. 그것을 본 패력검제의 표정이 굳어지기 시작했다.

"저것이 바로 쇠뇌다. 들어 본 적이 있느냐?"

들어 본 자가 있는지는 모르지만, 대부분 그것을 오늘 처음 봤는지 신기하다는 듯 바라보고 있었다. 그도 그럴 것이 무림에서는 활을 든 자를 구경하기도 힘든 판에 쇠뇌를 본다는 것은 불가능에 가까웠던 것이다.

모두들 아무런 대답이 없자 패력검제는 나직한 어조로 덧붙였다.

"쇠뇌는 커다란 화살을 아주 멀리까지 쏘기 위해 만든 기계다. 노부가 들은 얘기로는 3백 장이나 되는 거리를 쏜다고 하더구나. 저것으로 쏘는 화살을 보통의 화살처럼 생각하면 절대로 안 된다. 날아오는 힘이 몇 배는 더 강하다고 생각하거라. 놈들과 싸우는 와중에도 언제나 저 쇠뇌가 날아올 것에 대비해라. 그 정도 파괴력이라면 호신지기 따위는 아무런 보탬도 되지 않을 테니 말이다. 모두들 알겠느냐?"

"문주님의 말씀, 명심하겠습니다!"

"오늘은 시간이 늦었으니 아마도 공격하지 않을 게다. 전투는 내일 아침에 시작될 게야. 그러니 오늘은 푹 쉬어 두거라. 내일은 힘든 하루가 될 테니 말이다."

"예!"

패력검제의 예상대로 적들의 공격은 다음 날 아침 일찍 시작되었다. 무림인이 늘상 벌이는 그런 소규모 칼싸움만 보아 왔던 진팔에게 그날의 전투는 충격 그 자체였다. 진팔은 그날 이후로 군대라는 것에 대한 인식을 완전히 바꿔 버렸다. 대부분의 무림인이 그렇듯 진팔도 무공이라고는 모르는 병졸들이 창과 칼을 가지고 다니는 것을 비웃었던 때가 있었다. 하지만 그런 병졸들이 모이고 모이니, 이건 감당이 안 될 정도의 능력을 발휘하기 시작했다. 개개인의 힘은 약하지만 뭉치면 강하다는 말을 확실히 이해하게 만들어 준 사건이었다.

쉬이익!

쇠뇌에서 발사된 수천 개가 넘는 화살들이 날카로운 파공성을 흘리며 날아오기 시작했다. 앞쪽에 포진하고 있는 병사들이 황급히 두터운 나무 방패를 꺼내 막아 보았지만, 방패를 뚫고 들어올 정도로 파괴력이 넘치는 화살이었다. 그런 강력한 힘을 지닌 화살을 무림인들이 저마다 자신이 지닌 병장기를 꺼내 막아 내는 것을 보고, 송군 병사들은 감탄 어린 시선을 보내고 있었다.

쇠뇌를 퍼붓기 시작하면서 적들의 병력이 전진해 오기 시작했다. 그런데 이상하게도 그들은 무기를 가지고 있지 않았다. 모두들 커다란 자루를 하나씩 등에 지고, 한손에는 방패를 들고 앞을 가린 채 맹렬한 기세로 달려오고 있었던 것이다.

송군 병사들은 그들을 향해 사력을 다해 화살을 날렸다. 수많은 적병이 쓰러졌지만, 그래도 적의 수는 엄청나게 많았다. 그들은 성벽 아래 도착해서 등에 지고 있던 자루를 해자(垓字)에다가 던져 넣은 후, 재빨리 뒤로 돌아서서 도망치기 시작했다.

양양성의 규모는 상상을 초월할 정도로 거대했다. 그리고 그 양양성을 둘러싸고 있는 깊고 넓은 해자의 규모 또한 작은 강을 연상시킬 정도였다. 그런 해자를 사람의 등에 진 흙자루로 메우려고 하는 것은 정신이상자나 생각할 만한 일이 아닐까라고 판단할지 모르지만, 현실은 그게 아니었다.

30만 명의 병사가 한꺼번에 움직이면 흙자루의 수는 무려 30만 개가 된다. 그 흙자루의 무게가 5관(약 19킬로그램)이라고 가정한다면, 일거에 150만 관(약 5천6백 톤)을 옮기게 되는 것이다. 대단히 단순무식한 방법이긴 했지만 효과만은 확실했다. 그 넓디넓은 해자를 단 한 시진 만에 완전히 메워 버렸으니 말이다.

그 광경을 지켜보던 진팔은 경악하지 않을 수 없었다. 과연 인간이 지닌 힘은 얼마나 대단하단 말인가. 커다란 수레를 동원한 것도 아니고 순전히 사람의 힘으로 순식간에 그 일을 해치워 버린 것이다.

해자가 메워진 후, 적들은 일단 후퇴하여 전열을 정비하기 시작했다. 흙자루를 지고 달렸던 짐꾼들이 순식간에 용맹한 병사들로 탈바꿈했다. 그들은 방패를 앞세우고 보무도 당당하게 진격해 오기 시작했다. 그들 중에 많은 병사가 아주 기다란 사다리를 들고 있었는데, 그것을 이용해서 성벽을 기어오르려는 모양이었다.

성벽 위에 포진하고 있던 송군 병사들은 그들이 다시금 사거리 안에 들어오자 화살을 쏘기 시작했다. 금군 병사들은 여기저기서 비명을 지르며 동료들이 쓰러지는데도 진격의 속도를 늦추지 않았다.

"자, 이제부터 시작이다! 모두들 흩어져서 성벽 위로 올라오는 적들을 없애라!"

그때부터 지독한 난전이 시작되었다. 밑에서 사다리를 타고 올라오다 화살에 맞아 비명을 질러 대는 자들도 있었고, 위에서 던진 돌덩이에 맞아 떨어지는 자들도 있었다. 송군이 긴 막대기를 이용해서 사다리를 밀어 버려, 성벽 밑으로 떨어지는 자들도 많았다.

하지만 그렇다고 해서 송군의 피해가 전혀 없는 것은 아니었다. 적들의 쇠뇌 사격은 계속되고 있었기에, 조금만 주의를 게을리 했다가는 화살에 맞아 죽기 십상이었다. 적병에게 활을 쏘려다가 오히려 화살에 맞아 죽는 병사들도 있었고, 돌을 던지려다가 죽는 병사들도 있었다.

그러다 어느 순간, 사다리를 타고 올라온 적병들이 성벽 위에까지 올라왔다. 그와 동시에 성벽 여기저기에서는 격렬한 칼싸움이 시작되었다.

아침에 시작된 전투는 그날 밤에야 끝이 났다. 얼마나 많은 적병을 죽였는지 그 수를 헤아릴 수도 없을 지경이었다. 성벽 밑에는 수많은 적병의 시체가 널려 있었고, 송군 병사들은 성벽 위에서 죽은 적병들의 시체를 아래로 던지고 있었다. 따로 묻어줄 곳도 없었고, 그냥 놔두자니 썩어서 냄새가 진동할 게 분명했기에 그냥 성벽 아래로 던져 버리는 것이었다.

진팔은 망연자실한 표정으로 퇴각하는 금군을 바라보고 있었다. 원래 공격해 오는 적을 격퇴하면 승리의 함성이라도 들려올 법 하건만, 모두들 하루 종일 싸웠기에 진이 빠져 저마다 그 자리에 털썩 주저앉은 채 퇴각하는 적을 멍하니 바라보고 있을 뿐이었다.
"많이 힘들었을 걸세. 어디 다친 곳은 없는가?"
피 묻은 손이 자신의 어깨에 올려지는 순간, 진팔은 의지와 상관없이 몸을 부르르 떨어야만 했다. 자신의 어깨에 올라와 있는 이 손. 바로 이 손에 의해 얼마나 많은 금군 병사가 죽어나갔는지를 직접 목격했기에 일어나는 거부 반응이었다.
패력검제는 진팔의 몸을 휘휘 둘러보더니 중얼거렸다.
"다친 곳은 없는 모양이군."
그런 다음 패력검제는 자신의 문도들 가운데 부상당한 이들을 돌보기 위해 자리를 떴다.
그때 진팔의 등 뒤로 슬그머니 접근해 오는 인물이 있었다. 그는 진팔의 옆에 털썩 주저앉으며 말했다.
"자네가 대단한 줄은 익히 알았지만, 오늘 보니 정말 대단하더군."
쟈타르였다.
"대단한 사람은 따로 있네. 바로 저 영감 말이야."
진팔의 손은 저쪽으로 어슬렁거리며 걸어가고 있는 패력검제를 향하고 있었다. 하루 종일 싸웠음에도 그의 다리에는 힘이 넘치고 있었다.
신검합일의 경지에 든 진팔 같은 절정고수조차 나중에는 내공이 딸려 호신진기니 뭐니 그런 사치스러운 것은 아예 사용도 하지 못했다. 그런데 하물며 그보다 실력이 떨어지는 사람들은 그야말로 하루 종일 맨땅에 박치기를 하며 보낸 것이나 다름없었다.
성벽 밑에서 쏴댄 활과 쇠뇌 들이 폭우가 쏟아지듯 성 안으로 날아들이었다. 끊임없이 성벽을 타고 기어 올라온 적병들과 칼부림을 하는 와중에도 화살에 대한 주의를 늦추지 않아야만 했다. 장거리에서 발사하는 쇠뇌들의 위력은 엄청났지만 명중률은 형편없었다. 적 아군을 가리지 않고 그 범위에 존재하는 모든 사람을 죽였던 것이다. 자기편이 쏜 화살에 맞아 죽는 오랑캐들도 많았지만, 송군이나 그에 가담한 무림인들의 피해도 막심했다.

진팔이 그런 지독한 난전 속에서 아무런 상처 없이 살아남은 것은 그가 얼마나 뛰어난 도객인지를 증명하는 것이었다. 하지만 그런 진팔을 질리게 만든 인물이 있었으니, 그가 바로 패력검제였다. 그런데 그런 진팔을 보고 질려 하는 인물이 여기 있으니, 세상은 재미있는 것이다.

'도대체 저게 인간인가? 나는 하루 종일 싸웠더니 다리가 다 후들거리는 판인데…….'

진팔의 말에 쟈타르는 웃음을 터뜨리며 중얼거렸다.

"하하핫, 저 영감은 논외로 쳐야지. 도저히 '인간'이라고 볼 수 없으니 말일세."

"나 말고 저 친구도 대단하지 않던가?"

진팔은 패력검제의 아들 폭풍검 서량을 가리켰다.

"물론일세. 하지만 아무래도 저 사람한테는 가까이 다가가기 힘들더군. 그래도 자네는 꽤 오랜 시간 우리와 함께한 동료가 아니었나."

"물론이지. 그건 그렇고 자네가 모시는 상관은 어떤가? 많이 놀랐을 텐데……."

사실 조령과 쟈타르는 이번 전투에 거의 참가하지 않았다. 조령은 부상자들을 돌본다고 이리저리 뛰어다녔고, 쟈타르는 그녀의 주변을 맴돌며 보호자의 임무를 충실히 수행하고 있었다. 멋도 모르고 그녀를 향해 달려든 금군 네다섯을 벤 것이 오늘 그가 수행한 전투의 전부였다.

쟈타르는 어깨를 으쓱하며 대꾸했다.

"이걸 기회로 제발 정신을 좀 차리셨으면 좋을 텐데……."

"자네도 참 고생이 많구먼. 그건 그렇고, 나는 아직까지도 내가 살아 있다는 것이 실감이 나지 않아."

30만에 달하는 적들의 공격을 겨우 3만도 안 되는 수로 막아 낸 것은 기적에 가까운 일이었다. 아무리 무림인들이 가세했다고 하지만, 양양성의 성벽이 워낙 높아 적들이 전 병력을 쏟아 붓기가 곤란했기에 가능한 일이었다.

첫날 공성전에서 그렇게 엄청난 피해를 입었음에도 불구하고 금군은 후퇴하지 않았다. 그들은 성을 포위한 채 아예 지구전으로 들어갈 생각인 모양이었다. 아무리 양양성 안에 1년 동안 버틸 식량이 있다고는 하지만, 무작정 계속되는 농성(籠城)은 포위하고 있는 자들보다는 포위당한 자들에게 더욱 가혹한 조건을 안겨 주고 있었다.

적과의 동맹

　회하 이북이 모두 금에게 넘어가자 무림맹은 이제 자신들이 선택을 해야만 할 때가 되었음을 느꼈다. 아직까지 마교는 조용했다. 만약 이번 전쟁에서 그들이 금의 손을 들어 줬었다면 회하의 저지선 따위는 하루아침에 돌파당했을 것이 분명했다. 하지만 그들은 가만히 있었다. 그 말은 마교가 아직까지는 금의 손을 들어 주지 않고 있음을 뜻하는 것이었다. 자신들이 전면에 나서기만 하면 끝날 일이었는데, 괜히 무림맹과 동맹을 맺는다는 둥 하는 계략을 짤 필요가 없는 것이다. 그것을 무림맹의 수뇌부가 깨달았을 때, 이미 때는 늦어 있었다. 개봉이 함락된 후니 말이다.
　"늦은 감이 있으나 이제 선택할 때가 되었다고 생각하오."
　맹주가 하는 말이 무슨 뜻인지 알고 있던 장로들은 통탄해하지 않을 수가 없었다. 그들도 무림이 황실로부터 자유로울 수 없다는 것을 깨달은 최초의 사건이었다. 한족이 세운 제국들은 무림을 인정했지만, 이민족이 세운 제국들은 무림을 인정하지 않으니 그것은 어쩔 수 없는 선택이었던 것이다.

"크흐흑, 이런 치욕을 당해야만 하다니……."

오열하는 장로들을 향해 맹주는 담담한 어조로 말했다.

"물론 모든 장로님의 마음을 노부가 모르는 것은 아니오. 하지만 설혹 악마와 손을 잡는 한이 있더라도 조상님들께서 물려주신 이 땅을 오랑캐 따위에게 내줄 수는 없는 일 아니겠소."

"물론입니다. 마교가 본맹과 다른 길을 가고 있다고 하지만 그놈들도 한족이 아닙니까? 일단 여진족 놈들을 몰아낼 때까지는 연합을 하는 것이 좋겠습니다."

맹주는 잠시 생각하더니 문득 질문을 던졌다.

"누구를 마교에 파견하는 것이 좋겠소?"

"옥화 봉공이 가장 적임자일 듯싶습니다. 처음에 마교 놈들이 동맹을 제의했을 때도 그분을 통해서 하지 않았습니까? 그런 만큼 그분이 가장 적합하다고 할 수 있을 겁니다."

"좋소, 그렇게 합시다. 옥화 봉공에게 전서를 띄우도록 하시오."

그때, 갑자기 백량 장로가 자리에서 벌떡 일어서더니 외쳤다.

"잠깐! 노부가 맹주께 한 가지 질문드릴 것이 있소이다!"

"무엇이오, 맹호검군 장로?"

"맹주께서는 마교와 금이 합작하지 않았다고 단정 짓고 계십니까?"

맹주는 갑자기 백량 장로가 왜 저런 질문을 던지는지 이해할 수가 없었다. 지금까지 무엇을 듣고 있었단 말인가. 하지만 맹주는 인내심을 갖고 대답해줬다.

"현재까지 입수된 정보에 따르면 그렇다고 생각하고 있소이다."

드디어 자신이 원하는 대답을 들었다는 듯 백량 장로는 호기롭게 외쳤다.

"그렇다면 노부가 전에 맹주께 주청드린 사안을 허락하여 주십시오! 제가 직접 수하들을 이끌고 가서 금 황제의 목을 베어다가 바치겠소이다!"

만약 마교와 금이 합작한 것이 아니라면 금 황제의 주변을 호위할 뛰어난 고수는 거의 없다고 봐도 과언이 아니지 않은가. 그제야 백량 장로의 뜻을 이해한 맹주는 고개를 끄덕인 후 대답했다.

"허락하겠소이다. 맹호검군 장로께서 성공하기를 빌겠소."

백량 장로는 깊숙이 포권하며 대답했다. 그의 어조에는 자신감이 넘치고 있었다.

"좋은 소식 보내드리겠소이다."

매화검군 장로가 보무도 당당하게 회의장을 나간 후 맹주는 장로들에게 말했다.

"일단 기다려 보는 것이 좋겠구려. 금 황제가 죽는다면 금의 세력은 순식간에 위축될 것이 분명하니, 구태여 마교와 합작할 이유가 없지 않겠소?"

묵향과 옥화무제는 또다시 자리를 함께했다. 중원 무림에서 열 손가락에 꼽히는 경공의 대가들에게 있어서 서로 간의 거리는 큰 문제가 아니었던 것이다. 대신 그들은 아예 호위조차 거느리지 않고 있었다.

묵향은 의자에 쓱 앉은 후 객잔에서 경치를 감상하며 기다리고 있던 옥화무제에게 아는 척을 했다.
"손님을 오래 기다리게 한 모양이군. 이봐, 점소이."
"옛, 손님."
"술 좀 가져와. 그리고 안줏거리 아무거나 하고 말이야."
"옛! 곧 가져다 드리겠습니다."
"역사적인 동맹이 시작되는 날인데, 축배를 들어야 할 것 아니겠어?"
여전히 자신감이 넘치는 목소리였다. 조금 헛다리를 짚기는 했지만 말이다. 옥화무제는 시치미를 떼고 질문을 던졌다.
"어떻게 동맹을 제의하러 온 것을 알았죠?"
"당연하지. 송은 멸망한 것이나 다름없는데, 이제 그 늙은이들도 발등에 불이 떨어진 줄 알았겠지. 멍청한 것들."
"……"
한참 동안 말없이 옥화무제가 생글거리며 자신을 바라보고 있자, 묵향은 짜증난다는 듯 투박스런 어조로 물었다.
"왜 그렇게 보는 거지?"
"틀렸어요. 그 늙은이들은 아직까지도 발등에 불이 떨어진 줄 모르고 있죠."
"이런 제기랄! 그럼 뭣 때문에 만나자고 한 거야?"
짜증이 가득한 목소리로 말했지만, 옥화무제는 눈 하나 깜짝하지 않았다. 오히려 그녀는 생글거리며 말했다.
"당신, 옛날에 만났을 때와는 아주 많이 달라졌다는 거 알아요?"
그때, 점소이가 술을 가져왔기에 묵향은 신경질적으로 술잔에

술을 따르며 대꾸했다.
 "그건 또 무슨 말이야. 본좌가 뭐가 달라졌다고······."
 "옛날에는 당신이 무슨 생각을 하는지 도저히 이해가 불가능했던 적이 있었어요."
 그 말에 묵향은 피식 미소 지으며 대꾸했다.
 "훗, 과찬이군."
 그 말에 옥화무제는 씁쓸한 미소를 지으며 고개를 가로저었다.
 "칭찬은 아니에요. 당신이 너무나도 단순무식하게 생각했기에, 이쪽에서 판단하기가 너무 힘들었다는 것뿐이니까 말이죠."
 묵향은 술을 한 잔 쭉 들이켠 후 무덤덤한 어조로 중얼거렸다.
 "뭐, 제대로 봤네. 본좌가 원래 좀 무식하거든."
 뻔뻔스레 대꾸하는 묵향을 보며 옥화무제는 기가 막힐 수밖에 없었다. 어떻게 사람의 탈을 쓰고 저렇게 얼굴 가죽이 두꺼울 수 있단 말인가. 오히려 말을 꺼낸 자기 얼굴이 화끈거리는 것 같았다.
 "그런데 지금은 조금씩 당신의 생각이 보이더군요. 그걸 보면 당신은 굉장히 많이 발전한 거라구요."
 묵향은 눈에 이채를 발하며 이죽거렸다.
 "호오~, 그렇게 자신하는 이유는?"
 "바로 이것 때문이죠."
 옥화무제가 품속에서 꺼낸 것은 한 뭉치의 문서였다.
 "그게 뭔데?"
 "당신이 금과 싸우려는 이유."
 그 말이 떨어지기가 무섭게 묵향의 손이 휙 움직이더니 문서를 낚아채갔다. 부들부들 떨리는 손으로 문서를 읽고 있는 묵향을 보며, 옥화무제는 묘한 미소를 짓고 있었다. 과연 자신의 예상이 맞은 것이다.

"당신이 협상을 원했던 완옌 렌지에 대원수가 바로 그예요. 20여 년 이상 그곳에서 뿌리를 내리고 살았으니, 그의 능력상 얼마나 큰 세력을 형성했는지는 짐작할 수 있겠죠?"

묵향은 문서 뭉치를 품속에 쑤셔 넣으며 중얼거렸다.

"물론이지. 그렇게 위험한 놈이 아니었다면 노부가 그렇게 혈안이 되어 놈의 행방을 찾을 리도 없었을 테니까. 하지만 솔직히 의외로군. 설마 대원수 나으리가 되어 계실 줄이야. 이거 크게 한 방 먹었구먼."

묵향의 어감에는 묘한 비웃음이 실려 있었다.

"그가 20여 년간 직접 교육시킨 고수만 1만에 달해요. 물론 그것도 다 천마혈검대가 있었기에 가능한 것이었겠죠? 그 혼자서 그 많은 고수를 키운다는 것은 불가능했을 테니 말이에요."

뿌드드드득!

묵향은 이빨을 갈더니 탁자 위에 놓여 있던 술잔을 들어 입속에 털어 넣었다. 그런 다음 그는 옥화무제에게 말했는데, 목소리는 낮았지만 그 속에는 공포스러운 뭔가가 깔려 있었다.

"장인걸이 금에 의탁하고 있다는 사실은 비밀로 해 줬으면 좋겠어. 본좌는 본교의 치부가 밖으로 드러나는 것을 원치 않으니 말이야."

"물론이죠. 저는 한 가지 정보를 가지고 여기저기에 뿌릴 정도로 몰염치하지는 않아요. 언제나 한 가지 정보는 한 명의 고객에게.

그게 제 신조죠. 그런 의미에서 정보료를 청구하고 싶은데요."

그 정도는 애교로 생각한다는 듯 묵향은 피식 미소 지으며 품속에서 전표 다발을 꺼냈다.

"은자 1천 냥이야. 이 정도면 충분하겠지?"

"물론이죠. 고맙게 쓰겠어요."

그녀는 그 돈으로 군량을 사서 양양성으로 보낼 생각이었다.

금 황제 아구다를 참살하겠다며 호언장담한 후 보무도 당당하게 무림맹을 떠났던 맹호검군 백량 장로가 돌아왔다. 그것도 혼자. 그가 거느리고 떠났던 1백 명의 고수는 단 한 명도 돌아온 자가 없고, 백량 장로 혼자 돌아온 것이다.

무림맹의 수뇌부는 맹 내에서도 손가락에 꼽히는 강자인 백량 장로가 수하들을 모두 잃고 엉망진창이 되어 도망쳐온 것에 경악을 금치 못했다.

"이게 어찌 된 일이란 말씀이오?"

백량 장로는 비참한 표정으로 힘없이 말했다.

"노부 평생에 이토록 참담한 적은 없었소이다. 노부도 수하들과 함께 죽고 싶었으나 꼭 전해야 할 말이 있었기에 어쩔 수 없이 살아 돌아왔소."

"도대체 그게 무슨 말씀이오. 자, 차근차근 말씀해 보시구려."

"개방에서 제공한 지도를 통해 연경궁 내부는 어느 정도 파악할 수 있었소이다. 하지만 정작 중요한 황제의 행방은 알 수 없었소. 그도 그럴 것이 그자가 거느린 첩실이 한둘이겠소? 그래서 어쩔 수 없이 하나하나 수색하며 내부를 살펴나갈 수밖에 없었소. 그러다가 그들을 만났소."

 백량 장로의 눈에 짙은 두려움이 깔리는 것을 보고 장로들은 말을 재촉했다.

 "그들이라니, 누구를 말씀하시는 것이오?"

 "바로 마교 놈들 말이오. 수는 약 40명 정도였는데, 그 개개인의 실력이 노부와 맞먹을 정도였소. 아니, 어쩌면 더욱 강한지도 모르겠소."

 그 말에 장로들은 할 말을 잃었다. 사실 말이 쉬워서 40명이지, 무림맹 장로급이 40명이라니 그게 가당키나 한 소리인가? 한 명 한 명만 해도 엄청난 실력인데, 만약 그들이 집단으로 움직인다면 화경의 고수라도 찜 쪄 먹을 수 있을 것이다.

 맹주는 경악해서 외쳤다.

 "그것이 정말이오, 백량 장로?"

 "노부가 왜 거짓을 아뢰겠습니까? 노부가 거느린 수하들은 도무지 그들의 적수가 되지 못했소. 그들 중에서 겨우 20명이 덤볐을 뿐인데도 순식간에 수하들이 죽어 나가더이다. 그래서 노부는 퇴각 명령을 내렸고…, 크흐흐흑!"

 백량 장로는 더 이상 말을 잇지 못하고 기어이 눈물을 떨구고야 말았다. 그날 밤에 벌어진 참극을 다시금 회상하자니 너무나도 분하고 억울한 모양이다. 잘 갖춰진 함정에 멋모르고 기어 들어가 아끼던 수하들만 몽땅 죽이고 돌아왔으니 그 심정이 충분히 이해가 되었다.

 맹주는 분노를 참으며 말했다. 얼마나 화가 치밀었는지 그의 눈가에는 경련이 일고 있었다.

"어찌 되었건 그토록 중대한 정보를 전해준 백량 장로께 감사드리는 바이오. 노부는 맹주의 권한으로 옥화 봉공을 소환할 것을 명하는 바이오. 무영문이 무림 제일의 정보통인 것을 감안한다면 아마도 그녀는 마교와 금의 관계에 대해 어느 정도 정보를 획득하고 있었을 것이 분명하다고 생각되오. 그런데도 본맹에게 마교와 합작할 것을 권했다는 것은 명백한 배신행위. 대신 그녀의 실력을 감안하여 정중히 초청하시오. 그런 후 노부가 직접 손을 쓰겠소."
"알겠습니다, 맹주님."

며칠 후, 옥화무제는 맹주의 부름을 받고 무림맹으로 향했다. 마교와의 동맹 건으로 그녀와 몇 가지 의논을 하고 싶다는 연락이 온 것이다.
"안녕하셨습니까, 맹주님?"
"어서오시구려, 옥화 봉공. 몇 가지 물어볼 것이 있어 그대를 불렀다오. 물론 전서를 통해서 물어볼 수도 있겠으나 서로 간에 오해가 없게 하기 위해서는 직접 대화하는 것이 가장 좋지 않겠소?"
"물론이지요."
"자, 그러지 말고 자리에 앉으시오."
곧이어 하녀가 들어와 차를 놔둔 후 들어왔을 때와 마찬가지로 조용히 나갔다. 맹주는 찻잔 뚜껑으로 둥둥 떠 있는 찻잎을 옆으로 슬쩍 밀며 입을 열었다.
"자, 차나 드시면서 얘기합시다. 어렵게 용정차를 구했는데 향이 그만이라오."
옥화무제도 다향을 음미하며 말했다.

"예, 참으로 향이 좋군요."
"마교와는 워낙 오랜 시간 반목해 왔었기에 갑자기 동맹을 맺는다고 하니 걱정이 앞서는구려. 혹시 그놈들이 금과 짜고 일부러 이쪽에 접근해 오는지도 모르겠고 말이오."
옥화무제는 생긋 미소를 지으며 말했다.
"걱정하실 필요 없습니다. 그에게는 지금 무림맹을 치는 것보다 더 중요한 일이 있거든요."
맹주의 침착하게 가라앉아 있던 눈이 번쩍하고 빛났다.
"더 중요한 일? 그게 뭔지 말해 줄 수는 없겠소?"
"그게, 비밀을 지켜야만 하는 정보이기에 본녀가 직접 말씀드릴 수는 없습니다."
"이건 중요한 일이오. 얼마 전 맹호검군 장로가 수하들을 이끌고 금 황제를 참살하기 위해 떠났었소."
그것은 옥화무제도 몰랐던 일이었기에 그녀의 눈이 휘둥그레졌다.
"그런 일이 있었다니……. 혹시, 맹호검군 장로와 연락이 두절되었기에 본녀를 찾으신 겁니까?"
이제 더 이상 물어볼 필요도 없었다. 옥화무제의 말은 이미 맹호검군 장로가 실패할 것을 잘 알고 있었다는 것처럼 들렸기 때문이다. 맹주의 안색이 차갑게 굳어졌다.
"옥화 봉공께서는 이미 실패할 것을 알고 계셨던 듯하구려. 그 이유를 말씀해 주실 수 있겠소?"
옥화무제는 난처하다는 듯 눈을 내리깔며 말했다.
"방금 전에 말씀드린 그 비밀하고 연관되기에 본녀가 직접 말씀드리기가……."

급기야 맹주의 입에서는 노기가 섞인 말이 튀어나오기 시작했다.

"노부도 방금 전에 말했듯 이건 아주 중요한 사안이오! 마교가 이미 금과 내통하고 있다는 결정적인 단서를 잡았는데, 어찌 옥화봉공께서는 비밀 타령만 하실 수 있다는 말씀이오. 현재 본맹에서는 봉공께서 마교와 내통하고 있는 것이 아닌가 의심하고 있다는 것을 모르고 계시는 것이오?"

그것은 정말 의외였던 듯, 옥화무제는 눈을 동그랗게 뜨며 대꾸했다.

"본녀를 그렇게 생각하셨다니 정말 섭섭하기 그지없습니다. 하지만 의뢰자에게 한 번 판매한 정보를 다른 사람에게 전하지 않는다는 본문의 규칙 때문에 본녀에게 지어진 누명을 벗기는 힘들 듯하군요. 대신 한 가지 단서를 말씀드리겠습니다."

"뭣이오?"

"개방에 완옌 렌지에 대원수를 조사해 보라고 이르십시오. 그의 정체를 파악하신다면 본녀에게 지어진 누명은 자연스레 벗겨질 것입니다."

처음 들어 본 이름이었기에 맹주는 의아스러운 어조로 중얼거렸다.

"완옌 렌지에 대원수? 그자는 또 누구요?"

"지금 요의 잔당을 토벌하고 있는 금의 맹장입니다. 금 황제의 신뢰를 한 몸에 받고 있는 대단한 장수지요."

"그가 어쨌기에……."

한참 마교 얘기를 하고 있는 중이었는데, 갑자기 대화가 금의 장수 얘기로 바뀌자 무림맹주는 당황스러운 모양이었다. 하지만 그런 무림맹주를 보면서도 옥화무제는 단 하나의 단서도 더 알려 줄 생각이 없는 모양이었다. 그녀는 생긋 미소 지으며 말했다.

"그건 맹주님께서 조사하셔야 할 일이지요. 사실 제가 여기서 말씀드린다고 해서 제게 지어진 누명이 벗겨지겠습니까? 제가 거짓말을 한다고 생각하시면 모든 게 다 허사가 되는데 말입니다. 그러니 직접 조사하시고, 진실을 파악해 보십시오."

잠시 고민하던 맹주는 어쩔 수 없다는 듯 중얼거렸다.

"그 사실이 밝혀질 때까지 연금당하셔야 할 텐데, 그래도 괜찮으시겠소?"

맹주의 어조에는 짙은 고뇌가 어려 있었으나 돌아오는 옥화무제의 답변은 의외로 밝았다.

"어쩔 수 없지요. 맹주께서 차에 산공분(散功粉)까지 푸셨으니 처음부터 그렇게 작정하신 것이 아니신가요?"

옥화무제가 정곡을 찌르자 맹주는 당황하지 않을 수 없었다. 산공분이라면 독은 아니지만 내공을 분산시켜 한동안 무공을 쓰지 못하게 만드는, 내공을 익힌 고수에게 있어서 더없이 치명적인 약물이었다.

"언제부터 알고 계셨소?"

옥화무제는 생긋 미소를 지으며 밝은 어조로 대답했다. 전혀 산공분에 중독된 사람이라고는 느껴지지 않을 정도로. 오히려 그 둘의 표정만을 비교해 본다면 산공분에 중독된 사람은 옥화무제가 아니라 맹주라고 착각할 정도였다.

"처음부터라고 하면 믿으시겠어요? 이걸 마시는 것을 본녀가 거부한다면 맹주께서는 곧장 제게 손을 쓰실 게 뻔한데, 마시는 것이 현명한 처사겠죠. 안 그런가요?"

맹주의 무공이 그녀보다 약간 높은 게 사실이었지만 그렇다고 그녀가 맹주를 뿌리치고 탈출하지 못할 이유는 없었다. 하지만 그렇게 되면 무영문은 어떻게 될 것인가. 그렇기에 그녀는 다 알면서도 태연히 차를 마신 것이다.

"봉공의 지혜는 정말이지 놀랍구려. 좋소, 내 개방에 통보하여 완옌 렌지에라는 인물에 대해 철저히 조사하겠소. 그런 후 봉공과 다시 얘기하도록 합시다."

생사람 잡은 게 아닌가 하는 생각에 맹주의 어조는 조심스럽기 그지없었다. 만약 그녀의 말이 진실임이 밝혀져 결백이 증명된다 하더라도 맹주와 옥화무제의 사이는 그전처럼 돌아갈 리 없음을 잘 알기 때문이었다.

하지만 옥화무제는 전혀 개의치 않는다는 듯 밝게 미소 지으며 대답했다.

"본녀의 청을 들어주셔서 감사할 따름입니다, 맹주님."

금제국의 맹장인 완옌 렌지에에 대한 조사를 부탁받은 공수개 장로는 그를 조사하다가 밝혀낸 몇 가지 사항을 보고하기 위해 맹주를 찾아갔다.

"호오~, 그러니까 그자가 여진족이 아니라 한족이란 말이오?"

맹주가 놀라워하자 공수개 장로는 신이 나서 대답했다. 언제나 무영문에 가려 찬밥 신세였던 개방이 이렇듯 맹주에게 신뢰를 받고 있다 보니 신이 날 만도 했다.

"예, 맹주님. 저도 그 보고를 접하고 얼마나 놀랐는지 모릅니다. 그 완옌이라는 성은 황제에게 직접 하사받은 거라고 하더군요."

"그가 얼마나 황제로부터 신임을 받는 인물인지 짐작이 가겠군요, 공수개 장로."

"물론입니다. 지금의 황제를 만든 게 그놈이라고 할 정도로 충성을 다한 모양입니다. 참, 그를 조사하던 중에 한 가지 재미있는 정보를 입수했습니다."

"뭔데 그러시오?"

"이번에 금이 침공한 것에 무영문이 연관되어 있더군요."

"그건 또 무슨 말이오?"

"예, 옥화 봉공님이 금 황제와 대원수 사이를 이간시켰던 모양입니다. 그런데 작전 실패로 인해 금 황제가 그 사실을 알아냈다지 뭡니까? 개봉이 무너진 것도 다 금 황제가 분풀이를 한 것이라고 하더군요."

아마 공수개 장로는 옥화무제의 흠집을 파헤치기 위해 이 보고를 올린 모양이지만, 그 보고를 듣는 맹주의 생각은 달랐다. 이쪽은 이제야 대원수에 대한 조사를 시작했는데, 옥화무제는 자신들보다 훨씬 더 일찍부터 그에 대한 조사를 했음이 드러나는 순간이었던 것이다. 이간질을 시키려고 했다면 틀림없이 대원수에 대한 철저한 조사가 선행되었을 것은 당연하지 않겠는가.

"그런데 그의 무공 실력은 어느 정도라고 합디까? 금제국이 자랑하는 맹장인 만큼 그 실력 또한 뛰어나지 않겠소?"

"그걸 아직 잘 모르겠습니다. 그가 최전선에서 검을 휘두른 적은 단 한 번도 없다고 하니 말입니다. 어쩌면 소문과는 달리 맹장이 아니라 군사(軍師) 역할을 하는지도 모르겠습니다. 사실 그가 전선에 모습을 드러낸 것은 요 근래의 일이니까요."

"그럴 수도 있겠구려. 그렇다면 그의 진면목에 대한 정보가 나오려면 어느 정도 시간이 필요하겠소?"

"그게… 알 수가 없습니다. 그는 지금 저 멀리 요를 토벌한다고 뛰어다니고 있다 보니 조사하는 데 상당히 힘듭니다. 참, 그리고 보니 그에 대해서 이상한 정보가 하나 있더군요."

"……."

"그러니까 그가 아구다와 친분을 맺은 것이 거의 20여 년 전이라고 합니다. 그때 건장한 청년이었다고 해도 20년이 흘렀다면 나이가 최소한 마흔은 먹어야 정상인데, 30대 초반 정도로밖에 안 보인답니다. 그걸 보면 어쩌면 그는 무공을 연성한 인물인지도 모르겠습니다."

"그럴 수도 있겠구려. 주안술을 익힌 자라면 상당한 무공 실력을 쌓았다고 봐야 하겠지요. 어찌 되었건 수고하셨소. 오늘 적에 대해 많은 것을 알게 되었구려."

"예, 새로운 정보가 도착하는 대로 기별을 드리겠습니다."

"고맙소이다. 무영문을 믿지 못하게 된 지금, 노부는 개방만을 믿고 있소이다. 열심히 해 주시구려."

"예, 맹주님."

공수개 장로를 돌려보낸 후, 맹주는 창밖을 보며 깊은 생각에 잠겼다.

맹주는 공수개 장로에게 일단 적을 알아야 그에 대한 대비책을

적과의 동맹 313

세울 수 있는 것이 아니냐면서 대원수에 대한 조사를 의뢰했었다. 무영문과 아무런 연관을 짓지 않았으니, 개방에 유리한 방향으로 정보의 왜곡을 가하지는 않았을 것이다.

"점점 그녀가 말한 대로 되어가는 것 같군. 한인에다가 무공을 익힌 자라. 만약 그놈이 마교가 보낸 놈이라고 가정한다면 어떻게 될까? 그놈이 아구다를 만난 게 20년쯤 전이라면 그자가 마교 교주가 갓 되었을 때쯤일 텐데, 그때부터 여진족에다가 투자를 했다? 아니야. 그토록 멀리 보며 투자를 할 바에는 오히려 요에다가 하는 게 맞았을 거야. 몇 년 후 요가 연운16주를 집어삼키는 괴력을 발휘했으니 말이야."

맹주는 실내를 서성이며 고민에 고민을 거듭하다 도저히 참을 수 없었던지 옥화무제가 연금되어 있는 곳을 향해 급히 발걸음을 옮겼다.

아름답게 치장되어 있는 방에 앉아 책을 읽고 있던 옥화무제는 맹주가 들어오자 방긋 미소 지으며 반겨 맞이했다. 무림맹에서는 그녀에게 아침에 한 잔씩 산공분이 들어 있는 차를 마시게 한 것을 제외한다면 그 어떤 금제도 가하지 않고 있었다. 그녀의 신분도 신분이려니와, 혹시나 그 모든 것이 오해로 밝혀졌을 때 뒷감당이 무서웠던 것이다.

"어서 오십시오, 맹주님."
"지내시기는 어떠신가요? 혹여 불편한 데라도 있으시면······."
"아뇨, 오랜만에 아무 생각 없이 편하게 쉬고 있던 중이었습니다. 정말 이렇게 쉬어본 게 몇십 년 만인지 기억도 나지 않는군요."

옥화무제는 수모를 당하면서도 '너희들이 본녀한테 이런 치욕을 주다니, 어디 나중에 두고 보자'와 같은 유치하기 짝이 없는 발언은 절대로 하지 않았다. 그런 말을 해 놓으면 나중에 진실이 밝혀진다 해도 뒷감당이 힘들어 자신을 살인멸구해 버릴 수도 있음을 잘 알고 있었기 때문이다.

"그런대로 마음에 드신다니 다행이구려. 그런데 한 가지 물어볼 것이 있어 찾아왔다오."

"예, 말씀하십시오."

"봉공께서는 그가 한족임을 알고 계셨소?"

"물론이죠."

역시 옥화무제는 알고 있었던 것이다. 그의 정체까지도······.

"그가 무림인이라는 사실도 알고 계셨겠구려."

"예."

"그자가 마교도라는 사실도 알고 계셨소?"

이 질문은 맹주가 만든 함정이었다. 만약 상대가 마교도가 틀림없다면 그의 실력은 최소한 극마급으로 압축시켜 버릴 수 있기 때문이다. 극마급의 인물이라면 거의 없으니 조사하기도 편할 것이 분명했다. 맹주가 극마급을 생각한 이유는, 공수개 장로가 그는 전혀 무공을 익힌 자 같지 않다고 했기 때문이다. 마교도가 자신의 마기를 완벽하게 숨기려면 최소한 극마는 되어야 하는 것이다.

"예, 그래요. 짧은 시간이었는데, 많은 것을 조사하셨네요."

"그렇다면······."

'그가 누구일까? 20년쯤 전에 극마의 경지를 깨달은 고수라.'

맹주의 머릿속에는 한때 마교를 주름잡았던 4천왕의 명호들이 떠올랐다. 독수마왕(毒手魔王) 한석영(韓夕英), 흑마대왕(黑魔大王) 한중길(韓中吉), 벽안독군(碧眼毒君) 능비계(凌非癸), 흑살마왕(黑殺魔王) 장인걸(張仁傑). 이들 중에서 현 교주인 묵향과 끝까지 권력 다툼을 벌였었던 인물은 흑살마왕이었다.

'참, 그러고 보니 흑살마왕이 쫓겨난 것이 20년쯤 전이었지.'

"그가 흑살마왕 장인걸이었소?"

옥화무제는 피식 미소를 지으며 대답했다.

"그러고 보니 맹주님께서 제게 유도 신문을 하신 것이었군요. 예, 맞아요. 그가 장인걸이에요."

"그렇다면 마교 교주가 연합하여 금을 쳐부수자고 한 것도 장인걸을 치기 위해서……?"

"예, 장인걸이 금을 뒤에 업고 있는 이상 마교의 힘만으로는 절대로 그를 없앨 수 없어요. 만약 장인걸 혼자라면 어떻게 해 볼 수도 있을지 모르지만, 그는 과거 공포의 대명사였던 천마혈검대까지 거느리고 있거든요."

그 말에 맹주는 경악했다.

"천마혈검대! 그, 그랬었구료. 맹호검군 장로가 치를 떠는 인물들이 바로 그놈들이었어."

"이제 본녀에 대한 오해가 좀 풀리셨나요?"

"그렇다면, 진작 노부에게 말씀하셨다면 이런 고초를 겪지 않으셔도……."

"아뇨, 저도 오랜만에 이걸 핑계로 푹 쉬었으니까요."

옥화무제는 날렵하게 몸을 일으키며 말했다.

"이제 오해가 풀렸으니 본녀는 이만 가 봐도 될까요? 그동안 처리하지 못한 일이 산더미처럼 쌓여 있을 테니 말입니다."

맹주는 걱정스러운 듯 말했다.

"지금 바로 가시면 위험하오. 내공이 돌아오려면 하루는 지나야 할 텐데……."

"아뇨, 제 수하들이 있으니 그럴 걱정은 없을 겁니다. 그동안 신경 써 주셔서 감사합니다, 맹주님."

사뿐히 걸음을 옮기는 옥화무제를 향해 맹주가 말했다.

"잠깐."

옥화무제는 춤이라도 추듯 우아하게 돌아서며 말했다.

"예? 달리 명하실 것이라도……?"

"마교 교주와 협정을 맺게 중간에서 도와주시겠소? 오해가 풀렸으니 지금이 적기라고 생각하오만."

"알겠습니다, 맹주님. 조만간에 좋은 소식 보내드리겠습니다."

사뿐사뿐 걸음을 옮기는 옥화무제의 뒷모습을 보며 맹주는 씁쓸한 미소를 짓지 않을 수 없었다. 아마 처음에는 산공분을 먹었는지도 모르지만 지금 저 모습은 산공분을 섭취한 사람의 모습이 아니었다. 지키는 사람이 곁에서 보고 있는 상태에서 산공분이 들어 있는 차를 마셨음에도 중독되지 않은 것을 보면, 뭔가 그녀만의 비장의 수법이 있는 모양이었다.

"허허이~참, 이 일로 그녀와의 사이가 나빠지지 않았으면 좋으련만. 처음부터 어느 정도 조사를 해 보고 손을 썼어야 했는데, 이 일을 어찌할꼬?"

그로부터 3주 후, 정사(正邪)를 대표하는 두 거두가 만났다. 서로가 서로를 믿지 못하는 만큼 양측의 수행원은 정확히 1백 명으로 제한했으며, 그들이 만난 곳 역시 감숙성의 난주(蘭州) 부근이었다. 난주는 과거 송의 북방 방어에 있어 한 축을 담당하던 전략 요충지였으나, 지금은 군대가 떠나 빈껍데기로 전락해 버린 도시였다. 사실 송으로서는 제 앞가림도 하기 힘든 판에 이 변방에까지 투입할 병력이 없었던 것이다.

난주 인근에 있는 작은 평야에서 그들은 만났다. 사방이 탁 트인 평원에 놓인 고급스러운 탁자를 사이에 두고 양쪽의 고수들이 저마다 서열에 따라 자리를 잡았다.

"허허허, 이런 일로 천마신교의 교주와 만나게 될 줄은 상상도 해 본 적이 없었소이다."

"그것은 본좌도 마찬가지외다."

며칠 전부터 양측에서 파견한 대표들이 협정서의 초안을 놓고 최대한 자신들에게 유리하게 만들기 위해 다퉜었다. 양쪽이 글자 하나를 가지고도 갑론을박해서 결국 양쪽 다 만족할 수 있는—하지만 양쪽 다 만족할 수 없는—그런 협정서를 만들어 놓은 상태였다.

양측에서 파견한 대표들이 만들어 놓은 협정서는 2부가 제작되어 탁자 위에 놓여 있었다. 이미 양측 대표단이 싸울 만큼 다 싸운 상태였기에, 두 거두는 시시한 글자 하나 가지고 쪼잔하게 싸울 필요 없이 우아하게 인장만 찍은 후 헤어지면 되는 상황이었다.

마교 교주와 무림맹주는 협정서에 서명한 후, 서로의 손을 굳게 잡으며 말했다.

"중원을 오랑캐 따위에게 넘겨 줘서야 되겠소? 잘해 봅시다."

"하하핫, 물론이야. 감히 중원을 넘본 것을 후회하게 해 주지."

악수를 하며 나누는 서로의 인사말은 따로 놀 수밖에 없었다. 중원을 걱정하는 무림맹주의 생각과 달리 묵향의 목표는 오로지 장인걸 하나였기 때문이다. 금은 그를 없애는 데 걸리적거리는 장애물에 불과했다.

피차 어쩔 수 없이 당분간 협정을 맺을 수밖에 없는 입장이 되었지만 마교와 정파는 불과 물의 관계. 설마 그 누가 마교와 무림맹의 연합을 상상이나 할 수 있었겠는가.

양측의 거두가 웃으며 악수를 나누고는 있었지만, 앞으로 두 세력 간의 관계가 어떻게 진행될지는 아무도 예측할 수 없었다.

『〈묵향19 - 묵향의 귀환〉에서 계속』